時々ボソッとロシア語でデレる隣のアーリャさん

Иногда Аля внезапно кокетничает по-русски

8

「おっ、待ってたよ
久っ世くん~ん。
トリックオア
トリート!」

「あぁ〜さーくん来たぁ〜」

「うう……」

目次

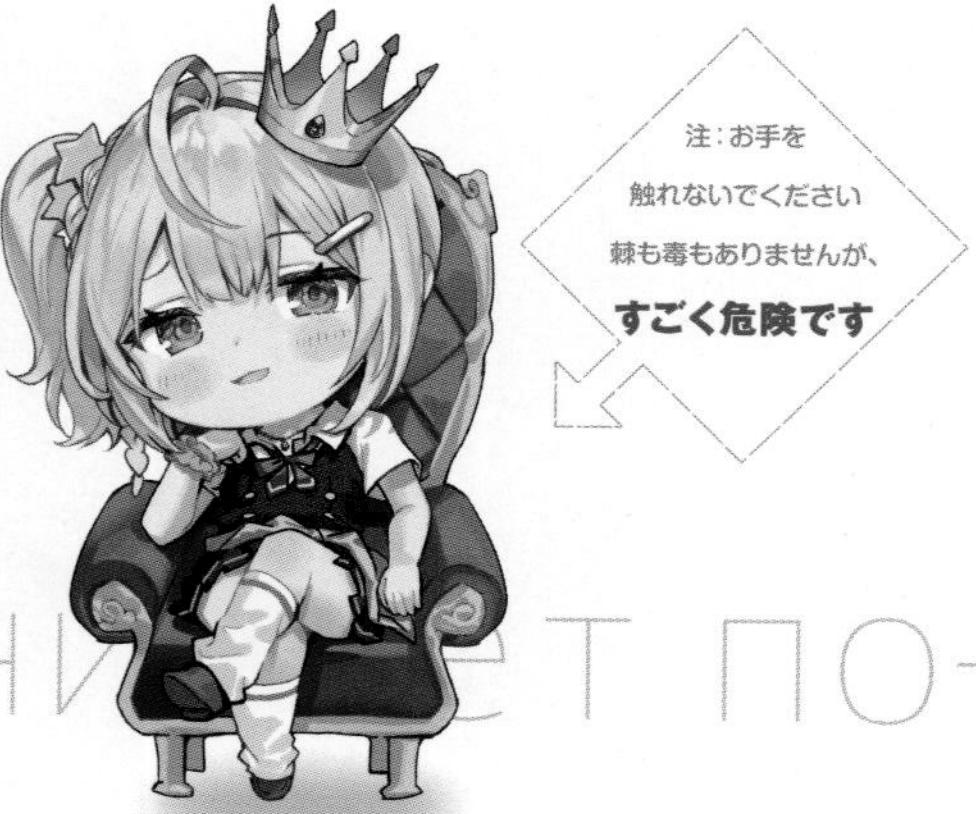

注：お手を
触れないでください
棘も毒もありませんが、
すごく危険です

時々ボソッとロシア語でデレる隣のアーリャさん8

燦々SUN

角川スニーカー文庫

24016

Illustration：ゆゆり
Design Work：AFTERGLOW

プロローグ　秘密

十月中旬のとある日の夜中、綾乃《あやの》はふと寝苦しさを感じて目を覚ました。

（あつ、い……）

目覚めてすぐ、全身がじんわりした熱気に包まれているのを感じ、体の上の掛け布団を煩わしげにどける。最近はようやっと夜には肌寒さを覚えるようになり、薄い掛け布団を出してきたのだが……今夜はどうにもムシムシとしていた。

（もう、秋なの、にぃ……）

そのまま寝返りを打って再度眠りに就こうとする綾乃だったが、十秒もしない内に寝付けないことを察して起き上がる。

（トイレ……）

家の人を起こさないよう、いつにも増して音を立てないように気を付けながら、自室を出る綾乃。薄暗い廊下を歩き、お手洗いを済ませ、自分の部屋に戻ろうと……したところで、微《かす》かな物音が綾乃の耳朶《じだ》に触れた。

「！」

もしや、誰かを起こしてしまったのか……その可能性が脳裏に閃《ひらめ》き、体の芯に残っていた眠気が一瞬で吹き飛ぶ。この音の主が祖父母を始めとする、使用人の誰かだったのならまだいい。だがもし仮に、起こしてしまったのが綾乃が仕える相手、周防《すおう》家の誰かだったら……もう、土下座するしかない。

恐ろしい予想に身を震わせ、どうか聞き間違いであってくれと願いながら、綾乃は音がした方へと向かう。階段を上って、廊下を進み、角を曲がって……視界に飛び込んできた人影に、綾乃は天を仰ぎたくなった。

長い黒髪を三つ編みにして、ネグリジェを着た女性の後ろ姿。それは、紛《まぎ》れもなく綾乃が仕える周防有希《ゆき》の母、周防優美《ゆみ》のものだったから。

(土下座するしか……ッ!)

とっさにそう思い、スライディング土下座の予備動作に入り……すんでのところで思い止《とど》まる。優美が、綾乃と同じくお手洗いだけ行ってすぐに寝るつもりなら、今下手に驚かして優美の眠気を飛ばしてしまってはかえって迷惑となるかもしれない。

ここはあえて声を掛けず、翌朝改めて土下座をする方が親切というものではないか。そうだ、それがいい。

と、朝土下座をかますことを心に決めたところで……綾乃はふとした違和感に気付いた。

「……?」

廊下の先を歩く、優美の足取り。それが、寝起きということを差し引いてもどうにもふらふらとおぼつかない。加えて、優美が向かう先にトイレはなかった。

（どちらへ……？）

なんだか心配になって、綾乃は優美の後を追う。そして、優美がふらふらと吸い込まれた部屋を見て、綾乃は大いに困惑した。

（ピアノ部屋？　こんな時間に何を……）

まさか、こんな夜中にピアノを演奏するわけでもあるまい。であれば、部屋の中に何か忘れ物でもしたのか……そう考え、開けっぱなしの扉からそっと室内を窺《うかが》って、綾乃は目を瞬《しばた》かせた。

（優美様……？）

月明かりが差し込む室内、優美はグランドピアノの前に腰掛けている。が、ただそれだけだった。鍵盤の蓋を開けるでもなく、その視線は鍵盤と譜面台の間辺りにじっと注がれている……ように見えて、その実何も見てはいなかった。

「！」

優美の挙動の不自然さ。その原因に気付き、綾乃はゾッとした。背筋を走り抜けた怖気《おぞけ》に、堪《たま》らず綾乃は優美を起こそうとして、、、、──

「待て」

すぐ横から掛けられた声に、ビクッとして振り向いた。そして、こちらを見下ろす大きな人影に、目を見開く。

声を上げたところを片手を上げて制され、綾乃は口を噤《つぐ》む。すると、巌清《げんせい》はゆっくりと優美の下へと歩み寄り、じっとピアノを見つめ続ける娘に声を掛けた。

「優美」

父の呼ぶ声にも、優美は特に反応を見せない。しかし、巌清はそれ以上何も言うことなく、ただ静かに娘を見守り続ける。

と、不意に優美の瞳がゆっくりと閉じられ、その体がぐらりと傾《かし》いだ。「あっ」と驚いた綾乃が駆け寄る前に、それを予期していたかのように巌清が優美の体を支える。そして、もうすぐ七十になろうという老人とは思えない膂力《りょりょく》で、完全に力を失った優美を抱え上げた。

「旦那様、わたくしが――」

「いい」

小声で手伝いを申し出る綾乃を言葉少なに退《しりぞ》け、巌清は優美の自室へと向かう。ハラハラとした気持ちでその後を追う綾乃だったが、巌清は淀《よど》みない足取りで優美の部屋まで辿《たど》り着くと、開けっぱなしになっている扉から中へ入り、娘をベッドへ横たわらせた。

そして、静かに部屋を出て扉を閉める巌清へ、綾乃は堪らず問い掛ける。

「あの、旦那様……優美様のあれは……」

夢遊病、という決定的な単語は伏せ、小声で問う綾乃に、巌清は軽く息を吐いてから答えた。

「直崇《なおたか》が死んだ後も、時折ああなっていた……恭太郎《きょうたろう》と出会い、治ったと思っていたのだがな。数日前から、まただ」

「数日前から……？」

その頃にあったこと。心当たりがすぐに思い浮かび、綾乃は目を見開く。

「お前ももう寝なさい。このことはくれぐれも内密にするように。有希にも、そして優美自身にもな」

それだけ告げ、巌清はすぐ隣の自分の寝室へと向かう。その背にあいさつをすることも忘れ、綾乃は呆然《ぼうぜん》と立ち尽くした。

（わたくし、が……）

優美の夢遊病が、仮に精神的なストレスに起因するものであるのならば。その原因となった出来事について、綾乃が思いつくのはひとつしかなかった。

（わたくしがやったことは、余計なお世話だったのでしょうか……）

秋嶺祭《しゅうれいさい》で、優美に政近《まさちか》のピアノ演奏を聴かせたこと。政近が前へ進もうとしている姿を見せることが、後悔に囚《とら》われた優美の心労を減らすことになるのではないかと、そう思ってしたことだったが……

（政近様……わたくしは、間違えてしまったようです……）

後悔と、無力感が綾乃の全身を包む。

所詮自分の浅知恵程度では、優美の心を救うことなど出来ない。当然だ。あの有希ですら、優美の心を救うことは出来ないのだから。有希も……そしてきっと恭太郎も、優美の心を癒《いや》すことは出来ても、救うことは出来ない。優美の心を救えるとしたら、それは……

「……」

夜空に浮かぶ月を見上げ、綾乃は願う。

分かっている。優美が心に傷を負っている以上に、政近も心に傷を負っていることは。だから、言葉には出来ない。無力で非才な自分には、願うことしか出来ない。

尊敬する我が主人が、優美と……そして有希のことを救ってくれることを。

「どうか……」

声には出せない願いを胸にしまい、綾乃は踵《きびす》を返した。

第1話　初恋

体育祭午前の部に続き、生徒会次期会長候補による出馬戦を終えて、征嶺学園《せいれいがくえん》の校庭は明るく賑《にぎ》やかな雰囲気に満ちていた。そんな校庭から少し離れた、こちらは打って変わって静かな校舎内にて。

「ふぅ……」

一年B組の教室を出て、少し進んだところで小さく息を吐いたのは久世政近《くぜまさちか》。

出馬戦で有希《ゆき》綾乃《あやの》ペアに敗北した後、教室で一人落ち込んでいたアリサを鼓舞し、誕生日をお祝いすることを約束した政近だったが……颯爽《さっそう》と教室を出た今、自身の振る舞いを思い出してぶるっと身震い。

（おぅ、キザいな俺……キモいぞ俺）

早くも羞恥心がじわじわと湧き上がってきて、政近は昼食を摂《と》るべく足早にグラウンドへと向かう。そして、歩きながら祖父母を捜していると、先にこちらに気付いた祖父知久《ともひさ》がパッと手を上げた。

「おっ、お～い政近！　こっちだこっち！」

「いや、いちいち大声で呼ぶなよ恥ずかしいな……」

周囲の家族も食事中なので特に注目を集めてはいないが、そこは政近とて思春期男子。羞恥心は隠せず、肩をすぼめるようにしてそそくさと祖父母の下へと向かう。

「あら～よく来たわね～。ささっ、座って」

そう無邪気にはしゃぐ祖母麻恵《あさえ》に微苦笑を浮かべつつ、政近はビニールシートの上に腰を下ろした。

「はいおしぼり」

「ああ、ありがと」

騎馬戦後にトイレで手は洗ったが、渡された手前軽く手を拭く。そしてチラッと周囲を見て、先程祖父母と一緒にいた母が、この場にいないことを確認する。同時に父がいないことにも思い当たり、政近は何気なく言った。

「父さんはまだ来てないんだな。昼頃には着くって朝メッセージが来てたけど」

「ん、まあ遅れてるんじゃないか？　飛行機乗り過ごしたとか」

「飛行機乗り過ごすかい。電車じゃねんだぞ」

知久のボケにツッコミを入れていると、弁当箱を広げた麻恵が明るい声を上げる。

「さぁいっぱいお食べ～？政近ちゃんが好きなハムもいっぱいあるわよ～」

「おう、すごい厚切りだな……」

「その方が美味《おい》しそうでしょ？」

孫との食事に、ニコニコと楽しそうに笑う麻恵。人前で祖父母と食事をすることに思春期特有の恥ずかしさを感じていた政近も、その純粋な笑みを前にしては何も言えず。

「いただきます」

両手を合わせて軽く頭を下げると、大人しく祖母の弁当に箸を伸ばす。そんな政近を、知久と麻恵は嬉《うれ》しそうな……そして少し安堵《あんど》したような笑みで眺めていた。

◇

「ふぅ……食べ過ぎたな」

せめてもの腹ごなしにグラウンド周辺をうろつきながら、政近は呟《つぶや》く。

午後の競技に響かないよう腹八分目に抑えるつもりが、麻恵があれもこれもと勧めるものだからついつい食べ過ぎてしまった。

（そうだ……ちょっと保健室に様子見に行くか）

ふと思い立ち、政近は校舎の方へと足を向ける。というのも、実は先程の騎馬戦で、味方陣営に負傷者が出たのだ。具体的には、乃々亜《ののあ》と毅《たけし》。

（なんかすげぇタックルしたらしいからな……あいつのことだから、それこそラグビーとかだったら反則取られるようなタックルをしたんだろうなぁきっと）

騎馬の先頭で、タックルを主動したであろう少女を思い浮かべ、政近は苦笑する。だが、その乃々亜が一番派手に負傷しているということもあって、その苦笑は申し訳なさが多くを占めていた。負傷と言っても擦り傷だが、流石に女子、それもモデルをやってる人間が傷を負ったとなれば、政近としても申し訳なさが勝つ。

（本人あっけらかんとしてたけど……ホント、躊躇《ためら》いがないって怖いわ～。味方にすれば頼もしい～って言えばそうなんだけどさ……）

だがやり方はどうであれ、アリサと政近を勝たせるためにやってくれたことなのだ。まだ保健室で休んでいるなら、差し入れを持って行くくらいは当然の配慮というものだろう。

ちなみに毅はというと、こちらはタックルの衝撃で落馬しそうになった沙也加《さやか》を庇《かば》おうとして、沙也加の腕だか背中だかが顔面に当たって鼻血が出たという名誉の負傷（？）だったりする。

なお、ただそれだけにしては毅の顔が妙に赤かったし、沙也加の態度が微妙にぎこちなかったが……政近はあえて何も訊《き》かなかった。具体的にどう庇ってどこがどう接触したのかが曖昧だったが、掘り下げるようなことはしなかった。友人同士のラッキースケベなんて、聞いたところでどう反応したらいいか分からない。

（さて、乃々亜は、と……）

開け放しになっている引き戸から保健室の中を覗《のぞ》き込むと、手前のベッドのカーテンが閉められている。

（っと、誰か寝てるのか？）

もしそうなら声を上げるのはマズいと思い、政近は静かに保健室の中に入ると、無言で室内を見回した。先生もたまたま席を外しているのか、見える範囲に人影はない。

（いない、か……流石にもう戻ったのかな）

それならそれでいいと、政近は保健室を出ようとして――

『落ち着いた？』

すぐ横の、カーテンの向こうから聞こえてきた男性の声に、ピタリと足を止めた。

（え、なんで？）

他人の空似かと思い、とっさに耳を澄まして……聞こえてきたまた別の声に、心臓が凍り付く。

『ええ……ごめんなさい。急に泣いたりして……』

それは、何年経《た》とうとも決して忘れることのない声。時に追い求め、時に忌避した……母の声。

気付くと同時に、先程の声が……父の声で間違いないと分かり、政近は更に混乱した。

（なんで？　なんで⁇）

頭の中で疑問符が渦巻く。なぜ、この二人が一緒にいるのか。知久と麻恵は嘘を吐いたのか。なぜ……

『いいよ。理由は、話せるかな？』

『……分からなくて……………有希さんと、政近さんを見ていたら、なんだか……』

『そっか……焦らなくていいよ。整理できてなくてもいいから、ゆっくり話してくれるかな？』

その場に縫い付けられたかのように固まる政近の耳を、二人の声が通り抜けていく。

混乱の渦中にある脳は、その内容を理解してくれなかったが……それでも、二人の間に確かな親愛が通《かよ》っているのは分かった。

その事実を、認識した瞬間。

「っ!!」

気付けば政近は、保健室を飛び出していた。

「はぁっ、はっ……うっ」

長時間全力疾走した後のように息を荒くし、廊下の壁に手をつく。視界に映る廊下の床面が、奇妙にぼやける。

知っていた。あの二人が……両親が、離婚した後もしばしば会っていたことは。父、恭《きょう》太郎《たろう》は何も言わなかったが、そのくらいのことは言われずとも察していた。だが……

（なんで、あんな……昔は、もっと……）

政近の脳に克明に刻まれている両親の姿と言えば、困った様子の父を感情的になじる母の姿だった。なのに……今しがたカーテン越しに聞こえてきた二人の声は、それよりも前の、仲がよかった頃の二人のもので……

（なんで、なんで……）

疑問符が脳内を渦巻く。その渦の底へと、思考が引きずり込まれる。

まだ、通い合う情があるなら。支え合う意思があるなら。なんで、二人は別れたのか。

一体なんのために……誰のために……

「うっ！」

急激な吐き気に襲われ、政近はとっさに口を押さえる。そして、知らず丸まっていた背を伸ばすと、震える肺で深呼吸をした。

「んっ、ぐ……」

胸の奥から込み上げていたものを飲み下し、瞬《まばた》きを繰り返してぼやけていた視界を元に戻す。そうしたところで……前方の廊下の角を曲がって、綾乃が姿を現した。更にその後ろから、思いがけない人物が現れ、政近は瞠目《どうもく》する。

「！」

同時に向こうもこちらに気付いたようで、先を行く綾乃が数瞬足を止めた。しかし、背後の人物が足を止めなかったことで、綾乃も瞬きで動揺を示しながらも歩みを再開する。

（なん、で……）

綾乃の後ろを歩く……母方の祖父、周防巌清《すおうげんせい》を見て、政近は呆然《ぼうぜん》となる。

会うのは数年ぶりになるが、その威厳と活力に満ちた姿にはいささかの衰えもなく、こちらを見つめる冷徹な瞳にもいささかの変わりもない。スーツ姿であることを見るに、何らかの仕事を抜け出してきたのかあるいはその帰りなのか。

そんなことを考えている間に彼我の距離が縮まり、巌清は二メートルほど離れたところで立ち止まると、政近をじろりと見下ろす。

「久しぶりだな」

「……」

一応、あいさつらしきものをされたものの、政近は巌清との話し方に迷っていた。昔は、名家の令息らしく敬語で話していたが……今の関係で、果たして敬語で話す必要があるのか。かと言ってタメ口を利くのは、長年に亘《わた》って刷り込まれた上下関係が邪魔をする。

「……何を、しに？」

結果、政近の口から出たのは敬語ともタメ語ともつかない言葉足らずな問い掛け。それに、巌清はわずかに目を眇《すが》めることで応える。

その冷徹な瞳。表情の奥まで見通すような視線に、政近は自分の全てを見抜かれたような気持ちになった。直後、なんとも言えない羞恥心と反骨心が同時に湧き上がる。

「優美《ゆみ》が倒れたと聞いたのでな。迎えに来ただけのこと」

しかし、巌清はそんな政近の葛藤を意に介した様子もなく、ただそれだけを言うと政近の横を通り抜けた。

「いずれにせよ、お前には関係のないことだ」

すれ違いざまに放たれた言葉に、政近の胸に反発心が湧き上がる。とっさに振り返り、巌清の背中を睨《にら》むが……

「っ、……！」

中途半端に開いた口からは、何も言葉が出ない。「関係ない」その一言になんの反論も浮かばず、政近はただ巌清を見送るしかなかった。そんな政近の顔と、巌清の背中を交互に見つめ、綾乃が迷った素振りを見せる。

「……」

しかし、数秒の逡巡《しゅんじゅん》の後、結局綾乃は政近に一礼をすると、巌清の後を追った。

二人が保健室に入って行くのを見るでもなく見る政近の脳裏に、このままだと優美と鉢合わせするという可能性が過《よ》ぎる。過ぎってすぐ、政近は足早にその場を後にした。

「はぁ……」

校舎を出て、空を見上げる。季節外れの夏日を記録している秋空に向かって、胸の奥から重く長い息を吐く。

「……」

もう、吐き気はない。ただ、「また逃げた」という思いだけが胸中を占めていた。

「おぇ」

吐き気を伴わないその声は、一体何に、誰に向けたものなのか。特に自覚も自己分析もしないまま、政近は軽く頭を左右に振ると、義務的に生徒会用のテントへ向かった。

他の役員はまだ食事中なのかそれとも仕事中なのか、テントの下は無人。しかし、誰かと話す気分でもなかった政近はちょうどよいと、荒っぽくパイプ椅子に腰掛ける。

(はぁ～あ、こんな感じでいたら、またマーシャさんに慰められちゃいそうだな……)

ぼんやりとそんなことを考え……数秒の忘我の後、政近の脳に閃光《せんこう》が走った。

(っ、有希はどうした⁉)

そこに思い至り、今更妹を気に掛けた自分自身に強烈な怒りが湧く。

自分を思いっ切り殴りつけてやりたい衝動に駆られながら、政近はテントを飛び出すと、有希を捜し始めた。

周囲の人混みに視線を巡らせながら、校庭の外周を歩き回る。そうして、入場門の近くで実行委員らしき数名の生徒と話をしている有希を発見し、政近は即座に駆け寄った。

「有希！」

大声の呼び掛けに、呼ばれた当人のみならず周囲の生徒までパッと振り向く。その、周囲から向けられる視線に好奇の感情が多分に含まれているのを感じ、政近は一瞬たじろいだ。そしてすぐに、その視線の意味に気付く。

(あ、そうか。俺達《たち》は……)

つい数十分前に、出馬戦で対決した対立候補同士。その二人が、どんな会話を交わすのか。周囲の生徒は、それに注目しているのだ。

「っ」

その後にあったあれこれで出馬戦のことがすっかり頭から抜け落ちていた政近は、予期せぬ周囲からの注目に歯噛《はが》みをする。

そんな兄に気を回したのか、有希は自ら政近に歩み寄ると、淑女然とした笑みを浮かべて言った。

「あらどうしたんですか？　政近君。そんなに慌てて」

「……」

人目を意識して余所行《よそゆ》きの態度を取る有希に、政近はどう言葉を掛けるか考え……

「……大丈夫だったか？」

結果、出たのは抽象的な問い掛け。それに対して、有希は軽く首を傾げてから答える。

「ああ、出馬戦の最後のあれですか？　大丈夫です。アーリャさんがしっかり受け止めてくれましたから」

政近の問い掛けの意味が、分からなかったわけではない。分かった上で、出馬戦の話に偽装して「大丈夫だ」と告げている。そのことをはっきりと理解して、政近はそれ以上何も言えなくなった。

これが、中等部の頃のように選挙戦のペアだったなら。政近は多少強引にでも有希を連れ出し、その心を気遣うことが出来ただろう。

だが今二人は対立候補であり、下手なことをすればあらぬ誤解や憶測を招く。だからこそ、政近はそれ以上何も言えない。

「わざわざ心配していただいてありがとうございます。では、仕事がありますので」

「ああ……そうか」

ただ、去る妹の背中を見送ることしか出来ない。

周囲の好奇の視線が少しずつ外れていくのを感じながら、政近は無力感と共にトボトボと生徒会のテントへと向かう。するとその途中で、俯《うつむ》いていた政近の耳に聞き慣れた声が届いた。

「政近様」

その呼び掛けに顔を上げれば、そこにいたのは体操服姿の綾乃。恐らく、巌清たちを見送って戻って来たところなのだろう。

こちらを見つめる幼馴染《おさななじ》みの顔を見て、政近は力なく笑うと、少し掠《かす》れた声で言った。

「悪い、綾乃……有希のことを、頼む」

疲れ切っているようにも聞こえる政近の頼みに、綾乃はいつものように一礼する。

「お任せください」

しかし、いつもと違って……それで終わりではなかった。

「ですが……」

「？」

片眉を上げて疑問符を浮かべる政近に、綾乃は少し視線を泳がしてから、意を決したように告げる。

「有希様が今、一番必要とされているのは……政近様だと思います」

「！」

「失礼します」

心なしか責めるような視線と共に告げられたその言葉は、政近の胸に鋭く突き刺さった。

呆然と立ち尽くす政近へ再度一礼し、綾乃は政近の横を通って歩き去って行く。

その背を見送ることも出来ずに、政近はゆっくりと項垂《うなだ》れると、生徒会のテントへ戻る。

そうして、誰もいないテントでパイプ椅子に腰掛けると、陽《ひ》の光に眩《まぶ》しく光るグラウンドを眺めて目を細めた。そして、ぽつりと呟《つぶや》く。

「寒い……」

◇

時は少し遡り――政近が去った教室内で、アリサは混乱の渦中にあった。

(恋？　私が、恋⁇　誰に？　政近君、に⁉)

頭の中で、何度目になるか分からない自問自答を繰り返す。

(いや、そんなわけ……だって、私、ありえない、恋なんて)

支離滅裂ながらもなんとか否定しようとする頭に反して、胸は不思議な幸福感に鼓動を高鳴らせていて。アリサは、堪《たま》らず顔を両手で覆うと、勢いよく椅子に腰を下ろした。

(冷静になりなさい九条《くじょう》アリサ！　自分の理想を思い出すのよ！)

そして、強い言葉で自分を叱咤《しった》する。

そう、自分の理想……完璧でありたい。自分自身を含む、誰にも恥じぬ生き方をしたい。人として……そして、女性としても。

アリサが思う、理想の女性像は大きく分けて二つ。

ひとつは、言うなれば鉄の女《アイアンレディ》。男を必要とせずに、自分一人で確固たる個として完成する道。かっこいい。間違いなくかっこいい。

そしてもうひとつは……言うなれば比翼連理の二人《パーフェクトバディ》。完璧で理想的で運命的な伴侶と出会い、お互いだけを唯一無二のパートナーとして、支え合い高め合いながら人生を歩んでいく道。美しい。誰もが認める美しい人生と言えるだろう。

(そうよ……私の人生のパートナーになる人は、完璧で、理想的で、運命的じゃなきゃいけないの！)

完璧で理想的なら、当然あらゆる面で自分と釣り合う相手でなければならない。つまり、(顔がよくてスタイルもよくて頭もよくて運動神経も抜群で、それでいてなお努力を惜しまない性格で……あと出来れば優しくて紳士的だと)

溢《あふ》れんばかりの自己評価の最後に、ちょろっと願望を付け足すアリサ。実のところ容姿にはさほどこだわりはないので、一番大事なのは最後の願望部分とも言えるのだが。

それを自覚しているかどうかはさておき、アリサは改めて、冷静に、そう冷静に政近を評価する。まずは容姿。

「……」

目を閉じ、頭の中に政近の姿を思い浮かべ……アリサは憮然《ぶぜん》とした表情で腕を組むと、ちょっと唇を尖《とが》らせて髪をいじいじ。

（まあ……いいんじゃないかしら？　最初見た時はなんかぼーっとして印象薄い顔だと思ったけど、よく見れば結構……かなり、かっこいい……し？　スタイルだってまあ、悪くはないし？）

海で見た政近の肉体を思い出し、アリサは咳払《せきばら》い。容姿は合格。次は能力面。

（頭は……いいわよね？　少なくとも頭の回転はすごく速いし……運動神経も、なんだかんだいいみたいだし？　あれ？　そう考えると……）

政近君って、割と完璧で理想的なんじゃゃ？　と思った瞬間、脳内の政近がぽえ～っとやる気のない顔になってイラッとする。

（そうよ……能力面では優れてるはずなのに、肝心なやる気がないのよ！　あの人は！）

一瞬でも政近を理想の相手とか思ってしまった自分への羞恥から、アリサはうがーっと政近への不満を列挙する。

（いっつもへらへらのらくらと……不真面目だし意地悪だしいっつも上から目線っていうか私のこと子供みたいにあしらうし！　だらしないし寝ぐせ付いてるしチラチラ胸とか脚とか見てくるしいろんな女の子と仲良くしてるし全っ然紳士的じゃない!!）

頭の中でそう叫び、フーッと息を荒くするアリサ。しかし、すぐになんだか寂しい気持ちが湧いてきて、同時に胸の奥からひとつの言葉が浮かび上がってきた。

――でも……優しい。

その心の声が、アリサの白熱していた頭を冷やす。

目を開き、机の上を見れば、そこにはハンカチに包まれたペットボトルが。政近の、優しさの証《あかし》。

（そう、よね……ずっと、優しかったわ。政近君は）

生徒会のペアになる前も、なってからも、政近はたくさんの優しさをくれた。

それらを思い出すだけで、胸の中が優しい温かさで満たされ、アリサはなんだか泣きそうな笑みを浮かべて……ハッと我に返り、プルプルと頭を振る。

「違う……それだけじゃダメ……それだけで人生のパートナーは決められない……」

グッと奥歯を嚙《か》み締《し》め、小声で自分自身に言い聞かせるアリサ。

そう、それだけではない。完璧で、理想的で、そして運命的でなければいけないのだ。

運命的と言うならそう……初めて会った瞬間に、二人の未来を予感するような。そんな強い縁《えにし》を感じる相手でなければならない。それを踏まえて、政近との初対面は？

（……寝てたんだけど）

中学三年の始業式の後、隣の席で机に突っ伏して寝ていた政近を思い出し、アリサは白けた表情になる。衝撃やロマンの欠片《かけら》もない。恋愛ドラマとしては零点の出会い方だった。

（やっぱりダメね。全然運命って感じがしないし――）

背後へ髪を払い、アリサはフッと小馬鹿にした笑みを浮かべる。が、またしてもすぐに寂しい気持ちに襲われ、心が囁《ささや》く。

――でも、手を差し伸べてくれた。

『黙ってこの手を取れ！　アーリャ！』

思えば、あれがきっかけだった。あれから、ずっと二人でパートナーとして歩いてきた。これはもう、ある種の運命と言ってもいいのでは……

（って違う！　運命だって言うなら……もし付き合うんなら、結婚しないといけないのよ!?）

アリサにとって、将来を見据えていない交際など遊びと変わらない。そんなものは、アリサが理想とする淑女のすることではない。

もし、自分が誰かと交際をするのなら、それは当然結婚を前提としたものであるべきで……

（結婚できるの!?　政近君《あれ》と!!）

自身の熱情に冷や水を浴びせるように、あえて強い言葉で自身に問い掛ける。

そうだ、今でこそ多少マシになったが、政近は元来怠惰で面倒くさがりな男なのだ。あんな男と結婚したら、絶対に毎日ストレスいっぱいでイライラしっぱなしになる。毎日ぐーたらずぼらで、どうせ朝もギリギリまで起きてこないだろうから、毎朝アリサが起こしてやらないといけないだろう。そんであの人を食ったおふざけ男のこと、ニヤニヤ笑いながら「おはようのキスをしてくれないと起きる気になれんな」とかふざけたことを抜かすに違いない。ふむ、悪くない。

（悪いでしょ⁉）

自分自身の思考にセルフツッコミを入れ、アリサは椅子の上で悶《もだ》えた。

「あぁぁ〜〜〜、もうっ！」

否定と肯定を行ったり来たりする堂々巡りの思考を、アリサは声を上げて断ち切る。そうして、一度頭の中をリセットしてぐったりと椅子に身を沈ませると、まっさらになった脳内にぽつりと自嘲が浮かぶ。

（何をしてるのよ、私……）

滑稽だ。素直になれず、必死に自分の恋心を否定して、政近は理想の相手じゃないと自分に言い聞かせて。政近が理想の相手じゃないという考えを受け入れたくなくて、それをまた自分で否定して。

独り相撲もいいところだ。言い訳を重ねれば重ねるほど……自分がどうしようもなく政近に惹《ひ》かれているという事実を、浮き彫りにするだけなのに。

理想的じゃない？　運命的じゃない？　だからどうしたというのか。そんなくだらない口実で否定できるほど、この想いは軽くない。

『くだらない口実？　ずっと理想の自分を突き詰めて生きてきたくせに、その生き方をくだらないと否定するの？』

頭の中で、恐らく自分の冷静な部分が声を上げる。

『初恋に浮かれて脳が茹《ゆだ》ってるんじゃないの？　これから先の人生、もっと理想に近い相手が見付かる可能性だってあるでしょうに。まだ男なんて数えるほどしか知り合ってないくせに、こんなに早い段階で人生のパートナーを決めるなんて、正気じゃないわ』

　この声の言っていることは、きっと正しい。至極もっともなことを言っていると、今の自分でも分かる。正気じゃないと言われればそうなのだろう。恋に狂っていると言われれば、それはそうなのだろう。

　だが、それでもいいと思ってしまっている。

「（ホント、正気じゃないわね）」

　アリサは今まで、ロクでもない男と付き合って後悔している女性を見る度に、内心で馬鹿にしていた。きちんと相手を選ばないからだと。付き合う前に、ロクでもない男だってことくらい分かるだろうと。だが、ああ、あれは間違いだった。恋を知らない小娘の戯言《たわごと》だった。

　どうしようもないのだ。一度本気で好きになってしまったのなら。相手の欠点なんて、たとえ見えていようが全部目をつぶりたくなってしまうのだ。

「好き……」

　密《ひそ》やかに囁く。慎重に、大事に、確かめるように囁く。

「私は、政近君が好き……」

　実感を込めて形にした言葉が、自身の耳を通って脳へと染み込む。それだけで、心が幸福感で満たされる。恥ずかしくって嬉《うれ》しくって、転げ回りたいような踊り出したいような。そんな、浮かれているとしか言いようがない感情が全身を駆け巡る。

「んふふっ♡」

自然と笑み崩れそうになる頰《ほお》を両手で押さえ、アリサは椅子の上で脚をパタパタとさせた。あぁこんなもの、どうやって抗《あらが》えというのか。この幸福感の前には、理屈も、理性も、全くの無力だ。そんなものでこの恋心を否定するなんて、想像しただけで悲しくなる。

と、その時、

『お昼休憩中に失礼します。スマートフォンの落とし物のご案内です。赤い猫のストラップが付いた――』

突如聞こえてきたアナウンスに、アリサは背もたれからガバッと身を起こし、教室の時計を確認した。

「え、もうこんな時間⁉」

一体、どれだけの時間ここにいたのか。急いでご飯を食べないと、午後の競技に遅れてしまう。

「いっけない……！」

慌てて教室を出て、ふと窓ガラスに映る自分の顔を確認。

「っ」

一度ペチンと頰を叩《たた》いて、表情を引き締めるアリサ。未《いま》だに、胸の中は浮き立つような気持ちで溢れかえっている。だが、もしそれを表に出してしまえば、姉や母にしつこく追及されるのは目に見えていた。

「ん、よしっ」

今一度真剣な表情を取り繕い、アリサは改めて校庭に向かう。そうして、遅れてやってきたアリサを心配する姉と両親の問い掛けを適当にあしらい、昼休みの終了ギリギリで昼食を済ませた。

「それじゃあアーリャちゃん、わたし向こうで手伝いがあるから」

「私も行こうか？」

「ううん、大丈夫〜ありがとう」

ふわふわ笑いながら首を左右に振る姉と別れ、アリサは一人で生徒会用のテントへと向かう。そして、テントに一人でいる政近を視界に捉え……ドキンッ、と心臓が高鳴った。一旦抑え込んだ幸福感が再び胸の奥から湧き上がってきて、アリサはギュッと眉間に力を入れて表情を引き締める。そうして、何気ない風を装ってテントに入った。

「お疲れ様」

「おう……もう、平気か？」

政近の問いに、アリサは一瞬、本気で何の話か分からなかった。数瞬固まり、それからようやく出馬戦で負けたことを言われているのだと気付く。

「え、ええ、もう大丈夫。心配かけてごめんなさい」

「気にするな」

軽くそう言って、政近は肩を竦《すく》めた。そんなさり気ない優しさが、今のアリサにとってはすごく嬉しい。思わず笑みがこぼれそうになり、それを隠すようにそそくさとパイプ椅子に座る。

「えっと、午後からの競技、政近君は何に出るんだったかしら？」

「俺はダンスまでは特に。アーリャもだろ？」

「そうね」

いつも通りの、何気ない会話。それすらなんだか楽しくて、アリサは笑顔で政近の方を向く。

「そう言えば――」

そして、そこでようやく、政近の様子がおかしいことに気付いた。いつも通りに見えた表情はどこか虚《うつ》ろで、その瞳はじっとどこかを見つめている。

「？」

その視線を追い……その先にいる人物を見て、アリサは冷や水を浴びせられた気分になった。

（有希、さん……）

そこにいたのは、実行委員と何かを話す有希の姿。

その様子をじっと見つめる政近の瞳は、ひどく複雑な色を宿していて……好きな人が、自分と同じ気持ちになってくれるとは限らない。そんな当たり前の現実が、アリサの胸に痛烈に刻み込まれた。

（あ……）

脳裏に蘇《よみがえ》る、誰かを想ってピアノを演奏していた政近の姿。胸の中から絶えず湧き上がっていた幸福感が、一瞬にして冷たく凍り付く。

（あっ、ダメ、泣いちゃ――）

急激な感情の荒波に晒《さら》され、心の防波堤が覚悟する間もなく決壊しそうになる。強烈な危機感に煽《あお》られ、アリサはとっさに席を立った。

「ちょっと、手伝いに行ってくるわ……」

感情を押し殺し、それだけを辛うじて告げると、アリサは即座に踵《きびす》を返す。

「ん？　おお……」

政近は少しだけ怪訝《けげん》そうな声を上げながらも、アリサを呼び止めたり追いかけたりはしない。

それにまた感情を波立たせながら、アリサは足早にその場を後にした。

「……なんなの？　なんなのよ……」

さっきまであんなに幸せで、何もかもが嬉しくて楽しかったのに。今は、世界の全てが憎らしいとすら思える。

「なん、なの……？」

アリサが唇を噛《か》み締め、政近が静かに有希を見つめる中。そんなことは知らぬげに、午後の部の開始を告げるアナウンスが鳴り響いた。

第2話 嘘

「ごめんよ、政近《まさちか》の勇姿をあまり見てあげられなくて」

「いや、それは別にいいけどさ……」

体育祭を無事に終え、自宅に戻って来た政近は、久しぶりに顔を合わせた父恭《きょう》太郎《たろう》と一緒に夕食を摂っていた。

申し訳なさそうにする父に軽く肩を竦め、政近は手元の夕食を見下ろす。

「それより俺としては、晩御飯がイギリス土産のフィッシュアンドチップスだってことにツッコミを入れたいんだけどな」

「なんで？　美味《おい》しくなかった？」

「味どうこう以前に、時間が経《た》ち過ぎてポテトがしなしなだし、フライも油でベッシャベシャなんよ」

「それがまたいいんじゃないか」

「理解できん……」

この父の土産物のセンスが悪いのは今に始まったことではないが、こと食料品においてはそれが顕著であった。以前から、海外のどんな料理でも比較的おいしく食べられるとは聞いていたが……政近は、父は味覚の守備範囲が広いのではなく、単にバカ舌なのではないかと密かに疑っていた。

（電子レンジで温めるだけじゃなく、トースターで軽く炙《あぶ》るべきだったか……）

半分ほどに減ったフィッシュアンドチップスを見て、政近は遅ればせながら後悔する。

そんな息子の芳《かんば》しくない表情を見て、恭太郎は眉を下げた。

「日本ではイギリスは飯マズとか言われてるけど、そんなことはないんだって……政近にも本場の味を知ってもらいたかったんだけど」

「これを本場の味と言われたら、イギリス人だってたぶん怒るぞ」

なんでもっと、時間経過で味が落ちない料理にしなかったのか……と文句を言いつつも、父の土産物ということでちゃんと完食はする政近。そして、これまたイギリス土産の紅茶で口の中の油を洗い流し、ほぅっと一息吐く。

「うん、こっちは問題なく美味しいな」

珍しく当たりの部類に入るお土産に、政近が満足げに言うと、恭太郎も紅茶の香りを楽しみながら言った。

「なんでも、王室にも卸《おろ》されている茶葉らしいからね」

「へぇ？　それはすごい」

そんな情報を聞くとますます貴重なものだという実感が増して、政近はカップに鼻を寄せて香りを嗅ぐ。そうしていると、思い出すのは紅茶が好きだった母の面影。

(……向こうにも、同じお土産を渡したのかな)

保健室で聞こえてきた二人の声を思い出し、ふとそんなことを考える。そうして、すぐいつものように思考を切り上げ……ようとして、政近は思い止《とど》まった。

「——ぁさんは……」

「？」

「……母さんは、大丈夫だったの？」

政近が躊躇《ためら》いがちに口にした名前に、恐らくあえてその話題に触れていなかったであろう恭太郎は、軽く目を見開く。そして、目を伏せマグカップをじっと見ている政近へ、優しい笑みを浮かべて言った。

「ああ、少し体調が悪くなっただけだったからね」

「……」

嘘だ。あの様子は、そんな軽く済まされるような雰囲気ではなかった。

だが、ここで食い下がったところで恭太郎は何も言わないだろう。また、政近自身、これ以上母のことに思考を向けるのはきつかった。

でも……それでも、どうしても訊《き》いておきたいことがある。

「……父さんは、さ」

「ん？」

「母さんのこと……まだ、愛してるの？」

政近の問いに、恭太郎は眼鏡の向こうで目を見張ってから、ふっと笑う。

「そうだね……愛してるよ、ずっと」

「！」

返ってきた言葉に、政近は息を呑《の》む。保健室での二人の会話を聞いてから、ずっと胸の奥にくすぶっていた考え。やはり、二人が別れた原因は――

「でもね……僕達《たち》には、距離と、時間が必要だったんだよ」

政近の中で確信に変わりかけていた考えを、恭太郎は全てを見透かしたように否定する。

そして、顔を上げた政近の目を優しく見つめ、言い聞かせるように言った。

「僕は……優美《ゆみ》さんを支えられなかった。あのまま一緒にいたら、優美さんを傷付けてしまうと思った。だから、僕達は別れることにしたんだ」

あくまで原因は自分にあるのだと。恭太郎は、優しく悲しい表情で語る。

（これも、嘘だ）

直感的にそう思う。両親の離婚に関して、政近がその原因の一端を担っていないとは思えない。だが……だがそれでも、恭太郎に断言してもらえたおかげで、心が軽くなったのは確かだった。だから……

「……そっ、か」

政近も、小さく笑みを浮かべて頷《うなず》く。嘘だと知りながら。父の優しい嘘に、気付かないふりをして笑った。そんな息子の嘘に、父もまた笑みを返す。

優しく、悲しい笑みを向けあう二人は、どこまでもよく似た父子《おやこ》であった。

◇

その翌日。親子二人が遅めの朝食を摂《と》る久世《くぜ》宅のリビングには、どこか昨夜の空気をひきずったようにほの暗い雰囲気が漂っていた。

何かを考えながら黙々と食事をする政近と、そんな息子を穏やかな瞳で見守る恭太郎。互いに口数も少なく、食器を動かす音だけが響く部屋に……突如ガチャンと、玄関扉が開く音が届いた。そして、パタパタと廊下を駆けてくる音に続き、玄関へと繋《つな》がる扉が勢い良く開く。

「ヘイ！　来たぜ我が愛《いと》しのお兄ちゃん様！　そしてぇ……我が愛しのパパンよ！」

朝食中の父子に、ポニーテールを揺らしながらご機嫌なあいさつをかましたのは有希《ゆき》。朝からフルスロットルな娘に少しのけ反りつつ、恭太郎は椅子から立ち上がると、芝居がかった動きで両腕を広げる。

「おお、我が愛しのムスメ～ンよ」

「へ～イ！」

乗ってくれた父親に駆け寄り、タックルするような勢いで熱烈なハグ。それを難なく受け止め、恭太郎もまた有希を優しく抱き締める。そして、同時に抱擁を解くと、なぜか同時に政近の方を見た。

「……いや、なんだよ。まだ食事中なんだが」

「あたしとご飯、どっちが大事なのよ！」

「今はご飯かな～」

「ならそれを消しちまえばオレが一番大事ってわけだな？」

「ヤンデレの発想やめろ」

「まあまあ、ここは乗ってあげなよムスコ～ン」

「ユニコーンの親戚みたいになってんぞ」

父親にそう返しながらも、政近は溜息《ためいき》交じりに立ち上がると両腕を広げる。

「へ～イ！」

そんな兄に、有希は待ってましたとばかりに駆け寄ると、直前で踏み切ってジャンプ。両手両足で跳び付き、兄を抱き締める……というか、しがみつく。

「よしよし」

それに少し苦笑しながら、妹の背中をあやすように撫《な》でると、政近はそのまま椅子に腰を下ろした。そして、妹を乗っけた状態で普通に食事を再開する。

「有希、髪邪魔。ちょっと避けて」

「へいよ～」

兄に言われ、有希は政近の脚の上で器用に体勢を変えると、政近のふとももの上に両脚を乗せ、横抱きの姿勢になった。そして、食べかけのトーストを手に取ると、それを兄の口へと運ぶ。

「はい、あ～ん」

「あ～――」

「そこまでやれとは言ってないよ⁉」

そこで堪《たま》らずツッコミを入れた恭太郎へ、兄妹揃って怪訝そうな目を向ける。

「いや、なんだいその目。というか有希？　僕と政近であまりにも対応に差があり過ぎじゃないかい？」

寂しそうな顔をする父親に、有希は悪びれた様子もなく答えた。

「そりゃパパン、純粋に好感度の差だよ」

「純粋な目でなんて残酷なことを言うんだい……」

「お父さんの場合、あ～んイベントを発生させるにはまだまだ好感度が……ね」

「つら過ぎる……」

しょんぼりと肩を落とす恭太郎。これには有希も罪悪感を覚えたか、眉を下げて政近の膝の上から降りると、慰めるように父の肩に手を置く。

「まあまあ、毎日忙しく働いて、娘との時間を取れないパピーの為《ため》に。手っ取り早くイベントを見る方法も用意してあるから」

「それは？」

救いを見出《みいだ》した表情で顔を上げた恭太郎を優しく見つめ返し、有希は親指と人差し指で円を作る。

「か・き・ん♡」

「ソシャゲ形式で社会人から金毟《むし》ろうとすんな」

「……！」

「財布を捜すな！　金で買った好感度なんて虚《むな》しいだけだぞ！」

「金で買った好感度なんて虚しいだけ……？　それ、世のキャバクラ通いがやめられないサラリーマンにも同じことが言えるのかい？」

「言えるよ。むしろそこに一番言いたいよ」

「え～現在あ～んイベントピックアップガチャ開催中です。あ～んイベントの排出率が三パーセントで、十連一万円。百連回してもらえると確実に欲しいあ～んイベントがもらえます」

「一回千円の十万で天井とかいう鬼仕様。というか、百連で確実って排出率おかしくね？」

「そこはほれ、同じあ～んイベントでも色が五色あるから」

「色って何よ？」

「属性」

「属性⁉」

「青色だとクールなあ〜ん、赤色だと情熱的なあ〜ん、緑色だと癒《いや》し系のあ〜ん、黄色はツン強めのあ〜ん、ピンク色は……ね？」

「ね？　じゃねーよ。なんなんだよ」

「そこはお兄ちゃんといえど、引いて確かめてもらわないと……」

「兄からも毟ろうってか。というか、ガチャはどこよ」

「あたしの口」

「不正があることを隠そうともしねぇ」

「とりあえず十連でお願いします」

「これだけ聞いて回そうとすんな！」

一万円札を出す恭太郎に、全力でツッコミを入れる政近。

急に賑《にぎ》やかになった久世宅のリビング。その真ん中で、有希は心から嬉しそうに笑った。

◇

「んじゃ、行くぞ」

朝食後。政近が洗い物を終えるのを待って、まるでドライブにでも誘うかのようにグラサン姿で親指をくいっとする有希に、何も聞いていない政近は目を瞬かせる。

「行くってどこへ？」

「そんなん、アーリャさんの誕生日パーティーに向けた買い物に決まってんじゃん」

「ああ、正式にお誘いがあったのか」

昨日の内にちゃんと他のメンバーも誘ったのかと頷き、政近は首を傾げる。

「……つっても、俺はもう買うもの決めてるんだが……」

「そのチェックも兼ねて～だよ。お兄ちゃんだけに任せといたら、何を買うか分かったもんじゃないし」

妹に真っ向からセンスを疑われ、政近はむっと唇を尖《とが》らせた。

「失敬だな……俺だって、ちゃんと考えてるぞ？」

「へぇ？　じゃあちなみに何を贈るつもりなの？」

さも「聞くだけ聞いてやるよ」と言わんばかりの表情を浮かべる有希へ、政近は自信たっぷりに答える。

「やっぱり、何かしら手作りの方が気持ちが籠っている感じがするからな……手作りのハーバリウムを贈ろうと思ってる」

それは、アリサへの誕生日プレゼントを模索している最中に、ネットで見付けたもの。ガラス製のボトルの中に花を入れ、オイルに浸して保存をするインテリアだ。

検索でヒットした写真を見て、そのキレイさとオシャレさから、「これなら女性へのプレゼントとしてなかなかセンスがいいだろう」と思ったのだ。それは恭太郎も同感らしく、政近の言葉に感心したように頷く。

「へぇ、いいんじゃない？」

「だよな」

父親の賛同を得て、得意そうに顎を上げる政近。だが、

「いやぁ……正直微妙」

そこへ容赦なく水を差され、政近と恭太郎は声を上げた有希の方を見る。

「……どこがだよ。花束とかほど重くないし、水やりとかもしなくて済むし、悪くないだろ？」

反抗的にそう言う政近だったが、有希の表情は芳《かんば》しくない。

「いやだって、ハーバリウムってあれ分類上はインテリアでしょ？　つまり、当然部屋の雰囲気と合う合わないがあるわけで……お兄ちゃん、アーリャさんの部屋がどんな感じか知ってんの？」

この指摘には、政近もとっさに言葉が出なかった。そこへ、有希は容赦なく追撃を掛ける。

「というか、華道でも部屋の内装や花を置く場所によって、花材も花器も求められるものが変わってくるじゃん。なんでそこに気付かないし」

「うっ……」

「そもそも、お父さんが賛同してる時点でアウトだろ」

「それはそう」

「ヒドくない⁉」

突如ディスられ、恭太郎はぎょっとして抗議の声を上げる。

が、子供達の視線は冷たい。

「父さんのセンスのなさは昨日も痛感したし……」

「派手好きなおじいちゃんおばあちゃんはあれはあれで～だけど、お父さんはシンプルにセンスがないからね～」

「そんな……」

ガックリと項垂《うなだ》れる恭太郎を余所《よそ》に、有希は政近の腕に自身の腕を絡める。

「というわけでセンスのないパパンは置いておいて、一緒に買い物行こうぜ～？」

「久しぶりに帰ってきた父親に、家族サービスはさせてくれないのかい……？」

「今回はしばらく日本にいれるんでしょ～？　今日のところは――」

そこまで言ったところで口を閉じ、有希はズボンのポケットをパッと触ってから、ニコッとした笑みを浮かべた。

「と、思ったけど……パパぁ、やっぱりお願いしてもい～い？」

「ん？　なんだい？」

そして、嬉しそうに顔を上げる恭太郎へ、可愛らしく首を傾げながら言う。

「お財布、家に忘れてきちゃった♡　取ってきて？」

恭太郎の笑みに、ピシッとひびが入った。

◇

「というわけで、来たぜショッピングモール」

「マジで父親をパシらせるとは……」

政近と有希だけを降ろし、周防《すおう》家に向かって走っていく父の車を見送り、政近はなんとも言えない表情を浮かべる。そしてふと、従者に持って来てもらえばいいのではないかと気付き、有希に問う。

「というか……今日、綾乃《あやの》は？」

「ん？　今日はちょっと用事あるみたい」

「そう、か……」

その答えに、政近は少しばかり安心する。何しろ、綾乃とは体育祭の時に耳に痛いことを言われ、それっきりなのだ。政近としては、まだ顔を合わせるのは少し気まずかった。

と、そこで有希が照れた様子で口元にグーを当て、わざとらしく体をもじもじさせる。

「だ、だから……今日は、お兄ちゃんと二人きりだね？」

「その格好でやっても効果半減以下だと思うんだが」

高い位置で結んだツインテールにベレー帽。ドデカいサングラスで目元を隠したお馴染《なじ》みの変装スタイルに、政近はジト目を向ける。恐らく、斜め下を向きながらも視線をこちらへチラッチラさせているのだろうが、肝心の目がサングラスで隠れているせいでただの挙動不審にしか見えなかった。

「くっ、我が必殺の上目遣いが効かない、だと……⁉　まさか、私の完璧な変装にこんなデメリットがあったとは……！」

「仮に直撃食らったとしても、俺にお前の上目遣いは効かんが？」

「仕方ない、こうなったら体で誘惑するしかっ！」

「いや言い方」

ピョンコと政近の腕に抱き着き、体をすり寄せる有希。そして、いつもより数段高めの甘えた声を上げながら、道の両脇に並ぶお店のひとつを指差した。

「ねぇ～ぇ～おにぃちゃぁん。あたしぃ、たい焼きが食べたぁい」

「いや、そんくらい自分で買えよ」

「財布がねんだっつのボケが」

「そう言えばそうでしたね！　って、ボケ？」

「あ、いい意味で、ね？」

「それ言っとけばマイナスをプラスに出来ると思うなよ？」

「いやほら、ボケツッコミの意味のボケだから」

「だったら俺はむしろツッコミだろうがボケ」

「どうも、私がボケです」

そんな風に言い合いながらも、「まあたい焼きくらいなら」と、政近は有希を腕にぶら下げたままお店へ向かう。

「で、どれがいいんだよ」

「あたしカスタード！」

「はいよ。すみません、小豆とカスタードをひとつずつもらえますか？」

「ありがとうございます。小豆とカスタードで。はい、三百六十円になります」

「あ、っと……五百十円で」

「はい。では、おつり百五十円です」

お姉さんの店員に代金を支払っていると、お姉さんの隣にいるおばちゃんの店員が、保温器に入っているたい焼きを紙袋に入れながら有希の方へと笑顔を向ける。

「兄妹でお買い物？　仲がいいわねぇ～」

「うん！」

「あらいい笑顔」

お手本のように元気な返事をした有希に破顔し、おばちゃん店員は二尾のたい焼きと一緒に、小さなお饅頭《まんじゅう》を二つビニール袋に入れた。

「はい、少しおまけも付けておいたよ」

「ああ、すみませ――」

「ありがとう！」

恐縮する政近を遮るように大きな声でお礼を言い、有希は袋を受け取る。そして、クッと政近の手を引いて促すと、店員さん達《たち》にブンブン手を振りながら店の前から離れる。そんな有希の無邪気な振る舞いに、店内にいた店員はみんな笑顔で手を振り返した。

そうして、角度的にたい焼き屋さんからこちらが見えなくなった辺りで、政近は前を向いたまま真顔で言う。

「お前今絶対小学生だと思われてたぞ」

「フッ、これがこの変装のメリット……」

「詐欺じゃねぇか」

「明るく元気に振る舞っただけで詐欺とか言われてもね」

何食わぬ顔でビニール袋からお饅頭を取り出すと、有希はそれを一口かじった。

「んっ、美味《おい》しい。やっぱりたい焼き屋さんだけあって餡子《あんこ》が美味しいね〜」

「ふ〜ん？」

有希が差し出してきたビニール袋からお饅頭を取り出し、政近も一口かじる。すると、薄く滑らかな皮がぷつりと切れ、中にぎっしりと詰まった餡子が、程よい甘さを口いっぱいに広がらせた。

「ホントだ。これは美味しいな」

「ね〜？　こうなると、たい焼きの方も気になるね……」

「少し食わせろってか？　別にいいけど交換だぞ？」

「わ～い」

幼子のような歓声を上げながら、有希は自分の分のたい焼きを取り出すと、頭から慎重にかぶりつく。

「おぁっ、あちっ、あ、でもおいひい」

「やけどするなよ～？」

一旦、通行人の邪魔にならないような場所で立ち止まり、二人でたい焼きを食べる。すると、何気なく周囲を見ていた有希が不意に言った。

「しっかし、さっきからマスク着けてる人多いね～」

「ああ、なんかインフル流行《はや》ってるってテレビで言ってたしな。そのせいじゃないか？」

「あ～、らしいね……これなら、あたしもサングラスじゃなくマスクにした方がよかったかな？　実際、マスクとサングラスって変装としてはどっちが優秀なんだろうね？」

「ん～それはやっぱ、サングラスじゃないか？　目が隠れてるとだいぶ印象変わるし。エレナ先輩だって、肝心の目が見えてたのがバレた原因だろうし」

「あのマスクの話？　セクシー仮面だっけ？　いや、あれはバレるっしょ」

「目元さえ隠せばバレないってのがお約束なんだけどなぁ」

「からの、ホクロの位置で身バレするまでがお約束」

「うん、たぶん漫画の話じゃないよね？　あえてツッコまないからな？」

「……」

「手の甲で目元を隠すな！」

そんなやりとりをしながらたい焼きを食べ終えると、有希は政近を見上げて問う。

「で？　アーリャさんへのプレゼントはどうすんの？」

「あぁ……まあ、なんか適当に見て回りながら決めようかなと」

自信満々だったハーバリウムという案に駄目出しをされ、政近は苦笑いを浮かべながら言った。それに対して、有希はやれやれといった風に肩を上げる。

「まったく……こういうところで紳士力が試されるのだぞ兄上よ。常日頃からさり気なく、身近な女性が欲しがっているもの、必要としているものを探ってないからそうなるんだ」

「……そう言うお前は何をプレゼントするつもりなんだよ」

「あたし？　あたしはまあ、アーリャさんのスマホの保護フィルムが結構傷入ってたから、ガラス製のちょっといいフィルムを買おうかと」

「むっ」

その予想外の内容に、政近は眉根を寄せる。

女子が女子にプレゼントするものにしては可愛さやオシャレさに欠けているが、いいチョイスだ。

スマホは誰でも毎日使うものだし、保護フィルムというものは傷が増えて画面が見えづらくなっても、自分ではなかなか買い換えないものだから。

（むしろ、そういうのだったら俺が買ってもおかしくない気が……）

変に花とかを贈るよりは、実用性特化の方が渡す側としても気が楽なのだが。かと言って、妹の案を奪うわけにもいかない。

「ふっふっふ、きちんとアーリャさんのスマホの機種も把握してるぜ〜？　こ〜いうところで事前準備の差が出るのだよ、マイお兄ちゃん様」

「ぬ……」

得意げにニヤニヤと笑う有希だったが、これぱっかりは政近にも反論の余地はなかった。しかし黙って白旗を上げるのも癪で、なんとか異議をひねり出す。

「でもさ。スマホの保護フィルムって、『今のが汚いから替えろよ』みたいな意図が含まれたりしない？」

「そこはほれ、対立候補同士のピリピリってやつで？」

「そこまで織り込み済みなのはそれはそれでなんだかなぁ……」

なんとも言えない顔をする政近だったが、自分の指摘がただの意地悪であることは自覚していたので、それ以上は何も言わずに踵《きびす》を返した。そうして、ショッピングモールを回りながらプレゼントを考えることにした政近だったが……

「あ、アロマキャンドルとかちょっとよくないか？」

「香り系は人によって好みが分かれるし、そもそもそれ自分でもらって嬉しいか？」

「じゃあ、あのオシャレな砂時計とか……」

「インテリアは部屋の雰囲気によって以下略」

「犬の写真が載ってるカレンダー……」

「既にカレンダー買ってたらどうするよ」

「あそこのピンクのちょっと可愛いモバイルバッテリーとかは……」

「オレの保護フィルムに引っ張られてるよな？　それでいいのか兄貴のプライド的に」

「あっ、肌にいい石鹸《せっけん》とか」

「入浴関係を男子にもらうのはちょっとキモいかな～。この香りをまとって欲しい～みたいな意味が出て。というか、石鹸だとアーリャさんだけじゃなく家族全員で使うことになるわけで」

「……念のため訊くけど、アクセサリー系はやっぱ変な意味出るよな？」

「出るなぁ。ついでにお兄ちゃんにセンスがいいものを選べるとも思えんなぁ」

「こうなったら無難にお菓子で……」

「おめー消え物に走るのは逃げだぞ」

「もうあれだ。カタログギフト」

「選ぶことそのものから逃げてんじゃねぇか。そもそも高校生がプレゼントするもんじゃねーだろ」

出す案を片っ端から駄目出しされ、政近は自分のセンスに対する自信をナノレベルまで粉砕された。も～虚《うつ》ろな笑いしか出ん。

「……で、結局ど～すんだよ兄貴」

ジト目で問い掛けてきた有希に、政近は現実逃避丸出しでへにゃへにゃと笑う。

「アッハハ～♪　お兄ちゃんもうな～んにも分っかんなぁい☆」

「くっ、なんてぇ可愛らしさだ」

「おいやめろ」

「心が洗われる……！」

「やめろやめろ」

わざわざサングラスを外し、指で目頭を押さえながら天を仰ぐ有希。これには政近も流石に羞恥を煽《あお》られ、真顔に戻る。そして、小芝居を打ちながらニヤニヤと愉快そうに笑う妹を見て、深い溜息《ためいき》を吐いた。

「……まあ、もう手作りのお菓子でも渡すことにするよ……」

「あぁ～……ま、悪くないか。アーリャさん手料理大丈夫な人だし、男子の手料理はそれだけで得点高いし……」

「じゃあ、そういうことで……」

結局、これだけ時間掛けて何も買わずに終わったなと。政近が安堵《あんど》感と徒労感を同時に覚えていると、有希が軽く肩を竦める。

「まあ、いろいろ言ったけど……実際のところ、贈るものなんて大して重要じゃないと思うよ？」

「あん？」

どういうことかと片眉を上げる政近へ、有希はチッチッと口で音を鳴らしながら人差し指を振ると、したり顔で言った。

「贈るのはプレゼントという物体ではなく、心ということだよマイブラザー」

「要するに心を込めろってんだろ？　だから手作りにしようとしてんじゃないか」

政近の言葉に、有希はやれやれと両腕を肩の高さに上げる。

「それだけじゃないだろ……？　言葉と行動でも気持ちを伝えろって言ってるんだよ」

そこまで言われて、政近はようやく有希の言わんとすることを察した。

思わず頬を引き攣《つ》らせる政近へ、有希はニヤッと笑いながら人差し指を唇に当て、小悪魔っぽく囁《ささや》く。

「毎年あたしらがやってることをやってやればぁ……アーリャさんだって好感度爆増からの即イベント解放ってなもんよ」

それは、いつからか。有希が始めたことで兄妹間で恒例となった、誕生日プレゼントを渡す際のお約束。だが、それは……

「……いや、あんなん人前でやれるかいや」

頬をひくつかせながら政近がそう言うと、有希は露悪的な表情で政近の肩に腕を回す。

「まあまあブラザー、そこはオレが上手《うま》いこと協力してやるさ……当日、いい感じに二人きりにしてやるから、な？」

「わー頼りになるー誰も頼んでないけどー」

至近距離にある妹の顔に、棒読みでジト目をぶっ刺す政近。それに構わずニヤリと笑うと、有希はピッとエスカレーターを指差した。

「ま、そん時ビシッと決めるためにも、次は服ね」

「服？」

何を言ってるんだと問い返す政近に、有希はドデカいサングラスからはみ出るほど眉を吊《つ》り上げて言う。

「ベーケヤロウ！　パーティーである以上、ジャケットの着用は必須に決まってんだろうが！」

「うるさっ、耳元で叫ぶな……って、いや、ええ？　いや、誕生日パーティーだぞ？　それも中流家庭の」

「中流家庭だろうが学生だろうが、お招きされた以上正装で行くべきだろうが。アーリャさんの両親にも会うんだぞ？」

この指摘には、政近も思わずハッとなった。

そうだ、アリサの母親には三者面談の時に軽くあいさつをしたが、今度の誕生日パーティーではアリサの父親とも恐らく顔を合わせることになるのだ。選挙戦に臨む娘の、たった一人のパートナーとして、あいさつをしなければいけないのだ。

「……たしかに」

「ったく、しっかりしろよなぁ……オラ、分かったら行くぞ」

「うす」

今日ばっかりは純粋に頼りになる妹に促され、政近は紳士服のフロアへ向かう。そうして、妹に見繕われるまま服を購入し、そのまま流れで今度は婦人服のフロアへ。そして、有希の後を追いながら何気なく近くの値札を見て、ハタと気付いた。

「って、ちょっと待て。流石にお前の服を買えるほど金持ってきてないぞ？」

「ん～？」

自分の服という予定外の出費があり、政近の財布にはあと二千円ほどしか入っていない。これだけでは、有希の服を買うのには心許《こころもと》ないだろう……と考える政近だったが、それに対して有希はスマホを軽く振って答えた。

「ま、ここらのお店なら電子マネー使えるでしょ。万が一の時のために、十万以上入れてあるし」

「マジかよ……って、だったら父さんに財布取りに行かせる必要なかったんじゃね？」

「……てへっ☆」

政近の冷静な指摘に、有希はぺろっと舌を出して自分の頭を小突く。それにジト目をぶっ刺し、政近はしばらく迷ってから……躊躇《ためら》いがちに、口を開いた。

「……母、さん。そんなに具合が悪いのか？」

政近の言葉に、服を吟味していた有希の手がピタリと止まる。その反応で、政近は確信した。

財布を家に忘れたなんて、ただの口実。

有希は、家にいる母を父に会わせたかったのだ。それは、つまり……優美が、恭太郎の助けを必要としているということで。

(やっぱり、そうなのか……)

保健室で、漏れ聞こえてきた両親の会話。恐らく、優美は心を——

「いや、普通に元気だけど……」

政近の予想を全否定する怪訝《けげん》そうな声に、政近は虚を衝《つ》かれる。そうして、繰り返し瞬《まばた》きをしながら有希を見れば、有希は政近を見上げて不審そうに小首を傾げた。

「なんで急にそんな話になった？　というか、お兄ちゃんの口からお母様の話題が出たことに驚きを隠せないんだが」

「いや、それは……」

こちらを見上げる有希の瞳は、サングラスに隠れて見えない。読めない。有希の考えが。

「ま～なに勘違いしてるか知らんけど、別にお母様元気だよ～？　あ、この服いい感じ」

しかし、そう言ってパッと顔を背けた有希の態度に、政近はとっさに「誤魔化された」と感じた。

「あ、試着いいですか～？」

「はい、こちらへどうぞ～」

だが、追及をする前に有希は試着室へと向かってしまい、政近は伸ばしかけた手の行き場を失う。

「お兄さんはこちらへどうぞ～」

「あ、どうも……」

店員さんに試着室の近くの椅子を勧められ、政近はそこへ腰掛ける。そうして、ふともも上に肘をつくと、額を手で押さえた。

「……」

有希が、嘘を吐いていることはなんとなく分かる。そして、そこに触れて欲しくないと思っていることも。

（やっぱり、母さんは……）

だが、仮にそうだとして。

政近に、何が出来るというのか。そもそも、政近はまだ優美のことを恨んでいるし、優美のために何かしたいとも思っていない。

有希もそれが分かっているからこそ何も言わないし、政近ではなく恭太郎に助けを求めたのだろう。

（そうだよ……父さんが行ったんだから、俺に出来ることなんて何もないじゃん）

何も出来ないしする気もないくせに、自分の興味を優先して有希を問い詰めるのは、果たして正しいのか。

有希が隠したがっているなら、その意志を尊重するべきじゃないのか。政近がすべきは、その上で有希が楽しい時間を過ごせるよう、心を尽くすことで……

「……クソみてぇな言い訳だな」

小声でそれだけ吐き捨て、本音を嚙《か》み潰《つぶ》すと、政近はぐしゃぐしゃと前髪を搔《か》きむしって立ち上がる。

そして、近くにあった鏡の前に移動すると、自嘲と自己嫌悪にゆがんだ表情を整えた。せめて、妹が心置きなく買い物を楽しめるように。いつものように気の抜けた、へらへらとした笑みを取り繕う。

「はぁ……ま、こんなもんか」

小さく溜息を吐き、椅子に戻ろうとしたところで——レジ横に立つ、回転式のフック型陳列台。その一点に目が留まった。

「……マジか」

思わず、声が漏れる。そして、そのまま吸い寄せられるようにそちらへ近付くと、それを手に持ってしげしげと眺める。

それから、政近は有希が入った試着室をチラリと見て……まだ出て来ないと判断すると、足早にレジへと向かった。

その一方で、

(あ〜驚いた。サングラスに助けられた……いや、あれはバレてたか)

試着室に入った有希は、兄の不意打ちに上手く対応できなかった自分自身に、苦々しく唇をゆがめていた。

政近の推測は当たっている。体育祭以降、優美は日中ぼーっとしていることが増え、ひどく注意力が散漫になっていた。有希の目から見ても、一度医者に掛かった方がいいと思うのだが……優美自身にその自覚はなく、考え事をしているだけだと言い張るのだからタチが悪い。

(あたしだって……お母様が病気だなんて思いたくないけど、さ……)

それでも、最近の優美を見ていると胸の中が不安でいっぱいになる。けれど、その不安を政近に吐き出すわけにはいかない。そうしたら、きっと政近は気に病んで、自己嫌悪と後悔に沈んでしまうだろうから。

(兄さまには……笑ってて欲しい)

それが、有希の願い。ずっとずっと変わらない、今の有希の原点。

「はぁ……」

外に聞こえないよう小さく息を吐き、有希はとりあえず着替えることにした。試着という名目で試着室に入った手前、いつまでもぐずぐずしているわけにはいかないから。

帽子とサングラスを外し、上着を脱ぎ、シャツを脱ぎ、ズボンを脱ぐ。

すると鏡に映る、全体的に小さく、細く、薄い体。幸い胸とお尻は人並みに育っているので、貧相というほどではない。だが、こうして服を脱いで見ると、どうしたって痩せっぽちという印象は拭えなかった。

(家族を見るに、遺伝子的にはもっと大きくなるはずなんだけど……やっぱり、小さい頃に寝たきりだったのが影響してるのかなぁ)

別に、自分の体形にコンプレックスがあるわけではない。だが、いつまで経《た》ってもなかなか成長しないこの体を見て、家族が心配するのが申し訳なかった。特に母などは、生みの親として有希の体についてはかなり気に病んでいるようだから。

「……」

恨めしげな表情で、有希は薄っぺらな下腹部にそっと手を這《は》わせる。

(早く……大人になりたい)

早く、家族を安心させられるように。

ずっと、そう願っている。けれどこの身はその思いを嘲笑《あざわら》うかのように、一向に大人になってくれない。そしてそんな体に縛られた心もまた、一部がまだ無垢《むく》な子供のままだった。

肉親に対して、思春期特有の忌避感も羞恥心もない。異性に対して、恋愛感情を抱いたことがない。そもそも性欲すら自覚したことがない。

「……っ」

キリリッと歯を噛《か》み締《し》め、有希は衝動的に自身の下腹部を殴りつけようとして……寸前でぐっと堪えて、拳を下ろした。

「すぅ……ふぅ～……」

深く呼吸をし、心の波を抑え込む。

どれだけ我が身を恨んだところで、生まれ持ったものは変わらない。この体も、心も、有希が政近の妹であるという現実も、決して変わることはないのだ。

「っ」

ままならない現実に、鏡にゴッッと額を押し当てる。そして、有希は鏡に映る自分自身を睨《にら》みながら呟いた。

「大丈夫……わたしは……あたしは大丈夫……」

ぎゅっと目をつぶり、気持ちを整える。兄を心配させないように。いつものように、笑顔で。おバカな妹になり切るのだ。

「ふー……っ」

深く息を吐き、クッと口の端を吊り上げると、有希は小声で魔法の言葉を呟く。

「(妹モード、発♡動)」

呟いた声が、耳を通って脳に達し、意識がカチッと切り替わる。自然と頬には悪戯っぽい、不敵な笑みが浮かび、細かいことが気にならなくなる。

「ん、よし」

鏡に映った自分の表情を見て満足げに頷くと、有希は持ってきた淡いブルーのドレスに着替え、髪もお嬢様っぽく整える。

「フッ……あたしはこんなにも可愛らちい」

そして、鏡の前でひとしきり不敵な笑みを浮かべてから、有希は元気よく試着室を飛び出した。

「ジャッジャ～ン！　どうよこれ！」

得意気にポーズを取る有希に、政近もまたいつもの笑顔で応える。

「いいね、お遊戯会みたいで」

「ハッハッハ、鼻取るぞ」

「鼻取るぞ⁉」

お互いがそう願ったように、兄妹はいつも通りの楽しい時間を過ごした。

◇

「まったく、困りますよね……一週間前に連絡だなんて」

一方、政近や有希がいるのとはまた別の大型商業施設で、そんな風に愚痴をこぼすのは沙也加《さやか》。その近くに乃々亜《ののあ》。ちょっと離れたところには、微妙に居心地悪そうにしている毅《たけし》と光瑠《ひかる》もいた。

彼らは学園祭で一緒にバンドを組んだ友人として、四人共アリサの誕生日会に招待されているのだが……毅の「女子へのプレゼントとか分からないからアドバイスして！」という本音半分建前半分のヘルプにより、四人で買い物に来ているのだ。無論、そこには毅の

「休日を沙也加さんと過ごしたい！」という思惑があるし、そこは光瑠と乃々亜も承知している。しかし、乃々亜は事情を理解しているからって積極的に手助けするタイプではないし、当の沙也加は何も気付いていない。結果、

「こちらにも準備というものがあるんですから……アリサさんの好みがよく分からない状態では、満足なプレゼントも用意できませんし」

「ま〜そ〜ね〜」

ぶつぶつと文句を言う沙也加と、テキトー感溢れる相槌《あいづち》を返す乃々亜がいるのは、当然の如く女性向けのフロア。無論、毅と光瑠以外の男性客もいるにはいるが大体が彼女連れで、沙也加と乃々亜の会話に入り込めない野郎二人はどうにも身の置き所がなかった。

「まあ、文句を言っても仕方がないですからね……この色ならどんな服にも合わせやすいでしょうし、ちょうどいいでしょう」

「うんうん、とりあえず十四万のバッグはやめときな〜？　アリッサ絶対引くから」

サラッと高校生の身の丈に合わないバッグを手に取る社長令嬢にツッコミを入れ、乃々亜はおもむろに毅と光瑠の方へと歩み寄る。

「なんかごめんね〜さやっちの買い物いっつも長くてさ〜」

「ああいや……」

「うん……まあ、女の子ってそういう人多いらしいし」

「ま〜ね〜？　でも、流石に退屈じゃない？」

「いやまあ、沙也加さん楽しそうだし……」

仏頂面のくせしてその実ウッキウキの沙也加を見て、毅は小さく笑う。その顔を見て、乃々亜は軽く首を傾げた。

「好きな子が楽しそうなのって、見てるだけでそんなに嬉しい～？」

「えっ、あ～……でも、好きな人にはずっと笑顔でいて欲しいっていうのは……普通のことでは？　沙也加さん笑顔ではないけど……」

照れくさそうに頰《ほお》を掻きながらそんなことを言う毅に、乃々亜は片眉を上げる。

「そお？　アタシだったら、好きな人のいろんな表情が見たいと思うけどな～」

乃々亜の言葉に、毅は少し目をしぱしぱさせてから慄《おのの》いたように頷《うなず》いた。

「な、なるほど……好きな人だからこそ、泣き顔も怒り顔も隠さずに見せて欲しいと……大人だ……」

「乃々亜さんが言うと、なんだか重みが違うね……」

すっかり感心したように、深々と頷く毅と光瑠。それに言葉を返さず、乃々亜は店員さんとやりとりしている沙也加をじっと観察する。

（そう、いろんな表情を見たいんだよ……）

その、乃々亜の視線の意味に。自分達《たち》の解釈が、根本的に間違っていることに。

毅と光瑠が気付くことは、終《つい》ぞなかった。

第3話 純粋

「何気にここ来るのほぼ初めてじゃないか……？」

昼休み。メッセージアプリで呼び出しを受けた政近《まさちか》は、部室棟二階の廊下の端にある、外階段へと繋《つな》がる扉を押し開けた。妙に重たい金属扉がギギィッという音を立てながら開き、少しヒヤッとする秋風が正面から吹き寄せてくる。それに軽く目を細めながら外階段に出ると、一階へと繋がる踊り場から気の抜けた声が上がった。

「おっ、来た来た。よっす～」

「おお……よっす～？」

よく分からないあいさつにとりあえず応じながら、政近は階段を下りる。

「待たせたな……ってか、なんでこんな場所？」

呼び出し主たる、乃々亜《ののあ》を見ながら政近は問い掛けた。金属製の非常階段は風通しが良過ぎて、今の季節は少し肌寒い。話をするなら、どこか空き教室ですればいいのではないか……と言外に匂わせる政近に、乃々亜は片眉を上げる。

「なんでって……ここなら、誰か来たら音ですぐ分かるし？」

そう言いながら乃々亜は視線を上の方へと動かし、一瞬静止してから政近に流し目を向けた。

「それに、アタシとしてはいちお～くぜっちに気を遣ったつもりなんだけど～？　空き教室とかにアタシといるとこを見られて、困るのはくぜっちの方じゃない？」

いろんな受け取り方が出来るその質問に、政近は思わず言葉に詰まる。素直に考えるなら、「中学時代にイロイロやってた自分と空き教室に二人っきりだと、あらぬ誤解を招くのではないか」という意味だろう。だが……ただの邪推の可能性が濃厚だが、政近の立場からすると「アーリャやマーシャ辺りに知られたら面倒なんじゃない？」という意味にも受け取れる。

（うん、どっちにしろ掘り下げても損しかしないな）

そう判断し、政近は即座に立て直すと、肩を竦めるだけにとどめた。

「それで？　話ってのは？」

早速腹を探りにきた（？）ようにも思われる乃々亜に、政近は改めて警戒心を引き上げながら尋ねる。すると、乃々亜はくるりと身を翻し、手すりに肘をついて遠くの方へと視線を飛ばした。そして、数秒してから、政近の方を見ないまま曖昧な声を上げる。

「いンやぁ～……別に、何があったってわけでもないんだけどさ……」

「？」

基本、自分の言いたいことを直球で言う乃々亜らしからぬその態度に、政近は眉をひそめた。そして、なんとなく乃々亜の隣に立って、同じように校庭の方を見る。

それから少しして、乃々亜がおもむろに言った。

「前にさ〜？　話くらいなら聞くって言ってくれたじゃん？　だからまあ、話を聞いてもらおうかなって思って」

「……ああ」

一瞬考え、それがバンドメンバー+αで遊園地に行った時のことだと思い至り、政近は頷く。同時に、「何をやらされるのか」と警戒する政近に、乃々亜は淡々と言った。

「別に、何を言って欲しいわけでもないんだけどさ……聞くだけ聞いてくんない？」

いよいよ乃々亜らしくないその発言に、政近はまじまじとその横顔を見る。遠くを見つめるその横顔は、変に警戒しているこちらが気まずくなるほどに、頼りなげで……どこか切なさすら漂っているように見えた。

「……まあ、約束だし。話くらいなら聞くけどよ」

「ありがと」

素直にお礼を言われ、政近はいよいよ調子を狂わされる。

(う〜ん？　まさか、言葉通り本当に話を聞いてもらいたいだけなのか？)

まだ疑念を捨て切れず、繰り返し首をひねりながら頭を掻く政近だったが、乃々亜は特にそれを気にした様子もなく語り始めた。

「昨日さ〜アリッサの誕生日プレゼント買うために、さやっちとタケスィーとヒカルンで一緒に出掛けたんだよね～」

「……らしいな」

有希《ゆき》と出掛けるために断ったが、政近も誘われていたので知ってはいる。

「そんで、ご飯食べてる時にさ～～？　さやっちとタケスィーが、なんかアニメの話で盛り上がり出したんだよね」

「へぇ？」

「たぶん、さやっちが遊園地でやってたガチャガチャを見て、そのアニメ観たんだろうね」

「あ～なるほど」

政近が知る限りそんなにアニメを観ない毅《たけし》が、なんで沙也加《さやか》とオタトークが出来たのか……と疑問に思ったが、どうやらそこには毅の地道な努力があったらしい。

好きな人が好きなものを理解しようとする。誰でも思い付くアプローチ方法ではあるが、実際に行動に移せる人間はどれほどいることか。

（すげぇな毅……マジで感心するわ）

それを実行してみせた親友に素直に尊敬の念を抱きつつ、政近はこの話の本筋を察した。

「……で、自分が分からない話で盛り上がってる二人を見て、疎外感を覚えたとか？」

「ん～～？」

政近の推測に対して、乃々亜は不明瞭な声を上げる。そして、意外にも首を左右に振った。

「いや、別にそれはよかったんだけどね～」

「？　そうなのか」

「うん」

あっさりと頷く乃々亜の横顔は、本当に何も気にしていないように見えて……政近は首を傾げる。そして、続く乃々亜の言葉に政近の困惑は更に深まった。

「それはいいんだけど……二人が話してる最中にさ、ママからメッセ飛んできたんだ」

「⁇」

「で、とっさにスマホ取り出してメッセ確認したんだけど……」

そこで、乃々亜はフッと目を細める。そして、どこか物憂げな表情で言った。

「さやっちがさ、怒らなかったんだよね」

「……？」

「いつもなら、アタシが食事中にスマホ取り出したら注意するのに……さやっち、タケスィーとの話に夢中でさ～。『あ～今、さやっちの中じゃアタシの優先度って低いんだな～』って思ったら、なんか、ね……」

そこまで言って、乃々亜は口を噤《つぐ》んだ。その横顔に……政近は、掛ける言葉が見付からなかった。

（なん、だ？　これ……マジでお悩み相談？）

遊園地での口説かれた（？）一件以来の二人きりということもあって、今日はいつも以上に乃々亜のことを警戒していた。

だが、されたのはその件とは無関係の……実に普通の高校生らしい悩み相談。その表情は、なんだか不満そうな、不可解そうな、それでいて寂しそうな雰囲気を漂わせていて
……政近は罪悪感と憐憫《れんびん》から、眉を下げた。

「……それは──」

「あ、別に何も言わなくていいよ。さっきも言った通り、話を聞いて欲しかっただけだから」

政近の言葉を遮り、乃々亜は手すりから体を離す。そして、肩を広げるように軽く伸びをしながら言った。

「んんっ……！　大体、さぁ？　返答に困るっしょ～？　そもそもアタシ自身、だからなんだって感じだし」

自分自身を突き放すように、乃々亜は言う。だが、政近はとてもそんな風に流す気にはなれなかった。

政近は、今更ながらに恥じ、後悔していた。乃々亜が毅に何かするのではないかと疑い、話を聞いて欲しいと言う彼女を警戒し続けた自分自身を。

（流石に……ちょっと偏見が過ぎたな）

きっと、乃々亜の言葉に嘘はない。乃々亜が毅に何かするつもりなら、こんな話を政近にするはずがないのだから。乃々亜なら、やると決めたら黙ってやる。誰かの賛同や同調

を求めたりはしない。

だからこれは……本当に、話を聞いて欲しかっただけなのだろう。寂しさや疎外感といった、今まで感じたことのない感情。それに戸惑い、翻弄され、一人で抱えられなくなって政近を頼った。だというのに……政近の態度の、なんと不誠実だったことか。

(でも……なんて言えばいいんだ？)

安易な共感や薄っぺらな慰めなど、乃々亜の心に響きはしないと分かる。そもそも乃々亜自身よく分かっていない感情に、勝手に答えを突き付けるのは無粋で傲慢ではないのか。なら、どうすべきか。政近は悩み……悩み抜いた末に言った。

「そうか……まあ、いつでも話は聞くよ」

「あっは、ありがと」

乃々亜が小さく笑ったのを見て、政近も少しだけ笑う。

恐らく、これが正解なのだろう。

人に話している内に、自分の中で整理が付いていくことはよくあることだ。乃々亜に必要なのはきっとそれで、政近がすべきは話を聞いてあげること。そうしている内に、乃々亜は自分で自分の感情に答えを見付けるだろう。

(そうだよな……別にこいつだって、悪人ってわけじゃないんだし)

これはあくまで政近の認識だが、乃々亜はただ、純粋で自分の心に正直なのだ。ただその他者を顧みずに我が道を行く純粋さが……徹底した社会的動物である一般人から見ると、異端《悪》に見えてしまうだけで。

　こうやって新しい人間関係の中で、少しずつ自分の感情を見付けていけば……いつか、乃々亜も普通の人のように笑い、泣くようになるのかもしれない。

（あ〜んま想像できんけどな〜）

　その場面をイメージし、あまりの似合わなさに苦笑してしまいながら、政近は乃々亜に問う。

「それで、話はそれだけか？　まだ何かあるなら聞くが？」

「ん〜とりあえずはそれだけ。なんか話したらすっきりしたわ」

「そっか、それならよかった」

　乃々亜の言葉に、政近は心からそう言う。目の前の少女が、普通の高校生のように悩み、それを他者に打ち明けたことが、なんだか妙に嬉しかった。の、だが、

「お礼に、お尻触ってもいいよ」

　サラッと告げられた言葉に、政近は数瞬ピシッと固まってから、引き攣った笑みを浮かべる。

「二秒五万円のお尻を？　後が怖いから遠慮しとく」

「そぉ？　ちなみに今日はTバックだけど」

「マジで!?」

「うん、ほら」

そう言うと、なんと乃々亜は右手でピランとスカートをめくり上げた。翻ったスカートから、乃々亜の白い肌が覗《のぞ》く。美脚という言葉を体現したような、スラリとした美しいふともも。キュッと持ち上がった丸くてキレイなお尻……が見えたところで、政近はギュンッと顔ごと視線を上に向けた。

「見えた？」

「……見えなかった」

お尻が、ではなくTバックが、である。見えなかった時点でお察しとも言えるが。

「あ～そっか、くぜっちお尻より胸の方が好きだもんね。ブラの方が嬉しかったか」

「なぜそれを知っている？」

真顔で顔を戻す政近に、乃々亜はなんの気なさそうに言う。

「え？　だってちょいちょいアリッサの胸見てるじゃん」

「マジで⁉」

反射的にそう言ってしまってから、「しまったカマかけか！」と焦るが……乃々亜は真顔。こちらも釣られて真顔になってしまうくらいに真顔。これには政近も否応《いやおう》なく「あ、これガチだ」と悟らされた。

「……マジで？　え、そんな見てる？」

「見てるっていうか……視線が通過する度に、そこで一瞬目が留まる？」

「ええ～いやでもそれは……仕方ないだろ。一瞬くらいなら許してくれよ……誰だって

でっかい宝石のネックレス着けてる人見たら、ついついそこに目線留まるだろ？　それと同じだよ……」

「いや別に責めてないけど」

「冷静に指摘されるのはそれはそれで嫌だ……」

ぐったりと首《こうべ》を垂れる政近に、乃々亜は右手で再度スカートを摘み上げる。

「で、どうする？　触っとく？」

「あのな……そういうことやってると、沙也加に怒られるぞ」

「あ～……」

政近の指摘に、乃々亜は上の方に視線を彷徨《さまよ》わせると、パッとスカートを離す。

（やっぱり、沙也加には弱いんだな）

そう思うとなんだかおかしいような安心したような気持ちになって、政近は少し笑みを浮かべて乃々亜を見た。

「そんなことせんでも、話くらい聞くって。……バンド仲間なんだから」

「そこは友達なんだから、じゃなくて～？」

「いやごめん。正直、お前を友達と呼んでいいのかはちょっと疑問なところがある」

政近が乃々亜を友達と言えるのかも、乃々亜が政近を友達と認識しているのかも。どちらもかなり疑問だが……でも、今乃々亜がそう言ってくれるなら……

「まあ……でも、そうだな。うん、友達だ」

「お〜改めてよろしくぅ〜」

「お、うん？　ああ、よろしく？」

差し伸べられた手を握り、何かよく分からない握手をする。そして、曲がりなりにもあの乃々亜と握手を交わした事実に、少し苦笑した。

（沙也加とあんな関係になるとも思わなかったけど……まさか、乃々亜ともこんな関係になるとはなぁ）

少し前の自分からは、考えられなかったことだ。ずっと政近の中で、乃々亜は何をするか分からない危険人物という認識だったから。

だが……バンド活動や、毅と沙也加の関係の中で、乃々亜も変わってきている。そのことは、今日のやりとりでよく分かった。ならば、

（いつまでも警戒してないで……少しずつ歩み寄るべきなんだろうな。アーリャが当選したら、来年には同じ生徒会仲間になるわけだし）

心の中でそう反省し、政近はそこでようやく、自分の中に根強く残っていた乃々亜への偏見を捨てることに決めた。

「それじゃ、俺はそろそろ行くけど……」

「うん、ありがとね〜アタシはもう少し風に当たってるわ〜」

「……そうか」

いつもと変わらない、無気力そうな態度と表情。その裏に、今なお孤独と苦悩が残って

いるのを感じ、政近は目を細める。しかし、それ以上何かを言うことはなく、政近は踵《きびす》を返すと階段を上がった。

「じゃ、またな」

「うぃ～」

何気ない、ぞんざいな返事。それでいて決して一緒に戻ろうとはしないのは……きっと、一人になりたいからなのだろう。

(何か……言うべきなのか？　このまま、あいつを一人にしていいのか？)

そんな思いが頭を過《よ》ぎる。だが、掛ける言葉も、一緒にいる言い訳も特に見付からず。政近は懊悩《おうのう》としながら扉を開けると、少しばかりの無力感と共に階段を後にした。

……そんな風に、自分の思考に囚《とら》われていたから。政近は気付けなかった。

自分の右側、二階から三階へ繋《つな》がる階段に、ひとつの人影があったことに。そして……自分の背中をじっと見つめる乃々亜が、被験体を観察するような無機質な瞳をしていたことに。

◇

(同情って素晴らしいね～)

去り行く政近の背中を見送り、乃々亜は特に感慨もなく考える。

同情は素晴らしい。同情さえさせてしまえば、どんな人間も優しくなる。敵対関係にある人間だって救いの手を差し伸べてくれるし、聞くところによると人を殺《あや》めた罪すら軽くなるとか。なんと素晴らしいのか。これほどお手軽で便利な感情は他にはない。

(あのくぜっちですら、アタシに優しさを見せたし～？)

政近が乃々亜に対して常に警戒心を向けていることくらい、彼女もとっくに理解していた。理解した上で、特に不都合はないと放置していた。今までは。

(でも……より生の感情に触れるためには、警戒心は邪魔だもんね)

遊園地のベンチで政近に迫ったのは、今考えると痛恨事であった。あれのせいで、せっかく緩んだ政近の警戒心が跳ね上がってしまったのだから。

だが一方で……弱みを見せれば、政近の警戒心が緩むという情報も得た。そして今のやりとりで、それが確実であることも分かった。

(それに……)

どうやら政近は、乃々亜に人間らしくなって欲しいと思っているらしい。

(まったく、お優しいことで)

政近のお人好《ひとよ》しっぷりに、乃々亜は肩を竦める。

だが、であればせめて政近の前では人間のように……人間になりかけているように振る舞おう。これから宮前《みやまえ》乃々亜が何をしようと、彼が淡く儚《はかな》い希望を捨てないでいられるように。宮前乃々亜が人間になろうとしている限り、久世《くぜ》政近は決して見捨てることは出来ないのだから。

（優しい人間ってやりやすいから助かるわ〜）

ちっとも嬉《うれ》しくなさそうな表情のままそんなことを考えると、乃々亜はおもむろに、頭上の踊り場の底を見上げて呼び掛けた。

「そこ、誰かいるの？」

乃々亜の大きな声に、返ってきたのは静寂。しかしそのまま待っていると、不意に踊り場から二階へ下りる階段に足が掛かった。ステップの間に開いた隙間から、一組の足が下りてくるのが見える。だがなぜか、足音はしない。

そうして、階段の手すりを回って姿を現したのは……綾乃《あやの》だった。その、無表情ながらも気持ち顔が硬いようにも見える綾乃を見上げ、乃々亜は問う。

「君嶋《きみしま》ちゃん……？　なんでここに？」

「……」

乃々亜の問い掛けに、綾乃は無言で視線を逸《そ》らした。どう答えるかを考えている素振りだったが、乃々亜はお構いなしに畳み掛けるように問う。

「もしかして、アタシたちの会話聞いてた？」

これは、質問の形を取った確認。実のところ乃々亜は、政近の少し後に綾乃が来たことには気付いていた。正確には足が見えただけで、それが誰かまでは識別できなかったが、足音が一切しなかったことで綾乃だと推測したのだ。

つまり、綾乃はわざと泳がされていたわけだが……そんなこと当人が知るはずもなく。乃々亜の責めるような視線に、綾乃は忙《せわ》しなく目を泳がせる。そして、数秒沈思してから素早く階段を下りると、乃々亜に向かってバッと頭を下げた。

「申し訳ございません。お二人の会話を盗み聞きしてしまって……」

深々と頭を下げる綾乃に、乃々亜は視線の圧を少し緩めると、手すりに寄り掛かる。

「それで？　なんでくぜっちの後をつけてたの？」

「……」

「盗み聞きされた身としては、理由くらい聞く権利があると思うんだけどな～？」

頭を下げたまま沈黙する綾乃だったが、乃々亜が罪悪感を煽ってやると、少ししてからゆっくりと口を開いた。

「その……体育祭で、政近様に失礼なことを言ってしまいまして……その謝罪をと、機会を窺《うかが》っていたところ……」

「アタシらの会話が始まっちゃったと？」

「はい……申し訳ございません」

再度頭を下げる綾乃を、乃々亜はじっと観察する。

「ふ～ん……そんなに謝りづらいことしちゃったの？」

「そう、ですね……」

綾乃は目を伏せたまま、肯定しつつも詳細は語らない。だが、このまま帰すという選択肢は乃々亜にはなかった。

(ユッキーのパートナーであると同時に、くぜっちの大切な幼馴染《おさななじ》みでもある人間……何かに使えるかもしれないもんね)

冷徹にそう思考しつつ、乃々亜は綾乃の表情をじっと観察する。

乃々亜はかつて、沙也加に訊《き》いた。どうしたら人を動かすことが出来るのかと。

沙也加は答えた。人を動かすのは合理と利益だと。しかし、それだけでは動かない人もいる。なぜなら全ての人には感情があり、しばしば感情は合理や利益を超えて人の行動を支配するからだと。

その沙也加の話から、乃々亜は学んだ。即ち……感情を操ることが出来れば、合理や利益を超えて人の行動を支配できるのだと。

それまでも、乃々亜は相手の反応を見て言動を変え、気に入られるように振る舞ってはいた。だが、まだその先があるのだ。相手の感情を受けて言動を変えるのではない。こちらから言動を変えることで……相手の感情を操る。

(イマイチ表情が読めないけど……忠誠心が罪悪感を上回ってるのかな？　少し、攻め手を変えるか)

そう判断を下し、乃々亜は腕を組むと、うんうんと頷いた。

「普段仲がいい相手ほど、謝りづらいことってあるよね～分かる分かる。ごめんね？　なんか責めるような言い方しちゃって」

「あ、いえ……わたくしの事情は、盗み聞きの件とは別問題ですので」

打って変わって親しみやすい態度を取る乃々亜に、綾乃は戸惑った様子で瞬《まばた》きを繰り返す。しかし、乃々亜は気にすることなく、へらりと笑いながら続けた。

「いやぁアタシも似たような経験あるから分かるよ～。友達に話し掛けようと思って近付いたら、その子がちょ～ど別の人に話し掛けられてさ～。『話終わるまでちょっと待ってよ～』って思ってたらまさかの告白が始まっちゃって……めっちゃ気まずかった。あとでバレて怒られちゃったけど、実際ああいう時ってどうすればいいのか分かんなくなっちゃうよね～」

自己開示と、共感。

戸惑いや申し訳なさに揺れていた綾乃の瞳が、乃々亜を真っ直ぐに見た。

（はい釣れた）

内心冷徹にその様子を観察しつつ、乃々亜はニコッと笑みを浮かべる。

「これも何かの縁だし、アタシでよかったら話聞くよ～？　安心して？　アタシ、口は堅いから。友達にも『意外と口堅いよね』ってよく言われるし」

自己評価ではなく、周りの人間からの評価で語る。

「いえ、そんな……」

「遠慮しないでいいって。アタシもくぜっちに話聞いてもらったことだし。これはくぜっちへのお礼代わりってことで。大事な幼馴染みと気まずいままじゃ、くぜっちもつらいと思うしさ」

政近のため、という大義名分を与えてやる。

「それに、くぜっちと君嶋ちゃんの正確な関係を知ってる人間って、ユッキー以外にはアタシとさやっちくらいしかいなくない？」

選択肢を減らし、視野を狭くさせる。

「ま～無理にとは言わないけどさ。相談くらいなら乗るよ？ってね」

詰めるだけ詰めて、最後に主導権は渡してあげる。

「……」

乃々亜が口を閉じると、綾乃は視線を彷徨わせ……ゆっくりと口を開いた。

「くれぐれも、内密にしていただきたいのですが……」

（掛かった）

内心の笑みを表には出さず、乃々亜は視線で先を促す。

「実は、政近様がアリサさんと立候補されることを、今更ながら責めるような発言をしてしまい……」

「どうして？」

「それは……政近様が、有希様の……」

そこで一旦口を閉じると、綾乃は「いえ」と自分の発言を否定した。

「そもそも、わたくしに苦言を呈するような資格はありませんでした。わたくしがもっと、有希様の支えになることが出来ていれば……」

虚空に目を向けながら語られた断片的な独白を、乃々亜は無言で吟味する。

(ん〜要するに、ユッキーが支えを必要としてる時に、くぜっちがユッキーよりもアリッサを優先したって話かな?)

そして、政近の代わりに有希を支えることの出来ない、我が身の不甲斐《ふがい》なさを悔やんでいる、と。そう予測を立てた乃々亜は、気遣わしげに眉尻を下げた。

「そっか……大切な人の助けになれないのは、つらいよね……」

「はい……」

「アタシも、中等部選挙戦ではあまりさやっちの助けになれなかったからさ……気持ちは分かるよ」

「そう、なのですか?」

「うん」

上目遣いで窺ってくる綾乃に、乃々亜は頷《うなず》く。

「結局、さやっちは選挙戦でユッキーに負けちゃったし。アタシがもっと上手《うま》くやれてれば、結果は違ったのかなぁ……なんてね」

「……」

頰《ほお》に綾乃の視線を感じながら、乃々亜は空を見上げて語る。

「お父さんの期待を裏切った〜って、さやっち大泣きしてさ〜。そんなさやっちを見て、アタシは……」

当時の心境が蘇り、乃々亜は口を閉じた。そして、綾乃の方を向いて切なげな笑みと共に言う。

「心が震えたよ」

そこでそっと綾乃の右手を両手で握ると、乃々亜は続けた。

「でもね？　その時気付いたんだ……本当に大切な人っていうのは、ただ傍《そば》にいて、味方であり続けるだけで十分なんだって。それだけで、ちゃんと心の支えになれるんだって。だから……」

綾乃の瞳を覗《のぞ》き込んで、乃々亜は真っ直ぐに告げる。

「君嶋ちゃんも、ユッキーの味方であり続ければいいと思うよ。それだけで、きっとユッキーも救われてると思うから」

「……」

乃々亜の言葉に、しかし綾乃は視線を逸らした。そして、どこか苦しそうに声を漏らす。

「でも、わたくしは……」

「ん？」

「わたくしは……有希様の完全な味方には、なれないのかもしれません」

胸の奥から溢《あふ》れ出したかのようなその言葉に、乃々亜は綾乃の本心に触れたことを確信した。

（へぇ～？）

興深げな笑みを心配そうな表情に隠し、乃々亜は問う。

「どうして？」

「……」

「大丈夫、神に誓って誰にも言わないから」

あまりにも大仰な誓いに、しかし綾乃はゆっくりと口を開く。

「わたくしは……政近様に、周防《すおう》家に戻っていただきたいと考えているのです」

その口から零《こぼ》れ落ちたのは、政近や有希にも話していない綾乃の願い。

「かつてのように、また三人で……仲良く、幸せな日常を送りたいのです」

幼き頃の、あの日々。有希は無邪気に兄を慕い、政近は妹になんの後ろめたさも抱いておらず……そんな二人を眺めている綾乃は、いつもすごく幸せで……

「でもそれは、お二人の意思に反することで……これは、わたくしの身勝手な希望に過ぎません」

目を伏せ、少し声を震わせる綾乃を……乃々亜は、ぎゅっと抱き締めた。驚いたように身を硬くする綾乃に、喉の奥から絞り出すように囁きかける。

「そっか……ずっと一人で、そんな思いを抱えてたんだね……苦しかったね……」

そのまま十秒ほど、乃々亜はぎゅぅっと綾乃を抱擁すると、パッと体を離し、綾乃の両肩を摑《つか》んで言った。

「よし決めた！　アタシは君嶋ちゃんに味方するよ！」

「え？」

「ほら、さやっちもくぜっちとユッキーに仲良くして欲しい人だし？　何よりそんなに切実な思いを聞かされちゃあね〜〜肩入れしたくなっちゃうよ」

少し不敵な笑みを浮かべながらそう言ってから、乃々亜はふっと表情を緩める。

「それにね？　きっとくぜっち自身も、自分の家とはちゃんと向き合わないといけないって思ってる。そう、思うんだ」

「そ、うでしょうか？」

知らない。綾乃にとってはその方が都合がよさそうだから、そう言ってみただけだ。

「うん、きっとそう。だから、アタシも協力するよ。あっ、よかったらアヤノノって呼んでもいい？」

「え、っと……はい」

戸惑ったように視線を彷徨《さまよ》わせながらも、綾乃は頷く。それを見て、乃々亜は笑みを深めた。

自分と世界のずれを意識したあの日。池のカエルに向かって石を投げていた悪ガキたちの気持ちが、今なら少し分かる気がした。

きっと彼らは、本気でカエルを害そうと思っていたわけではない。

自分が投げた石が、小さな命を傷付けるかもしれない。その背徳感とスリル自体を楽しんでいたのだ。

（うん……分かるよ）

これが、悪いことだという認識はある。もしかしたら、怒られるかもしれない。もしかしたら、何も起こらないかもしれない。もしかしたら、投じた石から生まれた波紋が、思いがけないものを揺らしてくれるかもしれない。もしかしたら、この行為には目的はおろか理由すらないのかもしれない。

それでも、石を投げる。

（楽しくなってきた♡）

再び綾乃の手を両手で包みながら、乃々亜は綺麗《きれい》な笑みを浮かべる。

「改めてよろしくね？　アヤノノ。それじゃあ早速、くぜっちにどうやって謝るかだけど──」

その唇から、無邪気で純粋な悪意を滴らせながら。

◇

「では、今日のホームルームはこれで終わり。日直、号令」

「起立、礼」

「「ありがとうございました～」」

　放課後、荷物をまとめた政近は席を立つと、隣のアリサへ声を掛けた。

「ごめんアーリャ、俺ちょっと用事あるから。生徒会には少し遅れるわ」

「そうなの？　というか……またスマホ使ってたの？」

　軽くスマホを持ち上げながら言う政近へ、アリサは咎《とが》めるような目を向ける。その実に優等生らしいアリサの苦言に、政近は肩を竦《すく》めた。

「ゲームはしてないよ。連絡取るくらいなら別にいいだろ？　むしろ、授業中律儀に電源切ってるのなんてお前くらいだぞ」

「校則に従っているまでよ」

「いやまあ、お前の方が正しいんだけどさ……これくらいは見逃してくれ」

　首を縮めながらそう言うと、政近はそそくさと教室を出て行く。その背を軽いジト目で見送り、アリサは軽く息を吐いた。

（まったく、いつまで経《た》っても生徒会役員としての自覚がないんだから……でも、あんまり小うるさく言うのもよくないわよね。き、嫌われちゃったら、困るし？）

　無意識に指先で髪をくりんくりん巻きながら、そんなことを考え……ハタと思考が乙女に染まっていると気付いて、プルプルと頭を振る。

（いけないいけない……この前から、少し気を抜くとすぐこうなるんだから）

　今の自分を見られていなかったか周囲の様子を窺いつつ、アリサは澄まし顔でスマホの電源を立ち上げた。

数時間ぶりに起動されたスマホが、数秒間電波を探った後にブブッと振動し、メッセージの着信を告げる。

（？　お母さんかしら）

軽く眉を上げながらメッセージアプリを立ち上げ、発信主を確認して……アリサは意外感を覚えた。

「乃々亜さん？」

少し戸惑いながらも、乃々亜からのメッセージを確認する。

そうして数秒後、アリサは生徒会メンバーに自分と政近が少し遅れる旨をメッセージすると、鞄《かばん》を持って席を立った。

◇

（こらまた珍しいところに呼び出されたな……）

綾乃からのメッセージに従って階段を上りつつ、政近は内心で独り言《ひとりご》つ。場所は、部室棟の屋上へと繋《つな》がる階段。学園祭の折に、政近がマリヤと話をした場所であった。

「っと……よぉ」

屋上に出る扉の前に立っている綾乃を見て、政近は軽く片手を上げる。

最後に別れた時のやりとりがあれだったので、そのあいさつはいつもより少しぎこちない。

心なしか、それを受ける綾乃の無表情も、いつもより少し硬いように見えた。

「お呼び立てして申し訳ございません、政近様」

「いや、それはいいが……どうした？」

「はい。まず……」

そう前置きするや否や、綾乃はその場に土下座しようと——したので、政近は一足飛びに階段を駆け上がると、その肩を摑んで止める。

「いやいやこんなところでナチュラルに土下座すんな。制服とか髪とかが汚れるぞ」

「？　だからいいのではありませんか」

「くっ、なんて常識の揺らぐ真っ直ぐな目を……念のため訊《き》いておくが、汚れるほど誠意が伝わるって意味だよな？　ドM的な意味ではないよな？」

「もちろん前者の意味です。それと、わたくしはドMではございません」

「ああ、うん、そお……」

「痛いことに快感を覚えたりはしません。わたくしはただ、物のようにぞんざいに扱われたいという願望を秘めているだけです」

「秘めてねーじゃん。フルオープンじゃん。あと、世界はそれをドMと呼ぶんだぜ」

「そう、だったのですか⁉」

無表情のまま目を見開き、背後にピシャーンと稲妻のエフェクトを背負う綾乃。その体が硬直したのをこれ幸いと、政近は綾乃の両腕を掴んで半ば無理矢理《むりやり》に立ち上がらせると、改めて尋ねる。

「で、何の用だ？　土下座はいらんから簡潔に伝えろ」

「あ、はい……」

断固たる口調で放たれた命令に、綾乃はピクンと体を跳ねさせてから頭を下げた。

「まず体育祭の件に関しまして……申し訳ございませんでした。使用人の身で、出過ぎたことを申し上げました」

「……」

その謝罪は、政近にとっても予想通りの内容だった。だからこそ……政近の対応は既に決まっている。

「いや、謝る必要はない。お前の言うことはもっともだ。お前の立場なら、ああいった苦言は出て当然のこと……何より、有希を思っての発言なんだ。むしろ……」

綾乃に頭を上げさせ、その目を真っ直ぐに見つめると、政近は深々と頭を下げた。

「ごめん。お前にあんなことを言わせてしまって。本当に申し訳ない」

「ま、政近様っ、頭をお上げください」

慌てふためいている様子がありありと伝わる綾乃の声に、政近は顔を上げると切なげに笑う。

「お前が謝ることなんて何もない。そもそも……有希の一番の味方でいて欲しい、って頼んだのは俺だ」

それは、学園祭初日を終えた夜に、政近が綾乃に託した願い。

「だから……ありがとう。誰よりも有希の味方でいてくれて」

そう言って、政近は再度綾乃に頭を下げる。それに目を見開き、綾乃はふっと雰囲気をやわらげた。

「もったいないお言葉です、政近様」

そう言って、微《かす》かに笑みを浮かべる綾乃に、政近もまた笑みを浮かべる。少しの間無言で笑みを交わし、綾乃は表情を改めると、政近に問う。

「政近様……政近様が有希様へ向ける想いは、今も変わりがございませんか？」

「有希は俺の最愛で、この世の誰よりも大切な人だ。それが揺らいだことは一度もない」

間髪容《い》れずに放たれた断言に、綾乃は一度瞑目《めいもく》してゆっくりと頷いてから、真っ直ぐな目で答える。

「であれば、わたくしも迷いません。わたくしはこれからも、有希様のことを第一に考えて動きます」

「……ああ、そうしてくれ」

思いを確認し、意志を定め、二人は視線を交わす。その、下方。

踊り場へと上がる階段の半ばで、アリサは固まっていた。頭の中では、政近が綾乃へ告げた言葉がリフレインしている。

（最、愛……一番……）

階段が、ひどく頼りない。手すりもぐにゃぐにゃで、使い物にならない。

（あ、うぁ、ああああああああ）

叫びたい。吐きたい。胸の中のもの全部。全部全部吐き出して、呼吸を止めてしまいたい。

「っ！　ぐぅっ」

その衝動を、わずかに残った理性で堰《せ》き止め。アリサは崩れ落ちるようにして、階段を下りた。

ただただその場を離れようと、下へ下へと階段を下りる。そうして一階まで辿り着いたところで、横から声を掛けられた。

「あっ、アリッサおつ～……って、なんで下りて来ちゃったの？　待ち合わせは上だけど……」

その声にのそっと顔を上げれば、そこには怪訝《けげん》そうに視線を上階へ向ける乃々亜の姿。何か話があるとのことだったが……今のアリサに、乃々亜を相手にするだけの心の余裕はなかった。

「ごめんなさい……ちょっと、用事はまた今度でいいかしら」

「え？　あ～まあいいけど……どしたの？　何かあった？」

「ごめんなさい」

それだけ言うと、アリサは覚束《おぼつか》ない足取りで乃々亜の横を通り抜けようとする。が、

「ちょっ、待ってって」

横から腕を摑まれ、強引に足を止めさせられた。見れば、いつになく真剣な顔をした乃々亜がこちらを見つめている。

「そんな顔してるアリッサをほっとけないって。何があったの？」

瞬間、アリサは衝動的に乃々亜の手を振り払い、駆け出しそうになった。しかし、すんでのところで踏《ふ》み止《とど》まり、震える肺で一度深呼吸をしてから口を開く。

「……何があったかは、言えない」

それは、自身の秘めた想いを明かすことになるから。

「でも……少し、傍《そば》にいてくれる？」

傍にいて、見張っていて欲しい。

このまま一人でいたら、何かとんでもないことをしでかしてしまいそうだから。そんな思惑を秘めたアリサの願いに、乃々亜はあっさりと頷《うなず》く。

「うん、いいよ～」

「……ありがとう」

「ぜ～んぜん。アタシたち、友達っしょ？」

あっけらかんとそう言うと、乃々亜はアリサの腕を放し、ポンポンと肩を叩《たた》く。いつも通り、細かいことは気にしない乃々亜のマイペースさに、アリサは小さく笑う。

まさか、明るい声で親しげに振る舞う乃々亜の顔が、その実全くの無表情であるとは思いもせずに。

第4話 露

キ～ンコ～ンカ～ンコ～ン――

掃除の時間の終了を告げるチャイムが鳴る。それを、アリサは保健室のベッドの中で聞いていた。

『具合悪いんならさ～保健室のベッドで寝ちゃえば～？』

そう言う乃々亜《ののあ》に、半ば強引にベッドに放り込まれたアリサは、生徒会が始まる時間になってもまだベッドの中から動けなかった。

（これ、サボりかしら……）

だとしたら、人生で初めてのことだ。

そんなことを、頭の片隅でぼんやりと考えて自嘲する。

サボりだなんて、断じて許されることではない。ありえない。人生の汚点だ。そう思うのに、体を起こすだけの気力が湧いてこない。

心の中が重苦しい感情に埋め尽くされていて、自身の行動への軽蔑が生まれる余地すらない。

『有希《ゆき》は俺の最愛で、この世の誰よりも大切な人だ。それが揺らいだことは一度もない』

階段の上から聞こえた政近《まさちか》の言葉が、ずっと頭の中でリフレインしている。聞き間違いだと思いたかった。

だけど、学園祭でピアノを弾いていた政近の姿が、体育祭の最中に有希へ向けていた視線が……アリサに現実逃避を許さない。

（あぁ、もしかしたらあの二人は……）

ずっと想い合っていたのに、家庭の事情で仲を引き裂かれた関係なのではないか。有希は名家の一人娘で、政近は中流家庭の出身だから。家格の不釣り合いを理由に、両想いでありながら交際することを許されなかった……そう考えれば、体育祭で政近が有希の母親へ向けていたあの表情にも納得がいく。

（政近君が隠していた事情は、つまりそういうこと……？）

だとしたら、なんて滑稽なのか。初めから、あの二人の間に入り込める余地なんてなかったのに。

政近がアリサへ向ける感情は、あくまで人が人へ向ける尊敬や親愛であり……そこに、恋慕の情は存在しなかったのだ。

なのに、一人で勝手に好きになって、勝手に盛り上がって、挙句こんな……勝手に悲しんで。

「っ！」

胸がわななき、アリサは意図せずしゃくりあげそうになって、ぐっと息を呑《の》み込んだ。泣くな。カーテンの向こうには、まだ乃々亜がいるのだ。こんな、失恋なんかで泣いてる弱くて情けない自分なんて、誰にも見せたくない。

(そうよ、たかが失恋くらいで何よ。早くに気付けた分、傷が浅く済んでよかったじゃない)

恋心を自覚して、すぐに叶《かな》わぬ恋と知れたのだから。これ以上手遅れになる前に、知ることが出来て……

「っ、ふっ、ぅ」

シーツにくるまり、込み上げる嗚咽《おえつ》を枕に顔を埋めることで押し殺す。それでもどうしようもなく震える胸から、勝手に言葉が溢《あふ》れ出した。

【やだ、やだよぉ……】

最後の矜持《きょうじ》で、せめて誰にも分からぬように。声が震えないよう、密《ひそ》やかに囁《ささや》く。

【好き……好きぃ……】

心が、溢れる。言葉が止まらない。

何が、何が傷が浅く済んだ、だ。もうとっくに手遅れだ。もうとっくに、どうしようもなく心奪われてしまっていたのだ。久世《くぜ》政近以外との未来など想像できない。自分の隣から政近がいなくなるなんて、想像しただけで胸が潰れそうになる。

【好き、なの……】

◇

『ありがとうございました、宮前《みやまえ》様。お陰様で政近様にきちんと謝罪ができました』

『そっかぁそれはよかった。というか、アタシのことは乃々亜でいいって。様もいらないし』

『では……乃々亜さん。ありがとうございました』

『ううん、またいつでも相談に乗るよ～』

綾乃《あやの》とメッセージのやりとりをしながら、乃々亜はカーテン越しに微かに漏れるアリサの声を聞いていた。

（ん～……やっぱり、感情を押し殺すタイプはどうもつまんないなぁ）

極限まで感情を抑え込まれた声からは、アリサの胸の内が伝わってこない。

乃々亜が求めるのは、純粋で強烈で、剝《む》き出しの激情だ。この胸の動かぬ心を震わせるような、強烈な感情の爆発を見たいのだ。

だが、有象無象の感情の爆発では心が震えないということは、今まで何度も試したから分かっている。ならば、沙也加《さやか》ほどではないにしろ、それなりに親交がある相手《アリサ》ならどうかと思ったのだが……

（まあ、本命はくぜっちの方だし。退屈でもとにかく数投げないとね～）

布石は打てるだけ打っておいた方がいい。そのためにも……

（さて、仕上げに掛かりますか～）

心が弱っているところに付け込むのは、マインドコントロールの基本。ここで一気にアリサと距離を縮めよう《を落としに掛かろう》と、乃々亜はカーテンに手を掛け――

ブブッ

手の中のスマホが、メッセージの着信を告げた。

『乃々亜さん、まだ掃除中？』

メッセージの送り主は、光瑠《ひかる》。そのメッセージを見て、乃々亜は今日は軽音部でバンド練習がある日だったと思い出す。

（ん～……今日は休むかなぁ）

ベッドの方を見て、そう返信しようとしたところで、スマホが再度振動。

『今日は軽音部出ないの？』

今度のメッセージの送り主は、沙也加。その名前を視認するや否《いな》や、乃々亜は両手でスマホを握ると、最高速でメッセージを打ち込んだ。

『行くけど？　もしかして見に来てる？』

『ちょっと』

『分かった。すぐ行く～』

最後にハートマークの乱舞したスタンプを送り、乃々亜はスマホをポケットに突っ込むと、カーテン越しに声を掛ける。

「アリッサ～？　アタシ、軽音部の方行くね～？」

その呼び掛けに、返答はない。しかし乃々亜は気にせず、気遣いの出来る友人を装って、わざと大きめの音を立てながら保健室を出た。

（さ～って、いっそげ～♪）

そうしてすぐさま音楽室を目指し、廊下を軽やかに駆け始める乃々亜。その頭の中からは、既に綾乃のこともアリサのことも、きれいさっぱり消え失《う》せていた。

◇

「それじゃ、お疲れ様でした～」

「おう、お疲れ～」

「お疲れ様～」

「お疲れ様でした」

生徒会業務を終え、政近は生徒会室を出る。そして、すっかり暗くなった廊下の外を見て眉をひそめる。

（結局、アーリャ来なかったな……）

生徒会のグループチャットに「少し遅れる」という旨のメッセージは来ていたが、それっきり。マリヤが電話を掛けても繋《つな》がらず。今日は体育祭の事後処理的な業務がいろいろとあり、忙しくなることは前から分かっていた。

そんな時にアリサが業務をすっぽかすとはなかなか考えづらく、生徒会メンバーも全員、怒るというより心配していた。それに、政近個人としても……

(体育祭以降、あんまアーリャと話せてないんだよな)

家族の方でいろいろあってあまり気にする余裕がなかったし、てっきりアリサも何かを察してそっとしておいてくれたのではないかと思っていたが……今日の不可解な生徒会欠席を見るに、どうもそれだけではないらしい。

(マーシャさんがまた電話掛けるって言ってたけど……俺もちょっと捜してみるか)

そう考え、政近は帰る前に、心当たりがある場所を巡ってみることにした。

「いない、か……」

教室と職員室を経て第二音楽室を覗いた政近は、廊下でポツリと独《ひと》り言《ご》つ。

(これでもう既に帰ってるとかだったら笑えるが……)

そんなことはありえないだろうと、自分で分かっている。分かっているからこそ、心配がいや増す。

(……とりあえず、もう一回教室に行ってみるか)

そう考えて踵《きびす》を返したところで、政近は予想外の人物と遭遇した。

「おや、久世じゃないか」

芝居がかった口調で声を掛けてきたのは、ピアノ部部長の桐生院雄翔《きりゅういんゆうしょう》。一カ月前の学園祭で、学園全体を巻き込む騒動を起こし、その罰として従姉《いとこ》の菫《すみれ》に丸坊主にさせられた挙句一カ月の停学を食らっていた男子である。そんな、学園祭でバッチバチにやり合った因縁の相手を見て、政近はとっさに顔をしかめた。

元よりナルシストで自己中心的な雄翔のことは好きではなかったが、学園祭ではそれに加えていろいろと黒歴史を作ってしまった相手でもある。おまけに、今はとにかくアリサが心配なこともあり……

「おう、じゃ」

政近はそちらをチラ見しただけで、足早にその前を通り過ぎた。が、

「まあ、待ちなよ」

雄翔は素早く政近の前へ回り込みつつ、なぜか無駄に壁に寄り掛かって無駄に流し目を向けてくる。少女漫画か恋愛ドラマの見過ぎなんじゃないかとツッコみたくなるその芝居がかった態度に、政近は盛大に頰《ほお》をひくつかせながらも、なんとか苛立《いらだ》ちを抑え込んで言った。

「なぁ……そもそも俺とお前って、普通に話すような関係じゃないと思うんだが？　……何の用だよ」

「うん？　まあ大した用ではないんだけどね」

「発勁ぶち込むぞこのまだらハゲ」

その容赦のない呼称に、雄翔はピクッと頰を引き攣《つ》らせる。

しかし悲しいかな、自分でもその表現が的を射ていることは分かるのか、その反応は怒り以上に笑いが勝っていた。

何しろ菫に丸坊主にされた雄翔の頭は、停学期間中にそれなりに髪が生えてきていたものの、ところどころ頭皮ごと行かれてた部分は治りが遅く。まだら状に髪が薄くなっている状態は、まさに〝まだらハゲ〟。

あまりに的確としか言えないその表現に、それでも笑ってしまうのだけはなんとか堪え、雄翔は大仰に両腕を広げて肩を竦《すく》めた。

「やれやれ、人の身体的特徴を笑いものにするとは……これだから庶民は」

「人のこと庶民呼びする奴にだけは言われたかねーわ」

無論政近とて、生まれ持ってのものや病気や事故などでやむを得なくそうなっているのなら、それを笑いものにする気はない。

だが、雄翔のこれはただの自業自得だ。過去散々迷惑を掛けられた挙句に現在進行形で苛立たされている身としては、これくらいのことは言いたくもなった。

(というか、俺のことを庶民呼びするってことは……こいつ、俺と有希が兄妹だってことには気付いていないのか)

ふとそう考え、政近はそれもそうかと思い直す。

いくら昔の苗字《みょうじ》が同じだろうと、それで「もしかしたら兄妹なのではないか」なんて飛躍した考えを抱く人間は圧倒的に少数派だろう。ほとんどの人間はただの偶然と考えるか、精々遠い親戚かもしれないと推測するくらいのはず。一発で兄妹だと見抜いた乃々亜の方が異常なのだ。

そんなことを考えていると、気を取り直したらしい雄翔が、何事もなかったかのように話し掛けてくる。

「キミが放課後にこんなところにいるとは、キミが吹奏楽部の助っ人《すけと》に入るという噂は本当なのかな？」

「……誰に聞いたんだ？　そんな噂」

一部の人間しか知らないはずのその情報に、政近は肯定も否定もせずに問い返す。すると、雄翔はなんてことはなさそうに答えた。

「ボクはピアノ部の部長だよ？　同じ音楽系の部活として、噂くらいは入ってくるさ」

「ああそう……でも残念ながら、俺はただ人捜しをしてるだけだ。そういうわけだから、じゃあ」

必要最低限のことだけを言って、再度雄翔の前を通り過ぎようとする政近。だが、

「その捜している相手っていうのは、九条《くじよう》アリサのことかな？」

雄翔が口にしたその言葉に、否応《いやおう》なく足を止める。そして、疑惑と警戒の入り混じった視線で雄翔を睨《にら》んだ。

「そんな顔をするなよ。ボクはたまたま、宮前と一緒に保健室に入っていく九条を見ただ

けさ」

「乃々亜と……？」

つい先程頭に浮かんだ人物の名前が出て来て、政近は眉をひそめる。しかし、何はともあれ雄翔の言葉が有益な情報であることは確かだったので、不承不承ながらも礼を言った。

「……助かった。それじゃ」

そして、今度こそ雄翔の前を横切ろうとするが――

「まあ待ちなよ久世……キミ、あの宮前を本気で同じ生徒会に迎えるつもりなのかい？」

その含みたっぷりな問い掛けに、政近は内心「うぜぇ」と思いながら答える。

「……俺らが当選したら、そうだな」

政近の素っ気ない返答を受け、雄翔はハッキリと小馬鹿にした笑みを浮かべた。

「本気かい？　あんな危険存在を進んで自らの懐に入れるなんて、正気とは思えないね」

雄翔の言葉に、政近は一瞬言葉に詰まる。……詰まってしまった。

それ自体が、政近自身、雄翔の言い分に一定の理があることを認めている何よりの証拠だった。

「まさかキミ、宮前のことを味方にすれば心強い人間だなんて思っているんじゃないだろうね？　だとしたらそれは大きな間違いだよ」

鋭く政近の考えを見抜いた上で、雄翔はそれを全面否定する。

「宮前は、誰かの味方になったりしない。あの女にとって、この世の人間は二種類だけ。

大事な観察対象と、壊してもいい観察対象。それだけだ」

「……ひねくれ者にはそう見えるのか？」

「お人好《ひとよ》しにはそうは見えないのかい？」

皮肉に平然と切り返され、政近は口元を苦々しくゆがめた。それでも……乃々亜を友人と認めた人間として、沈黙で雄翔の言葉を肯定する訳にはいかず、政近はなおも反論する。

「桐生院……お前が知ってるのは、以前の乃々亜だろ？　あいつだって、いろんな人と関わって、いろんなことを経験して、少しずつ変わってきてるんだ。今のあいつは、前のあいつとは違う」

「何も違わないさ。キミが違うと思ったなら、それはあれがそう見せているだけだよ」

あくまで乃々亜を邪悪な存在として語る雄翔に、政近はいよいよ怒りをにじませた。だが、雄翔はそれに対して処置なしといった風に肩を竦めるのみ。

「お前……」

「やれやれ、これだけ言っても分からない、か」

首を左右に振りながらそう言うと、雄翔は壁から背中を離し、政近の横を通り抜ける。

「最後にひとつ。他人の善性を信じずにはいられないのは、キミの大きな弱点だよ、久世」

すれ違いざまにそれだけ言って、雄翔は去って行く。

その言葉には、政近としても少し考えさせられるところがあったが……それはそれとして言われっぱなしは癪《しゃく》なので、政近は去りゆく雄翔の背中に言葉を投げる。

「その頭でも芝居がかった態度を捨てられないのは、お前の大きな弱点だよ、桐生院」

「っ!」

雄翔がガクンッとつんのめるのを尻目に、政近は保健室へと向かう。その間も、頭の中では雄翔の言葉が渦巻いていた。

(乃々亜が変わったように見えてるのは……全部あいつの演技だって?)

バカバカしい。あんなひねくれ者の悪党の言葉に耳を貸す必要なんてない。乃々亜《友人》と雄翔《敵》、お前はどっちを信じるんだ。

そんな風に考えても、疑念が消えない。

頭のどこかで、雄翔の主張に頷《うなず》く自分がいることを否定できない。一度芽生えた疑惑が、頭の中で根を伸ばし、思考を侵食していく。

(乃々亜とアーリャが、一緒に保健室へ……? アーリャが体調を崩した? なんでクラスも部活も違う乃々亜が、アーリャと一緒にいたんだ? まさか、乃々亜がアーリャに何か……)

秋嶺祭《しゅうれいさい》の打ち上げで行った遊園地のベンチで、乃々亜から向けられた絡みつくような視線が、言葉が、脳裏に蘇《よみがえ》る。

あれがどこまで本気だったのかは分からないし、あの乃々亜にどこまで常識的な思考が通じるのかは分からない。

だが、あくまで一般論を語るなら……女子は気になる男子《政近》の傍《そば》に自分より近しい女子《アリサ》がいた場合、その女子に敵愾心《ライバルてきがいしん》を抱くものではないか。

(もし、乃々亜もそうだとしたら……いや、でもあれ以来乃々亜は何もアプローチしてこないし。というかそもそも！　ついさっき、乃々亜への偏見を捨てるって決めたばっかりじゃないか！)

頭に浮かんだ友人を疑う思考を、政近は羞恥と自己嫌悪と共に打ち消す。

『他人の善性を信じずにはいられないのは、キミの大きな弱点だよ』

直後、脳裏に蘇った雄翔の忠告も即座に打ち消し、政近は足早に保健室を目指した。アリサと話して、この疑惑を完全に解消するために。あるいは、そう出来ることを願って。

「失礼します」

逸《はや》る気持ちを抑えながら引き戸をノックし、政近は保健室へと足を踏み入れた。すると、机の前に腰かけていた保健室の先生がパッと顔を上げる。

「あら……もしかして、九条さん？」

「あ、はい。えっと……」

「そこよ。そろそろ起こそうと思っていたからちょうどいいわ」

そう言うと、保健の先生は唯一閉められているカーテンを開き、中へと入って行く。

『九条さん、具合はどう？　久世君が迎えに来てくれたわよ？』

そう先生が呼び掛ける声に続いて、小声で何事かを言い交わす声が聞こえてくる。そして少ししてから、先生が申し訳なさそうな表情で出て来た。

「ごめんなさいね久世君。せっかく来てくれたんだけど……九条さん、もう少し休んだら帰るから、気にしないで欲しいって」

「え？」

それは、遠回しな拒絶。まさか対面することを拒否されるとは考えていなかった政近は、思わず絶句してしまう。だが……

（まあ、でも……本人が嫌って言うんなら……）

自分の感情を優先して食い下がるのは、ただの迷惑だろう。アリサが嫌と言うなら、その意思を尊重するのがパートナーというものだ。

「ああ、じゃあ……マリヤさん、お姉さんを呼びますね」

「そうね、それがいいかもしれないわね」

せめてアリサがちゃんと帰れるよう、マリヤを呼ぼうとスマホを取り出したところで、

――また、逃げるのか？

そんな声が、頭の中で響いた。思わず手を止めると、頭に浮かぶのは有希の顔。買い物中に、有希が浮かべた嘘の笑み。

「……」

見ないふりをした。気付かないふりをした。有希が苦しい気持ちを抱えているのは察していたのに。

それが有希の意志だから、妹の意志を尊重するんだなんて、自分に都合のいいクソみた

いな言い訳をして逃げた。

今、自分は……また同じことをしようとしているのではないか？

(アーリャが明らかに普通じゃない状態だって分かった上で、拒絶されたからって『はい拒絶されたからって『はいそうですか』と引き下がるのが本当に正しいのか？　俺は……約束しただろうが！）

アリサと共に選挙戦に出ると決めたあの日。隣で支えると。もう一人にはしないと。そう誓った。

もうこれ以上、約束を破るのは──

「っ、アーリャ！」

胸の中で爆発した、自分への怒りとも使命感ともつかない感情に衝《つ》き動かされ、政近は声を上げた。

スマホをポケットに押し込み、ぎょっと目を剝《む》く保健の先生の横を素早くすり抜けると、カーテンを引き開ける。

そして、背後の先生が制止する声も無視して、政近はカーテンの中へと踏み込んだ。

◇

夢を、見ていた。

アリサがベッドの中で泣いていると、政近が迎えに来てくれる。そして言うのだ。全部勘違いだと。俺が一番大切なのは、お前だと。そう言って、優しく抱き締めてくれる。そんな、あぁ、なんて都合がいい夢……

「——ょうさん、九条さん」

体を揺さぶられ、アリサは目を覚ました。すると目に入るのは、真っ白なシーツを透かして降り注ぐ光に、ぼんやりと照らし出されている枕。

「九条さん、具合はどう？　久世君が迎えに来てくれたわよ？」

「！」

先生の言葉に、アリサの胸は微《かす》かに跳ね、すぐに沈黙した。

直感的に悟った。夢と同じように政近が迎えに来てくれたところで、夢と同じようにはいかないと。

分かっている。全部夢だと。でも、今はまだ……現実を、見たくなかった。

「……もう少し休んだら自分で帰るので、帰ってもらえますか？」

「えっ……そ、う……帰ってもらえばいいのね？」

「はい」

「大丈夫？　何か用意して欲しい物とか——」

「大丈夫です」

短く答え、アリサはそれ以上の問答を拒否するように、強くシーツにくるまる。

胸の中で暴れ狂っていた制御不能な感情は、眠っている間に一旦治まった。その代わりに今、アリサの全身を満たしているのは、どうしようもない虚脱感だった。

虚《むな》しい。全てが、空《むな》しい。自分のやっていること。今こうしていることに、何も意義を見出せない。

いや、実際意義などないのだろう。これらは全て、無駄で、無価値で、無意味な独り相撲なのだから……

「アーリャ！」

そこで鋭く名前を呼ばれ、アリサはビクッと体を跳ねさせた。直後、カーテンが引かれる音と共に、誰かが──否、政近が、近くに立つ気配がする。

「アーリャ……？　何があった？」

「ちょっ、ちょっと久世君！　病人のベッドに勝手に──」

「先生、少し待ってもらえますか？　アーリャがどうしても出て行けって言うなら、すぐに出て行きます」

政近の言葉に、先生が言葉を呑み込む。そして、シーツ越しに政近の気遣いに満ちた声が聞こえてきた。

「アーリャ……大丈夫か？　何があったか、説明してくれないか？」

優しい声。アリサのことを、心から心配していると伝わる声。

でも、それも今は虚しく聞こえる。

（その優しさは、私だけのものじゃないんでしょ……？）

そんなひねくれた思考が頭に浮かび、すぐに泡となって消えた。私だけのものじゃなければ、なんだというのか。くだらない。無意味。この思考も、全部……

「まさか、乃々亜が何か……したのか？」

「……？」

しかし、そこへ聞こえてきた政近の深刻そうな声に、アリサの頭に疑問符が浮かんだ。それをきっかけに、鈍麻していた脳が正常な働きを取り戻し始める。

「さっきその、桐生院に、お前と乃々亜が一緒にいたって言われて……」

「……違う」

「えっ」

ようやくマトモな反応を返したアリサに、政近が驚きの声を上げる。

「乃々亜さんは、関係なくて……具合が悪くなった私を、看病してくれただけ」

「え、あ、そう、なのか。あっ、じゃあ全部俺の早とちり……」

後悔と羞恥に塗れた声が聞こえ、アリサがそっとシーツを持ち上げて片目を覗かせると、ベッド脇にしゃがみ込んで両手で顔を覆っている政近が見えた。

「──かよ、恥かぃ……んだよ、ぃつ、ジ許さん……」

なんともやらかした感溢れるその姿に、不意にアリサの喉から「ふふっ」と笑いが漏れる。そして、政近が「ん？」と顔を上げるのを察して、すぐにシーツを下ろして視線を遮った。

（私……何を笑っているのよ……）

そんな疑問に満ちた思考に反して、なぜか口角が上がる。政近が、情けない顔で頭を抱えている。ただそれだけのことが、今はなぜだかおかしくて堪《たま》らなかった。

「アーリャ……？」

シーツの下で無音で体を震わせるアリサへ、政近の怪訝《けげん》そうな声が掛けられる。

それに、アリサは必死に感情を抑え込んだ、淡々とした声で答えた。

「別に……少し、嫌な話を聞いただけ」

「嫌な話……もしかして、出馬戦で負けたこと、か？」

詳細をぼかしたアリサの言葉に、政近が的外れな推測をする。これはアリサにとっても予想外で、どう答えたものかと沈黙してしまう。そしてその沈黙をどう受け取ったのか、政近の誤解は加速していく。

「たしかに、出馬戦で負けたことは俺らにとって痛手だった。でも、菫先輩やエレナ先輩が味方だって印象付けられたんだから、トータルで見れば悪い結果ではなかったさ。今まで快進撃を続けてた分、しばらくはいろいろ言う奴がいるかもしれないけど、そういうのはいちいち相手にしないで――」

アリサが、有希の支持者に悪し様《あざま》に言われたせいで寝込んでいると勘違いした政近は、大真面目に言葉を尽くす。それがまた、なんだかひどくおかしかった。

（本当に、何も気付いてないんだから……）

一体、誰のせいでこんなに落ち込んでいると思っているのか。

そんな風に考え、ふと、今までもそうだったではないかと思い至る。

政近はいつだって一枚上手で、アリサのことを全部分かったみたいに振る舞ってて……

でも、一番肝心なことには気付いていない。それがひどく滑稽で、政近を出し抜いている感じがして、嬉《うれ》しくて……

（ふふっ、本当に……な～んにも分かってないんだから）

あなたが私の気持ちに気付いていないことが嬉しい。あなたが私の気持ちに気付いていないことが恨めしい。

シーツの下で、政近が一生懸命語る言葉を聞きながら、アリサは相反する思いに身を浸した。それでも、政近が自分のために言葉を尽くしてくれていると思うと、徐々に幸福感が体を満たしていく。

たとえ、それが的外れな言葉であろうとも。今、政近が心を尽くしている優しさは……アリサだけのものだから。

（あなたの運命の相手が……私じゃないことが、悲しい）

アリサにとっての運命の相手は政近だったけれど、逆はそうではなかった。それが、どうしようもなく悲しい。息が出来なくなるほどに苦しい。でも……諦めることなんて、出来ないから。

（だから……しばらくは、この気持ちは沈めておこう）

政近が惹かれ、応援したいと思ったのは、力強く前を向く九条アリサだから。こんな風に、落ち込んで蹲《うずくま》ってはいられない。いつか、政近が振り向いてくれるその時まで。アリサは、強く立ち続けなければいけないのだ。それを、政近も望んでいるはずだから。だから……

「──も増えてるんだぞ？　現に、俺だって……」

アリサを励まそうと、なおも語り続ける政近を、シーツの下から伸ばした右手でちょいちょいと手招きする。

「？　なんだ？」

政近が身を乗り出し、遠慮気味に顔を近付けてくる。そこへ、無言で更に手招きをすると、内緒話に誘われていると思ったらしい政近が、アリサの頭付近にまで顔を近付けてきた。

「なんだ……？」

政近の怪訝そうな声がすぐ近くで聞こえたところで、アリサはガバッと起き上がる。そして、ビクッと上体を上げる政近へ、身にまとっていたシーツをバッとかぶせた。

「うわっ……！」

ベッドに両手をついたまま、反射的に目をつぶる政近。その頭を、アリサはぎゅっと胸に抱き締める。

そして、意外なほど柔らかな政近の黒髪に、そっと唇を押し付けて囁いた。

Люблю.

かつてのように、思わず漏れた言葉ではなく。心からの、溢《あふ》れんばかりの恋慕を込めて。

秘めやかに想いを告げると、アリサは瞑目《めいもく》し、自身の恋心を胸の奥へと沈めた。

そうしてゆっくりと腕を解くと、政近が顔を上げ、真っ白なシーツの下で二人の視線が絡み合う。突然のアリサの抱擁に混乱が収まっていない様子で、政近がヒクリと目元を引き攣《つ》らせる。

「え、っと……何事?」

年相応の、少年らしい表情を見せる政近へ。アリサは吹っ切れたように、いつものように挑発的に笑う。

「あなたが鈍感で助かったってこと。……もう、大丈夫」

そう言ってアリサがガバッとシーツを剝《は》ぎ取ると、保健室の蛍光灯が眩《まぶ》しく降り注ぐ。思わず目を細め、しぱしぱと瞬《まばた》きをしていると……政近の背後で引き攣った笑みを浮かべる、保健の先生が目に入った。

「あのねぇあなた達《たち》……先生の前で、何をしてるのかな?」

これにはアリサも何も言えず、罪悪感と気まずさから思わず目を逸らす。すると、先生はひとつ大きな溜息《ためいき》を吐いてから言った。

「まあ……何をしてるのかは見えなかったから、今回は見逃すけど。ほら、元気になったのなら帰りなさい」

「は、はい……ありがとうございました」

　促されるまま上靴を履くと、鞄《かばん》を持って立ち上がる。そうしてぺこぺこ頭を下げながら扉の方へ向かうと、先生がじろっとこちらを見て言った。

「念のため言っとくけど……保健室のベッドをそういうことに使ったら、即停学だからね」

「しませんよ⁉」

　政近の強烈な否定を聞き、アリサもようやく〝そういうこと〟の意味に気付く。

「し、しません！　そんなこと、絶対にしませんから‼」

　フシャーッと威嚇するように叫ぶアリサに、先生は生ぬるい目でしっしと手を振る。それにむっと唇を尖《とが》らせながらも、アリサは一礼して保健室を出た。政近がアリサに続いて引き戸を閉めると、人の存在を感知した廊下の照明がぽつぽつと点《つ》き始める。

「はぁ……じゃあ、帰るか？」

「……そうね」

　なんだか疲れた様子の政近に続いて、アリサは玄関へ向かう。その間も、保健室の先生に掛けられた忠告が頭の中でリフレイン。

（そういうこと、って……私と、政近君が？）

　思わずそういうシーンを想像してしまい、アリサは頭がカァッと熱くなり、ギリッと歯を嚙《か》み鳴らす。

「──りえないっ‼」

「おおぅどうしたぁ？」

政近がビクッとのけ反ったところでハッとし、アリサは気まずさから顔を背けながら、ロシア語でぶつぶつと呟《つぶや》く。

【そうよ……そういうのは結婚……最低でも、婚約してからするべきで……だって、赤ちゃんできちゃうかもしれないし……そもそも私、自分でもほとんど――】

怒りと羞恥から、険しい顔で誰にともなく反論をし続けるアリサ。その、隣で。

（おっ、なんか明るい星ある～もしかして宵の明星かなぁ～すごいな～）

すぐ傍で漏らされるアリサの赤裸々な独白に、政近は宇宙の果てへと遠い目を向けるのだった。

Иногда Аля внезапно кокетничает по-русски

第5話　乱

「それじゃあ、また後で」

「お～う」

教室の前で軽く手を振り、アリサと別れる。

(ハァ……)

そしてくるりとアリサに背を向けてから、政近《まさちか》は内心大きく溜息を吐いた。

保健室で寝込んでいたアリサを、念のため家まで送ったのが昨日のこと。結局、今朝会った時には、アリサはすっかり以前のアリサに戻っていた。特に距離を感じることもなければ、落ち込んでいる様子もなく。完全に本調子に戻ったようで、それ自体は政近にとっても喜ばしいことだったのだが……

(今度はこっちが平静を保ってられんのよ)

抱き締められた時の、柔らかく温かな感触。囁《ささや》くように落とされた、二度目の告白。そして……ロシア語で語られた、アリサの赤裸々な性事情。

(いや、俺だって聞かないようにしてたよ？　してたけどさぁ……嫌でも耳に入ってくるんだもんよ!!」

とりあえず、アリサがそっち方面でもかなり潔癖気味なのはよ〜く分かった。分かりたくもなかったが。

（なんか、もう、ホント……アーリャの告白の意味とか、考えなきゃいけないことは分かってるんだけど……正直、そっちまで頭が回らん……）

おまけに当の本人《アリサ》があっさりしているものだから、政近としても「もうこれ、全部忘れた方がいいのかな～」なんて気がしてきて……深く考える気が失《う》せる。

（まあ、これも逃避の一種なのかもしれんけど、さぁ……）

昨日、「これ以上逃げちゃダメだ～」なんて意気込んで、盛大に空回った身としてはそれも致し方なしと思えてしまう。と、思い出したことで当時の羞恥と後悔が蘇《よみがえ》ってきて、政近は内心改めて乃々亜《ののあ》に頭を下げた。

（いや、マジですまん。アーリャに付き添ってくれてただけなのに、完全に偏見で疑って……それもこれもあのまだらハゲが悪い。うん）

サラッと雄翔《ゆうしょう》に責任を押し付けたところで、生徒会室が見えてくる。

「ンンッ」

扉の前で軽く咳払《せきばら》いをし、姿勢と表情を整えてから三回ノック。

「失礼します」

あいさつをしながら、生徒会室の扉を開け――

「……これは？」

目に飛び込んできた予想外の光景に、政近はドアノブを摑《つか》んだまま固まった。

長机にズラッと並べられた、紙皿と紙コップ。紙皿の上にはカヌレやマドレーヌといった洋菓子が載せられており、それ以外にもたくさんのお菓子やジュースが用意されていた。一目で菓子パと分かるその光景の中、異彩を放つのは机の中央にデデンと置かれたジャックオーランタン。

「おっ、待ってたよ久《く》っ世《ぜ》く〜ん。トリックオアトリート！」

「もう十一月ですよ」

そこへ駆け寄ってきた、恐らくこれらを準備したであろう先輩に、政近はとりあえずツッコミを入れる。そして、その先輩の姿に目を細めた。

「その衣装どうしたんですか？　違法少女先輩」

「そう、時には美貌の吹奏楽部部長。時には謎のセクシー仮面。そして、今の私は……！って、違法少女って何？」

「合法的に魔法少女名乗れる年齢じゃないかなって……」

「その冷たい目やめて！　あたしだって待ってる間三回くらい我に返ったんだから！」

「四回我を失ってるじゃないですか」

顔を背けながら両手で政近の視線をバリアする違法少女先輩……改め依礼奈《えれな》先輩。その身にまとうのはフリッフリでキュランキュランな、精々中学生までしか許されなそうな魔法少女の衣装。

「仕方ないじゃん！　手芸部に『魔女のコスプレ衣装貸して』って頼んだらこれが出て来たんだから！」

「さもありなん」

短過ぎる上に広がり過ぎているスカートを片手で押さえながら、片手で魔法のステッキらしきものをブンブン振る依礼奈。う〜んなかなかキツイ。

（そのステッキがないだけでだいぶマシになると思うんだが……真面目だなぁ）

軽く息を吐いて、政近は机の方に視線を戻す。

「ところでこれは、もしかして体育祭の打ち上げ……とかですか？」

「そ、そうそう、なんか統也《とうや》と茅咲《ちさき》ちゃん以外は実行委員会の打ち上げに参加しなかったじゃん？　だから改めて……ついでにハロウィンっぽく、ね」

実に何気なく告げられた言葉だったが、それを受けた政近は言葉に詰まってしまった。

依礼奈の言う通り、本来は生徒会メンバーも、体育祭後の実行委員会の打ち上げに招待されていたのだ。だが、有希《ゆき》と綾乃《あやの》は優美《ゆみ》がああなったために参加を辞退し、政近も到底打ち上げなんてする気分にはなれず、アリサもアリサでパートナーを気遣ったのか参加せず、マリヤも妹に倣って……という感じで、結局会長と副会長が生徒会を代表して（？）打ち上げに参加するという形になったのだった。

「あぁいや、責めてるわけじゃないよ？　やっぱり出馬戦の後に何事もなかったかのように打ち上げ～～っていうのも気まずいだろうし、ねぇ？」

　政近の沈黙をどう解釈したのか、依礼奈は少し慌てたようにそう言う。そのフォローは微妙に的外れだったが、事情を話せない以上否定も出来ず。政近は先輩に気を遣わせてしまった申し訳なさから、曖昧に笑いながら話を逸《そ》らした。

「あ～それで、わざわざ打ち上げを用意してくれたと。それはありがとうございます」

「い～のい～の」

「ところで……依礼奈先輩だけですか？　実行委員長は？」

「え？　ああ……あいつはほら、彼女が厳しいから、ね？」

　生徒会時代の自身のパートナーのことを、依礼奈は「ケッ」と言いたげな表情で語る。

「彼女が厳しいって……女の子がいる打ち上げは参加しちゃダメだっていう、あれですか？　大学生の飲み会じゃないんだから……」

「そう思うよね～？　べっつにアルコールが入るわけじゃないんだし、何も間違いなんて起きないのにね～？　ま、あいつはあいつで彼女の独占欲にデレデレしてるわけで、お似合いなんだろうけどさ」

　両腕を広げて肩を上下させてから、依礼奈はテーブルの上を指差す。

「まあでも、差し入れはあるよ。ほら、あのお皿の上の洋菓子はあいつからの差し入れ」

「あ、そうなんですね」

「結構有名なお店のやつらしいよ～参加して直接労《ねぎら》えない分、金は出すってさ」

若手の飲み会のお金だけ出してくれる中年管理職みたいな振る舞いに、政近は小声でツッコむ。そして、真面目な顔で言った。

「理想の上司かよ……」

「ただ、ここでひとつ残念なお知らせが」

「え、なに？」

「今日、会長と副会長は来ません」

「え」

「加えて、アーリャ有希綾乃の三人も、来るの遅れます」

政近からもたらされた情報に、依礼奈は半笑いで首を傾げる。

「……なんで？」

「来光会のOBが来てるそうで、会長と一緒に次期会長候補の二人もなんか呼ばれてるんです。副会長である更科《さらしな》先輩が今日は風紀委員会の方に行ってるんで、その代わりですかね？　ああ、綾乃は単純に掃除当番ですけど」

「来光会の……？　なんでまた」

「寄付……というか寄贈？の件みたいですよ？　体育祭で使ってたテントとかを新調してくれるとかどうとか」

「あぁ、たしかにだいぶ汚くなってたのもあるしね……って」

うんうんと納得したように頷いてから、依礼奈は笑みを引き攣《つ》らせる。

「もしかして、無駄足……？」

「……アーリャと有希は、軽いあいさつだけしてこっちに来るみたいですけどね」

いずれにせよ、間が悪いとしか言いようがない。

（サプライズやるなら、事前の情報収集はしっかりやれってことだな……）

しみじみとそんな教訓を得つつ、微妙な表情で見つめ合う二人。そこへノックの音が響き、振り向けばマリヤが生徒会室に入ってくるところだった。

「あれ？　エレナ先輩？　あら～これどうしたの～？」

依礼奈がいることに首を傾げ、続いてテーブルを見て歓声交じりに疑問の声を上げる。気を取り直した依礼奈が改めて事情を説明すると、マリヤは嬉《うれ》しそうに笑いながら定位置の席に座り、つやつやとした美味《おい》しそうな洋菓子に目を輝かせた。

「うわぁ、これすっごくおいしそう……って、あら？」

と、瞬《まばた》きをしながらカヌレを手に取ると、鼻に寄せてスンスンと匂いを嗅ぐ。

「これ……お酒使ってる？」

「ああ、そりゃカヌレだからね。ラム酒が入ってるんじゃない？」

「そうなんですか～。う～ん、残念だけど、これはわたしは食べられませんね～」

「え、なんでですか？　お酒、苦手なんです？」

政近の疑問に、マリヤはカヌレを持ったまま少し照れ笑いを浮かべた。

「苦手っていうか……わたし、すっごいアルコールに弱くて……おじいちゃんが暖炉であったためてるウォッカの匂いだけで酔っちゃうのよぉ」

「匂いだけで？　……ああそっか、アルコールって揮発しますもんね。気体化したアルコールで酔っちゃうってことか……」

「そうなのよ〜。あ、でもこれはすごくいい匂い……ラムレーズンもそうだけど、ラム酒って独特の甘い匂いがするわよね〜。う〜ん、食べられないのが残念」

黒い宝石のような焼き色を見せるカヌレを、マリヤは悲しそうに見つめて「少しくらいなら……」「う〜ん、でも……」などと呟《つぶや》く。

「マリヤちゃんってそんなにお酒弱かったんだ……てっきりロシア人って日本人よりお酒に強いもんかと」

「まあ、マーシャさんは半分日本人ですしね。ロシア人も全員が全員お酒に強いわけじゃないでしょうし」

「それもそっか。あぁ〜でもアリサちゃんはお酒強そうだね〜なんとなくだけど」

「ですね。というか、あのアーリャがヘロヘロになってるところとかあまり想像つきませんし……」

「分っかる〜。マリヤちゃん、実際そこはど〜なの？　っても、アリサちゃんもお酒飲んだことはないだろうけ、ど……」

マリヤの方を見ながら問い掛けた依礼奈の声が、急減速して止まる。その視線を追い、政近もすぐにその理由に気付いた。

「んん～？　なにがぁ～？」

そのマリヤの声は、いつにも増してふわふわと間延びしており、その目はトロンと夢見がちに。そしてしばしばお花やハートマークを散らしている頭からは、ぽわぽわとシャボン玉が発せられており……その手には、歯形ひとつ付いていない綺麗《きれい》なカヌレ。

「マジで匂いだけで酔うんかい!!」

どう見てもほろ酔い状態のマリヤに政近がそうツッコむと、マリヤは「んん～～？」と寝起きのような声を上げながらぐぐ～～っと体ごと首を傾け、えへらっと笑う。そして椅子の背もたれに身を預けると、手に持ったカヌレを口へ運んだ。

「って食べちゃダメェ！」

と、そこへ飛び込んだ依礼奈が、マリヤの手からカヌレをひったくる。そうして紙皿ごとマリヤの手元から遠ざけると、マリヤは「あ～ん」と切ない声を上げながら手を伸ばす。机の上に大きな胸を乗っけながら、腕を限界まで伸ばしてパタパタパタ。そうして届かないと知るや、今度は隣の席のカヌレに手を伸ばすので、政近も慌ててそれを回収。依礼奈と二人掛かりで紙皿を移動させると、マリヤは子供のように頰《ほお》を膨らませ、代わりに近くにあったチョコレートの箱を手に取った。

「えっと、エレナ先輩。せっかく綺麗に並べてもらってなんですが、これ一旦片付けた方が……」

「そ、そうだね。なんの弾みでマリヤちゃんが食べちゃうか分からないし……」

「おいひ〜♡」

言ってるそばからマリヤの幸せそうな声が聞こえ、そちらを見ればマリヤが箱から引き出したトレイに載ったチョコを一粒頰ばり、至福の笑みを浮かべている。そして、その頭からぽあぽあ〜っと発せられる新たなシャボン玉。無論、あくまでイメージだが。

「あ、そのチョコ洋酒入り……」

「遅いよ⁉」

思わず先輩にタメ口でツッコんでしまいながら、二粒目行こうとしてるマリヤへ手を伸ばす。そうして、なんとかチョコの箱を奪取することには成功したが……残念ながら、既に手に取っていたチョコを食べるのまでは阻止できず。二粒目のチョコを口にしたマリヤは、ますます目をトロンとさせると、何やら鼻歌を歌いながら左右に体を揺らし始めた。

「……え、これちょっとマズくない？」

「いや、どう見てもマズいでしょ」

「そうじゃなくて……この光景、他の人に見られたらマズい誤解を招かない？」

依礼奈の言葉に、政近はピタッと動きを止める。そして考える。この光景が、事情を知らない部外者にはどう見えるのか。

『栄えある征嶺学園《せいれいがくえん》の生徒会役員、神聖なる生徒会室でまさかの飲酒か』

そんなスキャンダラスな見出しが頭に浮かび、政近は即座に扉へ駆け寄ると、素早く鍵を閉めた。

もちろん、大体の人は事情を説明すれば理解してくれると思う。だが、世の中には社会的地位が高い人間を、悪意を持って貶《おとし》めようとする人間が一定数存在するのだ。特にそれが、その地位になり代わろうとする人間が数多くいる生徒会役員であるならば、どれだけ用心してもし過ぎということはない。

（現生徒会の失墜を狙う、桐生院《きりゅういん》みたいな奴がまた出て来ないとも限らないしな）

そう考えながら、念のためカーテンも全て閉める。そうして、とりあえず外から見られる心配がなくなったところで振り返ると、マリヤは依礼奈の顔を見ながら左右に頭を揺らしていた。

「あれ〜？　エレナせんぱぁい……増えましたぁ？」

「増えるって何」

「んぇ〜〜？」

不明瞭な声を漏らしながらカクッと頭を前に垂れ、なおもゆらゆら揺れるマリヤ。下手したら椅子から落ちそうなその様子に、政近は小走りでその傍《そば》へと駆け寄る。

「大丈夫ですかマーシャさん。ソファに行きます？」

「んん〜〜？」

政近の声に顔を上げ、そのまま勢い余ってコテンと首を傾げると、マリヤは政近を見上げてにへっと笑った。

「運んでくれるのぉ〜？　んっ」

そう言って両腕を広げるマリヤに、政近は苦笑する。

「いや、流石に抱っこは無理ですよ……」

「ええ～？　だっこぉ……」

「ちょおぉ!?」

いきなりお腹《なか》に抱き着かれ、政近は反射的に後退《あとずさ》った。するとマリヤが、政近に抱き着いた腕はそのままに、釣られるように椅子から滑り落ちる。そうすれば自《おの》ずと、政近のお腹に回されていた両腕もずるずると下がるわけで。

「あっ、ちょっ」

脚を取られそうになって、政近は慌てて横のテーブルに手をつく。そして、政近の脚に抱き着いたままぺたんと床に座り込んでしまったマリヤを見下ろし、声を掛けた。

「大丈夫ですか？　膝打ってませんか？」

「ん～」

「それはどっちなんだ……えっと、脚じゃなく、腕に掴まってくれません？」

「ほ～らマリヤちゃん、立って」

そこへ近付いてきた依礼奈が、マリヤの両脇に手を差し込んでグッと持ち上げ……ようとはした。たぶん。全然上がらなかったけど。

「……」

政近が生ぬるい目を向ける中、依礼奈は屈《かが》めていた体を元に戻すと、垂れてもいない汗を手の甲で拭う。

「ふぅ……ま、今回はこれくらいにしといてやるか」

「何をやり切った感出してるんですか」

「マリヤちゃんの脇乳は十分堪能した！」

「何をサラッとセクハラしてんですか！　っと」

そこでクッと右手を引っ張られ、見ればマリヤが政近の腕を伝うようにしてゆっくりと立ち上がるところだった。そうして立ち上がると、そのまま政近の右腕に抱き着いて寄り掛かる。

「おっと……大丈夫ですか？　マーシャさん」

「なにがぁ～～？」

「何がって……とにかく、ソファの方行きますよ？　歩けます？」

「んん～～あるけりゅっ！」

「そっか～偉いですね～」

突然シュビッと敬礼したマリヤを適当にあしらうと、マリヤはぽへっと笑って政近の肩に頭をくりくりと押し付ける。

「んへへ、まーちゃんエライ？」

「えらいえらい」

「じゃ～よしよしして？」

「え」

「よ〜し〜よ〜し〜し〜て〜〜」

駄々《だだ》をこねるように体を揺すりながら、なおも頭をくりくりくり。

（なんだこれ最高かよ）

思わず真顔でそんな感想を抱いてしまってから、脳内でそんな自分にビンタをする。

「えっと、じゃあ……」

このままではいつまで経《た》っても歩いてくれなそうなのもあり、政近は遠慮がちにマリヤの頭に手を伸ばす。そして、そのふわふわと柔らかな髪の毛を数度優しく撫《な》でた。すると、髪からふわっと微《かす》かに花の香りが広がり、マリヤの顔が笑み崩れる。

「んふふ〜〜ほめられちゃった〜〜」

そして、もっともっととせがむように、更に政近へ体を擦り寄せるマリヤ。

（やっぱり最高かもしれん）

再度自分へ、今度は往復ビンタを見舞う政近。

「ほら、しっかり歩いて……」

そして、表面上は真面目な顔を保ったまま、ソファを目指して歩き出した。

「マ、マリヤちゃんの胸に久世くんの腕が埋まっておる……」

「少しは反省してくれますかエロナ先輩」

人が意識しないようにしてることをわざわざ指摘する先輩に冷たい目を向けながら、政近はソファの近くまで辿《たど》り着くと、自分の右腕にしがみついてもたれかかっているマリヤを見下ろす。

「着きましたよ。ほら、座れますか？」

なんだったらそのまま横になって寝てしまってください。という本音は呑《の》み込んで、マリヤが自分で座ってくれるのを待つ。すると、マリヤはぼんやりとした目で政近を見つめ、首を傾げて言った。

「あれぇ？　さーく──」

「ちょぉい⁉」

サラッと飛び出し掛けた決定的なワードに、政近はとっさにマリヤの口を手で塞ぐ。

（やばいやばいやばい！　これは流石にやばい‼）

依礼奈が、マリヤの恋人の名前を知っているかは分からない。だが、もし万が一知っていたら、これはかなりマズいことになる。

酔っ払って、政近のことを恋人だと勘違いした？　そんな誤魔化しが通用するだろうか。仮にそれで依礼奈を騙《だま》せたとしても……この場にアリサか有希が現れたら、割と詰む。依礼奈の口から、マリヤが政近をさーくんと呼んだ事実が伝わってもそれは同様。あの二人まで騙し通せる自信は政近にはない。

（で、あればまずエレナ先輩に出てってもらう！）

わずか一秒でそう決断すると、政近はビクッと肩を跳ねさせてこちらを窺う依礼奈を、ギッと見返して言った。

「エレナ先輩すみません！　マーシャさんが吐いてしまいそうなんでバケツかエチケット袋的なの持って来てもらえませんか⁉」

「えっ、ゴミ箱ならそこに……」

「臭いが付いたらマズいでしょ⁉　いいから早く！」

「はいっ！」

政近の剣幕《けんまく》に圧され、依礼奈は慌てて扉へ向かうと、鍵を開けるのももどかしそうに、転げるように生徒会室を出て行った。

「……ふぅ」

一旦危機が去り、政近は一息吐く。

「あ、すみません」

そして、口を塞がれたままトロンとした目で不思議そうにこちらを見つめるマリヤに気付き、そっと手を外した。すると、マリヤはカクンと首を傾げて尋ねる。

「さーくんも……増えた？」

「増えてません」

「えぇ～？　どっちがわたしので、どっちがアーリャちゃんの～～？」

「だから分裂してませんって」

「ん～～じゃあわたしはこっち！」

政近のツッコミが聞こえてるのか聞こえていないのか、マリヤは改めてぎゅぅっと政近の腕を抱き締める。

「いや、こっちも何も……」

「ンふふ～だいせいか～い」

「何が⁉」

いつにも増して会話が通じないマリヤに溜息《ためいき》を吐き、政近は依礼奈が出て行った扉の鍵を閉め直そうと……そうと……

「あの、マーシャさん。離してもらえますか？」

未《いま》だに政近の腕をガッチリと保持しているマリヤにそう頼むと、マリヤはぷくっと頬を膨らませて首を振る。

「や～」

「や～じゃなくて……」

子供のように拒否するマリヤを、政近は困った顔で見下ろす。そして、やむなくこのまま引きずるようにして扉に向かおうとして……

「や～！」

「う、おぉ⁉」

突如思いっ切り腕を引かれ、政近は予期せぬ不意打ちにたたらを踏む。

「ちょっ、力強っ！」

言ってる間に、政近はマリヤに引き倒されるようにソファに倒れ込んだ。どこもぶつけたりしなかったことにほっとしつつ、政近はマリヤの思いがけぬ怪力に戦慄する。

(え、ナニこの力。まさかアルコールで脳のリミッター外れてる?)

そんな馬鹿げた思考が浮かんでしまうくらいには、マリヤの膂力《りょりょく》は凄《すさ》まじかった。無論、政近がマリヤを傷付けないよう気遣っているのはあるが、それにしたって並の女子の力じゃない。今なお全然腕を振り解《ほど》ける気がしないもの。

「あの～……マーシャさん? 離してもらえません、か?」

隣に腰を下ろし、俯《うつむ》いているマリヤに改めてそう頼む。が、マリヤは顔を伏せたまま小さく「やだ」と答えるだけだった。これには政近も困ってしまう。

「やだって言われても……何がいやなんですか?」

会話が成立することは期待せず、それでも訊《き》くだけ訊いてみる。すると、マリヤは顔を上げ、瞳をうるっとさせて言った。

「だって……アーリャちゃんのところに行くつもりなんでしょ?」

「はい?」

「やだ、行かせない」

そう言うと、マリヤは再び俯き、政近の肩へと顔を埋める。その言葉に……政近は酔っ払いの戯言《たわごと》と知りつつも、そう割り切ることも出来ず、固まってしまった。

「……行きませんよ。ちょっと鍵を閉めてくるだけです」

辛うじて、そう事実だけを告げる。すると、マリヤは再び顔を上げて、至近距離から政近の顔を見て囁《ささや》く。

「ねぇ、さーくん……」

「はい」

「わたしのこと、好き？」

「⁉」

いきなりとんでもない問い掛けをされ、政近は目を白黒させる。頬《ほお》を引き攣《つ》らせ、政近はぎこちなく笑うと、とっさに回答を濁した。

「だいぶ、酔っ払ってるみたいですね」

「好き？」

が、そんな姑息《こそく》な試みは再度の問い掛けで正面から粉砕される。ますます頬を引き攣らせ、誤魔化し笑いを深める政近だったが……こちらを見つめるマリヤの瞳に、そのライトブラウンの瞳が涙でにじむ様子に、スッと笑みを引っ込めると、瞑目《めいもく》して天を仰いだ。

「……好き、ですよ。人として」

そう答え、その煮え切らない回答にギリッと歯軋《はぎし》りをしてから、絞り出すように告げる。

「……女性としても……たぶん、好きです」

それは、政近の偽らざる本心。

きっと、自分はマリヤに惹《ひ》かれている。奇跡的な再会を果たした初恋の少女に、数年越

しに淡い恋心を抱いている。と、思う。が、

「それを認めるには……俺自身、まだ準備が足りてないんです」

この誇りを失った今の自分では、マリヤから向けられる好意を受け止めることが出来ない。無理にそうしたところで、きっとマリヤの好意を重荷に感じて、自分で勝手に自分を追い詰め、ますます自分のことを嫌いになってしまうから。

(俺は、まず……マーシャさんに好かれている俺自身のことを、好きにならないといけないんだ)

胸を張って、その好意を受け止められるように。そのために何をしなければいけないのか……政近だって、もうとっくに分かっていた。分かった上で、ずっと目を逸《そ》らし続けていた。

(でも……それも、もうやめよう)

向き合わなければいけない時が、来たのだ。

予感がある。近い将来、きっと逃げられなくなると。だから……ここで、約束しよう。

「必ず……」

重い口を開き、胸の奥から声を絞り出す。そうしてマリヤに、そして自分自身に宣言する。

「必ず……向き合います。自分の過ちに。俺が、今の俺になってしまった間違いに」

それだけ言って、政近はマリヤと目を合わせると、希《こいねが》うように言った。

「だから……待っていてくれますか？　いつか必ず、マーシャさんの気持ちにも向き合いますから」

政近の精一杯の誠意を込めた言葉に、マリヤは瞳を揺らすと、スッと顔を伏せて言う。

「むぅ、むつかしいこと言われてもわっかんない」

「えぇ〜マジかよぉ〜今俺かな〜り勇気出したんだけどぉ〜〜？」

気が抜けるどころではない。あまりにもあんまりなマリヤの反応に、政近はぐんにょりとソファに身を沈めた。所詮、酔っ払いは酔っ払い。マトモに取り合うのが間違いだったのか……と、そう遠い目をする政近の腕を、マリヤは不満げに唇を尖《とが》らせてグイグイと引っ張る。

「もっと、簡単に言って？　わたしのこと、好き？」

微妙に呂律《ろれつ》の回っていない、まるで幼子のような問い掛けに、政近は苦笑しながら答えた。

「……ああ、はい、好きですよ」

「ウソ」

「なるほど、俺の返答はどうでもいいやつかこれ」

聞く耳持たないマリヤに、政近はいよいよ真面目に相手する気が削《そ》がれる。

（あ〜もう、なんでもいいからさっさと寝落ちしてもらえないかな……酔っ払いらしく）

そうすれば、完全に危機は去るのだが。投げやり気味にそんな風に考える政近の耳に、マリヤの拗《す》ねた声が届く。

「本当は……昔のわたしの方が好きなんでしょ」

　その思いがけない言葉に、政近は一拍固まってから真顔でマリヤの方を見る。すると、むぅっと不満そうに唇を尖らせ、潤んだ瞳でこちらを見つめるマリヤと目が合う。

「本当は、昔みたいに金髪で、髪が長くて、青い目で。スラッとしていたわたしの方が好きなんでしょ」

「……何を」

「だって、久世くんわたしのこと分からなかった」

　その言葉が、ズシンと政近の胸に突き刺さった。言葉を失う政近に、なおもマリヤは瞳を潤ませて悲しそうに言う。

「わたしが変わっちゃったから、わたしのこと好きになってくれないんでしょ」

　そんなことはない。とっさに浮かんだ反論は……なぜか、政近の口からは出なかった。

　どうして、違うと言い切れるだろうか。マリヤがまーちゃんだと知った後も、昔と変わった外見に戸惑い、なかなか同一人物だと思えなかった政近に。

（もし……マーシャさんが、あの頃のイメージのまま成長していたなら……）

　ふわふわとした長い金の髪、キラキラ輝く青い瞳、幼子がそのまま大人になったような天真爛漫《てんしんらんまん》な笑み。一目見て彼女と分かる姿で、マリヤが再び政近の前に現れていたなら。

　政近は……一目で再び恋に落ちていたのではないか。政近の中に、それを否定できるだけの根拠はなかった。

「……」

「やっぱり、そうなんだ」

政近の沈黙を肯定と受け取ったのか、マリヤはスッと政近から体を離すと、両手で顔を覆う。

「あ、いや」

「……グスッ」

「!?」

そうして聞こえてきたしゃくりあげる音に、政近の心臓を強烈な罪悪感が貫いた。

扉の鍵を閉めるという最優先事項も頭から吹き飛び、政近はソファの上で身をひねると、体ごとマリヤに向き直る。

「えっと、そのっ」

「グスッ、わたしだって、好きで変わったわけじゃ……髪の色も、目の色も変わっちゃって、体つきも……どんどん太くなっちゃうし」

「お、おぅ？　太く、っていうか……」

「でも、男の子はそういう子が好きって聞いてたから、わたし……でも、さーくんは、やっぱり昔のわたしが好きだったんだ……」

「い、いや」

思わぬ深刻な悩みを吐露され、政近はとっさに叫ぶ。

「俺は！　今のマーシャさんもすっごく魅力的だと……その、今のマーシャさんも、大好きです！」

政近のド直球な叫びに、マリヤはパッと顔を上げる。そして、少し赤くなった目で乞うように問うた。

「本当に……？　本当に、わたしのこと好き？」

「え、ええまあ……マーシャさんの髪も、目も、すごく綺麗《きれい》で……好きです」

「……昔のわたしより？」

「っ」

その問い掛けには、流石に即答できず。とっさに目を泳がしてしまった政近に、マリヤはサッと顔を背ける。

「やっぱり、ウソなんだ……」

「いや違くて！　どっちの方が好きとかじゃなく、どっちも、その、好きなので……」

我ながら優柔不断だと思いながらも、「でも本心だし……」と言い訳がましく考える政近だったが、マリヤはプイッとそっぽを向いてしまう。

「ウソ、信じない」

「本当なんですけど……どうしたら信じてくれます？」

政近の問い掛けに、マリヤはアルコールのせいか妙に据わった目で政近をじっと見ると、政近の右手を摑《つか》んだ。そして、その手を自分の顔の横まで持って行くと、頭を傾け、政近の手に髪を触れさせる。

「じゃあ、わたしの目を見て言って？　わたしの髪、好き？」

「す、好きです」

手のひらに触れる髪と、その向こうにある頰の感触に少し動揺しつつ、政近はマリヤの目を真っ直ぐ見返して言う。するとマリヤは目を閉じ、政近の手に頰《ほお》ずりするようにして瞼《まぶた》に触れさせた。そして、政近の手を頰に当てたまま、目を開いて問う。

「わたしの目、好き？」

「好きで――」

言い掛けた、その時。

政近の聴覚が、こちらへ近付く二人分の足音と聞き慣れた声を拾った。それは……統也と共に、ＯＢの対応をしていたはずのアリサと有希の声。

刹那、政近の脊髄を強烈な危機感が貫く。

（マジかよあの二人もう来たのか⁉　マズいマズいマズいあの二人はマジでマズい‼）

冷や汗を搔《か》きながら鍵が開きっぱなしの扉を凝視する政近に、正面から不安そうな声が掛けられる。

「さーくん……？」

その声に視線を前へ戻し、未《いま》だマリヤに右手を摑まれている状況を再認識した政近は……一瞬、秘技〝みんな大好き首トン〟を実行することを本気で検討した。

(いやでもあれ下手すると後遺症残るらしいしそもそも何の罪もない人相手にやっちゃダメだろ!!)

即座にその案を却下し、政近はその場しのぎ感丸出しで口早に叫ぶ。

「あ、好きです好きです！　だから……ちょっとすみません！」

そうしている間にも足音と声が近付いてきて、政近は左手で半ば強引にマリヤの手を引き剝《は》がすと、扉の前までダッシュ。素早く、かつ音を立てないよう慎重に鍵を閉めた。

これでようやく一安心……だが、問題はここからだった。

(生徒会室に入れない理由についてはどう言い訳する⁉)

アリサだけならまだ言いくるめられる自信がある。問題は有希だ。

あの妹に下手な言い訳は通用しないだろうし、悪戯《いたずら》好きな有希のこと、何か面白そうなトラブルの気配を察した場合、意地でも侵入を試みようとする可能性が高い。

(何かないか⁉　やむを得ない合理的な理由！　生徒会室がワックスがけされてる？　そう張り紙して居留守……いやもう遅い！　俺が中にいて、それでいて他に人を入れられない理由、何か——)

絞り出せ、説得力！

そうして、なんとか態勢を整えた政近がササッと扉の前から離れた直後、ノックに続いて扉がガタンと揺れた。

『あら？　どうして鍵が……？』

扉の向こうから聞こえてくる有希の疑問の声に、政近は何気ない風を装って呼び掛ける。

「あ、有希か。すまん！　今ちょっとな……」

『政近君？　何かあったのですか？』

「あぁ～～なんつーか、説明に困る感じではあるんだが……」

『政近君、とりあえず開けてくれない？』

「いや、それは出来ないんだな……」

『なんでよ』

「あ～～うん……」

二人の問い掛けにわざと言葉を濁し、もったいぶる。人間、「隠していることを聞き出せた」と思えば、その真偽に関わらずある程度満足するものだから。

そうして、アリサが焦れるギリギリまで引っ張ってから、言いにくそうな口調で告げた。

「実は……さっきエレナ先輩がドリアン使ったケーキを持って来てな。今、生徒会室がすんごい臭い状態なんだ」

流石に理解が追い付かなかったらしく、数秒の間を置いてから、アリサの困惑と懐疑に満ちた声が届く。

『え、なんでエレナ先輩？　というか、ドリアン？』

「いや、なんか体育祭のお疲れ会のつもりだったらしいんだけど……持って来たケーキの封を切った瞬間、マジ臭気爆弾って感じでえっらいことになってな……なんでこんなもんチョイスしたのかは本人に訊《き》いてくれ。本人、消臭剤持って来るとか言って速攻でいなくなったけど」

内心で依礼奈に手を合わせながらも、流れるように嘘を吐く政近。人間、少しくらい突拍子もない話の方が逆に信じやすい。それに、依礼奈は割とその突拍子もないことを、やりそうだというイメージがある。

頭の中で「あたしは変人扱いか！」と抗議の声を上げる依礼奈に平謝りしつつ、政近はちょっと鼻の詰まった声音で、心底うんざりした口調で、溜息《ためいき》交じりに続ける。

「というわけで、今絶賛ケーキの再封印アンド換気アンド消臭中だ。悪いこと言わないから今日はこのまま帰った方がいい。たぶんこれ、服や体にも臭い付いちゃうから」

『そ、そう……それなら、仕方ないわね……政近君は大丈夫なの？』

「ああ、俺はもう慣れた……つっても臭いんだが、だんだんマシになってる気はするから大丈夫だ」

とりあえずアリサを納得させられたことに、政近は小さくガッツポーズをした。と、そこへ有希の気遣わしげな声も聞こえてくる。

『まあ、無理しないでくださいね……』

その言葉に、「お、意外とあっさりイケるか？」と思う政近だったが……

『ところで政近君、わたくし過去の寄贈品について少し気になることがあるのですが……

来光会からの寄贈品に関してまとめた資料を、取ってもらえませんか？』

続く有希の言葉に、自分の判断が甘かったことを悟った。

「……いや、たぶん資料も臭くなってるし、そもそもこの扉開けたら意味ないし」

『一瞬開けるだけですよ。もしかしたら、意外と臭くないかもしれませんし、ねぇ？』

有希の含みたっぷりな言葉に、政近は確信する。

（くっそこいつ……！　何か面白そうな気配を察しやがったな⁉）

聞こえてくる声は、相変わらず淑女然とした上品なもの。だが政近には、扉の向こうでアルカイックスマイルに隠して悪魔的な笑みを浮かべている妹の姿がありありと想像できた。ついでに、その横で戸惑っているアリサの姿も。

どうしたものか……と考えたところで、新しい声が聞こえてくる。

『あれ？　アリサちゃんに有希ちゃん……もう用事は終わったんだ？』

『お疲れ様です、依礼奈先輩……何やらすごい格好されてますね。それはそれとして、これはどう――』

「あ、エレナ先輩戻って来たんですね！　ドリアンケーキはもう再封印しましたけど、消臭剤は見付かりました？　まあドリアンに効く消臭剤があるのかは疑問ですけど‼」

早速政近の嘘を暴きにかかる有希の声を遮り、政近は声を張り上げる。そして、どうか伝わってくれと祈るような思いで扉を見つめた。

実に緊張に満ちた、三秒間が経過し……依礼奈の声が聞こえてくる。

『あぁ〜〜……いや、運動部の友達に借りようと思ったんだけど、もう帰っちゃってて……トイレの消臭剤を持って来るわけにもいかないから、とりあえずケーキを封印するためのビニール袋とバケツだけ持って来たとこ』

（イエスッ!!）

流石は元副会長といったところか、見事に機転を利かせてくれた依礼奈に、政近は無音でガッツポーズをした。更にそこへ、アリサの援護射撃が。

『それじゃあ……私達はもう帰りますね？　有希さんも、資料は明日でもいいでしょう？』

これは有希にとっても予想外だったのか、少し間を置いてから、心なしか残念そうな声で言った。

『……そうですね。それでは、お先に失礼させていただきましょうか。政近君、また明日』

「お〜う、また明日」

『それじゃあね』

「おう、アーリャもお疲れ」

意識してのことではないだろうが、助け船を出してくれたパートナーへと、政近は心の中で感謝を送る。

【仕方のない人】

そして、扉越しに小さく聞こえたロシア語に、表情を固まらせた。

（え、ど、どういう意味だ……？　アーリャ、お前まさか……）

戦慄に似た何かに襲われる政近を余所《よそ》に、二人分の足音が遠ざかっていく。そして、扉の向こうからどこか恨めしげな依礼奈の声が聞こえてきた。

『ねぇ……なんかあたし、生徒会室にドリアンのケーキ持って来た傍《はた》迷惑な先輩ってことにされてない？』

「それはマジですみません」

これに関しては一切弁解の余地がなく、政近は素直に謝罪する。それに対して、依礼奈は溜息をひとつ落として言った。

「まあ、いいけどね……それで、マリヤちゃんの様子はどう？　とりあえず、バケツとビニール袋は持って来たけど」

依礼奈の問いに、有希とアリサの襲来をやり過ごしてホッとしていた政近もふと気付く。

(あれ……言われてみればさっきから静かだけど、マーシャさんもしかして寝た……？)

そんな希望的観測を抱き、とりあえず依礼奈にお礼を言いながら、政近はチラリとマリヤの方を窺《うかが》って……目を剝《む》いた。

(なん……っ!!?)

恐らく、ソファから立ち上がろうとしてよろけてしまったのだろう。マリヤは、ソファの前の床に女の子座りの状態でペタンと腰を下ろしていた。

「さーくん……クスンッ、やっぱり、アーリャちゃんの方がいいんだ……」

マリヤを放って扉越しにアリサと会話していたことを変に解釈したのか、俯《うつむ》き、手の甲で目元を拭っているマリヤ。でもそれ以上に気になるのは乳！　隠し切れない……というか、隠せてない乳！

（なんで脱いでんの⁉）

ソファの上に脱ぎ捨てられたブレザー。ソファの手前に落ちている上靴とソックスとジャンパースカート。今マリヤが身に着けているのはワイシャツと下着だけで……そのワイシャツも、前ボタンが全部外れていた。つまり、ほとんど腕しか隠せていなかった。

『久世くん？　マリヤちゃんは……』

「……ちょっと、人には見せられない姿になってます」

『え⁉　それって……もしかして、間に合わなかっ……』

「すみません、ちょっと俺も混乱してるので、今日はエレナ先輩も帰ってもらっていいですか？」

『そ、そっか。そうだよね。マリヤちゃんもあまり見られたくないだろうしね……じゃあ……あとは任せるね？　なんかごめんね？　あ、バケツと二重にしたビニール袋、一応ここに置いとくから』

その言葉を最後に、依礼奈の足音が遠ざかっていく。なんだかあらぬ誤解を招いた気もするが、それを気にするだけの余裕は今の政近にはなかった。

「（ちょっと、なんで脱いでるんですかマーシャさん）」

なるべくマリヤを直視しないようソファの辺りを見ながら、小声でマリヤへ近付く。すると、視界の端で顔を上げたマリヤが、ぱぁっと表情を明るくするのが分かった。

「あぁ～～さーくん来たぁ～～」

途端に華やいだ声を上げるマリヤに小さく苦笑しつつ、政近は子供にそうするように中腰で話し掛ける。

「はいはい来ましたよ……とりあえず、服着ましょう？」

「んふ～～？　ン～フフ～～♪」

「いや、『んふ～？』じゃなくて……というか、そんなに体揺らしたら危ないですよ」

怪しい笑い声を漏らしながら前後左右に体を揺するマリヤに、相変わらず斜め前辺りを見ながらなだめるように声を掛ける政近。と、不意に右手を引っ張られ、政近は「ん？」とそちらに視線を向ける。

手首をマリヤの右手に、手の甲をマリヤの左手に掴まれた政近の右手。引っ張られたその先には――

「ちょっと待て」

手の向かう先に決して直視できないものを見てしまい、政近はグッと右腕を引き戻す。そして、真顔でマリヤに問い掛けた。

「一体、何をしようとしてます？」

「えぇ～？　つづき？」

「続き、って……」

そう言われて、政近は思い出す。先程、マリヤの髪や瞼《まぶた》を触りながら、それらを好きだと言ったことを。思い出して、ドブワッと頭に血が上った。

「いやいやいやどこ触らせようとしてんですかダメでしょそこは！」

全力でマリヤの手を振り払い、勢い余って尻もちをついてしまいながらも、政近は顔を背けたまま悲鳴交じりに叫ぶ。

すると、マリヤは途端にうるるっと瞳に涙を滲《にじ》ませ、俯いてしまった。

「やっぱり、さーくんは昔の細かったわたしの方が好きなんだ……全然、ちゃんと見てくれないし……」

「いや、だからそういうわけじゃ……」

否応《いやおう》なく罪悪感を刺激される声に、政近は困惑気味にマリヤの方を向いて……その体を間近に見てしまい、思わず生唾を呑《の》んだ。

無垢《むく》な少女のようなあどけなさと、慈母のような優しさが同居した、見る者全てを穏やかな気持ちにさせるマリヤの美貌。に、反して。その首から下は、見る者全てを狂わせる魔性に満ち満ちていた。

黒色のブラに包まれた、凶悪に過ぎる双丘……否《いや》、双球。優美な曲線を描くウエストはキュッとくびれながらもフニフニと柔らかそうで、しみひとつないふとももはむっちりとした肉感と瑞々《みずみず》しい張りを兼ね備えていて……政近は天井を見上げた。

（う～ん、最近は覇権級の作品が複数出るようになったけど、今の感じだと今期の覇権級

は三作かな〜）

　全力で現実逃避する政近の耳に、マリヤの哀れっぽい声が届く。

「う、ううう〜目を逸《そ》らしたぁぁ〜〜〜」

「いや見るに堪えないってわけじゃなくむしろ俺が耐えられないっていうか……」

　ちょっと頭を下げ、マリヤの頭頂部辺りを見ながらそう言うと、スッと身を屈《かが》めたマリヤが視界から外れる。それを追って慎重に視線を下げると……ふむ、なんとも大きく立派なお尻。

（ぬごっ！）

　慌ててギュンッと視線を下げ、至近距離からこちらを見つめるマリヤと目が合う。

　なんと、マリヤは尻もちをついた政近の両脚の間に膝をつき、四《よ》つん這《ば》いの状態で政近を見上げていたのだ。

「おぁっ⁉」

　後夜祭でのアリサとのワンシーンを彷彿《ほうふつ》とさせる体勢に、政近はとっさに背後へずり下がろうとして……バランスを崩して床に肘を強打した。

「いっ⁉」

　鋭い痛みと共に両肘から前腕へとビィイィーンと痺《しび》れが走り、政近は腕を突っ張ることも出来ずに背中から倒れ込む。

「つっ、ぁぁぁぁ〜〜っ！」

そして、両腕を伸ばして痛みと痺れに耐えていると……照明の明かりが、マリヤの頭で遮られた。

政近の肩の横に手をつき、覆いかぶさる形で政近を見下ろすマリヤ。照明を背負ってキラキラと輝く髪の毛先が、政近の頬《ほお》をくすぐりそうな距離で揺れている。

「ねぇ、さーくん……」

「オーケイマーシャさん、落ち着こう。あなたは今正気じゃない」

潤んだ瞳でこちらを見つめてくるマリヤの顔だけを見つめ、政近は必死に語り掛ける。

と同時に、この場をどう切り抜けるか猛烈に頭を働かせた。

（いや大丈夫だ。腕の痺れさえ取れれば、この程度の寝技普通に返せる。幸いワイシャツは着てることだし、まず右脚を抜いて背中を摑《つか》んで――）

頭を戦闘モードにシフトさせ、マリヤの艶姿《あですがた》から必死に意識を剝《は》がそうとする政近。

そこへ、マリヤの問い掛けが降ってくる。

「今のわたしは……きらい？」

「全くもってそんなことないですむしろ好きです大好きだと言っても過言ではありません」

「じゃあ……触って？」

「無茶言うな」

真顔でそう返した直後、うるっとしたマリヤの瞳が……スッと据わった。

「タンマ。分かりました。触ります」

その目に強烈に危機感を煽《あお》られ、政近はとっさにそう言う。すると、マリヤがぱちぱちと瞬《まばた》きをしてから、へにゃっと笑った。瞬間、

（今だっ‼）

政近は素早く右脚を折り畳むと、マリヤの体の下から抜く。そして、微妙に痺れが残る両腕を動かし、右手でマリヤの背中を掴み、左手でマリヤの右脚を抱えて横に転が——そうとして。

（ん？）

右手が……マリヤのワイシャツの下にある、謎の硬い感触に触れて、政近はふと疑問を覚える。

（なんだこれ？　なんかの金具みたいな——）

刹那の内に、そこまで考えて。

「！　おぁっ⁉」

直感的にその感触の正体を察し、政近はバッと手を離した。そのまま固まる政近を見下ろし、マリヤは再度瞬き。不思議そうにくいーっと首を傾げ……

「！　ああ」

何かを理解した様子で頷《うなず》くと、上体を起こし、なんと政近のお腹《なか》の上に馬乗りになった。

「いやちょっ——⁉」

下腹部に感じるマリヤのお尻の感触に、政近は絶句する。そして反射的にパッとそちら

を見て、マリヤのショーツが間近に目に飛び込んできて、その肝心な部分以外がうっすらと透けていることに気付いて固化。

白く肉感的なふともも。その白い肌に鮮やかに映える、大人っぽくセクシーな黒のショーツ。そこから覗《のぞ》く魅惑的な鼠蹊《そけい》部。

羞恥心も罪悪感も忘れ、思わずそこを凝視してしまう政近だったが、数秒でなんとか最後の理性を振り絞ると、グッと目をつぶる。

(バッカヤロウ見るな触るな意識するな！　相手はまーちゃんだぞ！　しかも正気じゃない状態の！　ここで何かしたら、あとで死ぬほど後悔するって分かってんだろうが!!)

グッと目をつぶったまま歯を食い縛り、理性をフル動員させる政近の耳に……パッッという小さな音が届いた。

「？」

正体不明の音に、薄目を開けてそちらを見上げる。すると、政近の狭い視界に映ったのは……両手を背中に回したマリヤの姿。そこでパチッと目が合い、マリヤは照れ笑いを浮かべながら両手を前に戻した。そして、

「もう……外して欲しいなら、言ってくれればいいのに」

そう言いながら、マリヤは肩紐を外す。

マリヤのワイシャツがするりと滑り落ちると同時に、その豊満な胸を覆っていた最後の障壁が、重力に引かれて下へ落ち……いよいよショーツ一枚になったマリヤは恥ずかしそ

うに、それでいて誘うように笑う。

「いいよ？　全部さーくんのだから……さーくんに、好きになってもらうためのものだから。だから……いいよ？」

いつの間にか薄目をすることすら忘れていた政近は、マリヤのその言葉を聞いて……心から思った。

（後悔……してもいいかもしれん）

あとで死ぬほど後悔する？　それがなんだというのか。男であるならば！　今この刹那に全てを賭けるべきではないのか！

（今ここでこの至宝を触れるなら、死んだって悔いはない!!）

くわっと目を見開き、脳内である意味男らしい宣言をぶち上げ――政近は思いっ切り後頭部を床に打ち付けた。頭の中でゴッと鈍い音が響き、痛みで勝手に目が閉じる。

これ幸いと、政近はそのままぎゅうっと固く目をつぶり、痛みに震えながら頭の中で繰り返し唱えた。

（ここにいるのはまーちゃんここにいるのはまーちゃんここにいるのは――）

すると、脳裏に美しい思い出の数々が蘇る。それらを心の目で眺める内、自然にふっと優しい気持ちになり、凪の境地で目を開けたところで――

「うう」

喉の奥からくぐもった呻《うめ》き声《ごえ》を上げたマリヤが、政近の上に突然倒れ込んできた。

「いやちょっ」

ぎょっとし、とっさに両手を上げて肩を支えようと……するも間に合わず、政近の両手は肩の手前に聳《そび》える山脈に埋まる。

「うおおぅ触っちゃったぁ〜〜⁇」

両手に伝わるやわらかさと、指の間から乳肉が溢《あふ》れる光景に、両目を極限まで見開く政近。その頭上で、

「うぷっ」

不吉な声が、聞こえた。

背筋に走った嫌な予感に視線を上げれば、そこにはつらそうに眉根を寄せ、目を閉じるマリヤの顔。

「なんか、きもちわりゅい……」

嘘から出た実《まこと》、とはこのことか。だがそんなことを言っている暇はない。なぜならこのままだともれなくゲロオンフェイス。

「いやマジで勘弁してくださいマーシャさんのゲロイン化とか誰も望んでないし顔面嘔吐《おうと》物をご褒美と捉えられるほど悟ってないっていうか滅茶苦茶《めちゃくちゃ》やわらけぇなオイ⁉」

大いにパニクりつつ、こうなったら多少強引にでも脱出するしかいやでもこの状態のマリヤを揺らすのはどうなんだなどと必死に考えた結果、政近は慎重にマリヤの体を自分の上に下ろすと、抱き締めるようにして優しく背中をさすった。

そうした政近の必死の介護（？）の甲斐《かい》あって、マリヤは無事ゲロイン化を回避して、政近の上で静かに寝息を立て始めたのだが……そうなると残るのは、半裸のマリヤに乗っかられて身動きが出来ない政近の図、である。

「……なんか、夏休みの合宿でもこんなことあったなぁ」

そんなことを現実逃避気味に呟《つぶや》き、天井を見上げる政近。しかし、また誰かがやって来る可能性を考慮すれば、このままというわけにもいかない。

（ってか、急がないと綾乃来るじゃん！）

そこに思い至った直後、部屋に響くノック音。いかんせん部屋に近付く足音が一切しなかったせいで、政近は心臓が止まりそうになる。

『失礼しま――……？』

「あ、綾乃ぉ！　すまん、今ちょっと――」

……その後、政近がなんとか綾乃を追い返し、いろんな意味で死にそうな思いをしながら後始末というか原状復帰をやり終えた頃。マリヤはようやく目を覚ました。そして目を覚ましたマリヤは、二粒目のチョコを食べてからの記憶がきれいさっぱり飛んでおり……一人全てを覚えている政近は、それからしばらくの間、事あるごとに後悔と自己嫌悪で落ち込むことになるのだった。

第6話　遊戯

マリヤ酩酊《めいてい》騒動の翌日、生徒会室には生徒会役員が勢揃いしていた。

長机の左側に、入り口側から順に綾乃《あやの》、有希《ゆき》、茅咲《ちさき》、統也《とうや》。右側に政近《まさちか》、アリサ、マリヤ、そして違法少……依礼奈《えれな》。

「トリックオアトリート！」

「だからもう十一月ですって」

昨日の反省を活《い》かして、徹底的にアルコールを排除した上で開催された依礼奈主催の体育祭お疲れ様会（改）。しかし、その名目に反してなぜかノリが相変わらずハロウィンな依礼奈に、政近は一応ツッコミを入れる。すると、昨日に引き続いて違法少女改め魔法少女のコスプレをした依礼奈が、魔法のステッキをフリフリしながら言った。

「久世《くぜ》くんだってコスプレしてるくせに、何を今更」

「自分でやったんじゃなく、やらされたんですよ！　急に手芸部に拉致られて！」

そう叫ぶ政近の服装は、なんか目玉をモチーフにした怪しいシンボルの付いた神父の服。

手には聖書というより禁書っぽい、邪教の聖典らしき本。放課後、生徒会室に入ろうとしたところを突然手芸部員たちにドナドナされ、強制的にこの格好にさせられたのである。

「というか、これ絶対エレナ先輩の指図ですよね？」

「あたしだけ恥ずかしい思いをするのは不公平だと思うんだっ!!」

「周囲の人間巻き添えに爆死しようとするのやめてくれませんかね!?」

勝手にきつめのコスプレしといて勝手に巻き込もうとする先輩に、抗議の声を上げる政近だったが……

「へぇ～……久世くん、そんなこと言える立場だったっけ？」

「なんのことですか？　俺はさっきからノリノリですが。ハロウィン最高ぅ！」

依礼奈にジト目を向けられ、昨日先輩に〝生徒会室に臭《く》っさいドリアンケーキ持ち込んだ人〟というレッテルを貼ってしまった後輩は、華麗に手のひら返しをした。

「久世くんとエレナ先輩、何かあったの？」

「いえ、なんでもないですマーシャさん」

小首を傾げる悪魔衣装のマリヤに、政近は前を向いたまま口早に答える。視線はあくまで前！　頑《かたく》なに前！

なぜなら昨日あったあれこれに加えて、マリヤの衣装がその凶悪なスタイルを強調するような体のラインに沿った衣装なせいで、ちょっとそっちを向けないから。

「政近君……？」

固定されたように前を向いたままの政近に、アリサからも怪訝《けげん》そうな目が向けられる。

そのアリサの服装は、一応選挙戦のペアでテーマを合わせたのか、シスターのコスプレだった。

　じゃあこっちは安心かと問われれば、特にそんなことはなく。こっちはこっちで邪教のシスターというコンセプトに添ったためかあるいは製作者のただの趣味か、肩は出てるわ胸は出てるわふとももに至っては下着が見えそうなラインまで出てるわで、「それで聖職者は無理があるだろおめぇ」と言いたくなる有様でやはり目のやり場に困る。

　そんなわけで、政近は目の毒な右側の美少女姉妹の方を見ないよう、視線を対面の席に固定したまま話を逸《そ》らした。

「というか、普通の魔女の衣装あったんじゃないですか」

　その視線の先にいるのは、魔女っ子のコスプレをした有希。その身を包むのは、黒のワンピースに黒いローブととんがり帽子という、これぞ魔女といった雰囲気の衣装だ。これを見た上で依礼奈を見ると、どうしたって「なんでこうなった？」と首を傾げたくなる。

　ちなみに有希の隣の綾乃は、魔女の使い魔ということなのか黒猫（？）のコスプレだった。クエスチョンマーク付きなのは、コスプレと言えるのはネコミミとしっぽだけで、衣装自体はこちらも黒いワンピースだからである。単なる黒猫というより、魔法で人化した黒猫といったイメージなのかもしれない。

「……そのサイズの魔女の衣装は、普通なんだけどね……大きいサイズになると、途端にあれになるんだよ」

遠い目をしながらそう言う依礼奈に、政近は首を傾げて問い掛ける。

「あれ、とは？　その違法少女以外にも一応あったはあったんですか？」

「違法少女って言うな！　あたしだって抗議したよ！　そしたら、その……スカートが脚の付け根まで裂けてる衣装出されたんだから、仕方ないじゃん！」

「それ本当に魔女の衣装で合ってます？」

あるいは魔性の女、略して魔女ということなのだろうか。そんな風に考えていると、依礼奈の隣に座るマリヤがうんうんと頷いた。

「ああ、あれね〜。わたしも着たけど、たしかに露出度が高かったわね〜」

「着たんですか⁉」

「うん、手芸部の人達が『これはダメ。死人が出る』って言って、この衣装にチェンジすることになったんだけど〜」

「……」

一体、どんなけしからん衣装だったのか。興味はあるが、そんな服装で来られたら昨日のあれこれがフラッシュバックして政近が死人第一号になっていた可能性が濃厚なので、着替えてもらえてよかったのかもしれない。いや、今の衣装も大概刺激的なのだが！

(というか、エレナ先輩の今の衣装も結構おっぱい見えとるが、それはいいのか？)

そちらを見ないようにしながら、政近は素朴な疑問を抱く。

違法少女違法少女とからかっているが、客観的に見れば依礼奈の衣装も相当過激だった。

というか、冷静に比較すれば胸元の露出度は依礼奈が一番上だ。それこそ、「これジャンプしたら衣装から胸が飛び出すよな？」ってくらいには盛大にハミ乳している。まあそれを踏まえたとしても、全体として見たらやはりセクシーさよりもきつさの方が際立つのだが（※個人の感想です）

「ところで、会長と副会長は……」

先程から二人で写真を撮り合っている統也と茅咲を見て、政近は少し微妙な顔になる。理由は明白。

二人の衣装だけ、明らかに他の人と比べて……

「言っちゃ悪いですけどなんか……地味じゃないですか？」

政近はあえて地味という言い方をしたが、率直な言い方をするなら明らかに力が入っていなかった。統也は巨大なネジの頭と先端が左右に付いたカチューシャを着けられ、制服のブレザーの代わりにごついコートを着せられているだけ。茅咲に至っては、制服の上に血塗られた白衣を着させられているだけだった。

「フランケンシュタイン、よね？　たぶん」

統也の頭を貫通しているように見える巨大なネジを見て、アリサがそう言う。それを受けて、マリヤと有希も口を開いた。

「その会長と、茅咲ちゃんがペアってことは……」

「怪物と、それを生み出した博士という組み合わせなんでしょうね」

「じゃあこっちがフランケンシュタインじゃん、ややこしいな」

政近が茅咲を見ながらそう言うと、隣のアリサが首を傾げる。

「？　どういうこと？」

「いや、よく勘違いされてるけど、頭にネジ刺さっているのは名無しの怪物で、それを生み出した博士がフランケンシュタイン博士なんだよ」

「え、そうだったの？」

アリサにそんな解説をしていると、依礼奈が政近の疑問に答えた。

「統也と茅咲ちゃんは、手芸部のメンバーでは拉致できなかったんだって」

「純粋に腕力の問題かい」

「特に茅咲ちゃんには、ちょいちょい暴走した手芸部員が鎮圧されてるから……」

「あ〜ね」

だから茅咲には、そっと白衣だけ着せてそそくさと退散したわけか。政近たちを意気揚々と攫《さら》った襲撃者たちが、統也と茅咲相手には盗人《ぬすっと》のようにコソコソしていたかと思うと、それはそれでなかなかに面白い光景だった。

「まあ、不意打ちで着させようとしたせいで、今回も二人ほど鎮圧されたみたいだけど」

「殺意高過ぎませんか更科《さらしな》先輩」

政近の真顔のツッコミに、統也の写真を撮っていた茅咲が片眉を上げる。

「ん？　いやだって……急に背後から来られたら、ねぇ？」

「同意を求められましても。普通の人は背後から来られたら反応できないんですよ」

「反応する前に、反射で手が出ない？」

「今後、更科先輩の背後には立たないようにしますね」

下手な殺し屋以上にデンジャラスな先輩に、政近は軽く身震いしながらそう宣言した。

すると、統也が何やら懐かしそうな顔でうんうんと頷《うなず》く。

「俺も付き合いたてで浮かれてた頃、出来心で『だ～れだ？』をやろうとして、気付けば顎を打ち抜かれてたなぁ」

「よくその時点で破局しませんでしたね」

「それで統也が昏倒《こんとう》しちゃって、後日初デートをやり直したんだよね」

「しかも初デートかい」

「結局、あれ以来普通に呼び掛けるようにしたが……でもいつか、必ずリベンジしてみせるよ」

「統也……」

「お幸せにっ！」

「だ～れだ？」への謎のこだわりを見せる統也とそんな統也に謎に熱い視線を向ける茅咲に、政近は投げやり気味にそう言う。そこで、依礼奈がジュースの入った紙コップを手に声を上げた。

「それじゃ、そろそろ始めますか！」

その掛け声に応じ、他の面々も紙コップを持つ。それを確認し、依礼奈が紙コップを掲げた。

「体育祭の無事の終了を祝して、かんぱ～い！」

「「「「「「かんぱ～い！」」」」」」

そうして軽くコップを合わせ、各々が手元のお菓子に手を伸ばしたところで──

「ちょっと待った！」

依礼奈が上げた制止の声に、全員ピタッと手を止める。そして一斉に怪訝そうな表情が向けられる中、依礼奈は不敵な笑みを浮かべて首を左右に振った。

「やれやれ、まさかこのまま何事もなくお菓子を食べられるとでも？　甘い、砂糖菓子のように甘いよ後輩達！」

芝居がかった口調でくわっと目を見開く依礼奈を見て……政近は両手を合わせる。

「いただきま～す」

「ちょぉい！　無視するなそこぉ！」

「え？　ちゃんと『いただきます』しなさいって話では？」

「そんな子供向け番組みたいな話ではないよ⁉」

素の表情でそうツッコんでから、依礼奈は軽く咳払《せきばら》い。再度不敵な笑みを浮かべると席を立ち、生徒会メンバー全員をぐるりと見回してからバッと手を前へ突き出した。

「キミたちには、これからこのお菓子を賭けたゲームをしてもらう！　なお！　拒否権はない！」

「子供向け番組かな？」

「歌のおねえさん……いえ、これは痛《いた》のおねえさん？」

デスゲームのノリでなんか微笑ましいこと言い出した魔法少女（痛）に、政近の真顔のツッコミと有希の無慈悲な感想が突き刺さる。

「ちょっと有希ちゃん⁉　今なんかサラッと酷《ひど》いこと言わなかった⁉」

あまりにも手心がない呟きに、悲鳴交じりの声を上げる依礼奈。しかし、

「え、なんでしょうか？」

有希が浮かべた、困惑混じりのアルカイックスマイル。あまりにも自然な、ついとっさに「あれ？　聞き間違いかな？」と思ってしまうほどに自然な有希の反応に、依礼奈は鼻白んだ様子で瞬《まばた》きをする。

「あれ、今痛いって……」

「えっ、痛いですか？」

「ああ、ううん、なんでも……」

キレーに誤魔化され、依礼奈は不可解そうに首を傾げながらも引き下がった。そして気を取り直すと、再びバッと手を前へ突き出す。

「もとい、キミたちには、これよりお菓子を賭けたゲームをしてもらう！　そう、私が用意した、最高の知的遊戯をねぇ……」

クックックと怪しく笑う依礼奈へ、政近は冷静に言う。

「麻雀《マージャン》ならやりませんよ」

「統也クーン？　後輩に何を吹き込んでるのかな～？」

「生徒会入って早々に、先輩達にイカサマ麻雀でボコられたことなんて何も」

「全部じゃん！　全部言ってんじゃん！」

「いや、だってあれは生徒会の伝統だって……」

「そんなのウソに決まってんじゃん」

「マジかよ……え、じゃあなんで俺はボコられたんですか？」

「さて、諸君にやってもらうゲームは……」

「副会長？」

統也の問いを華麗にスルーし、依礼奈はたっぷりと溜《た》めてから宣言する。

「トリックオアトリートゲーム、だ」

そのゲーム名に、政近たちは顔を見合わせてから一斉に首を傾げた。

「トリックオアトリートゲーム？　聞いたことないですけど……」

「そりゃあたしが考えたからね」

「マジですか」

それは果たして、ゲームとして成立しているのか。

心配になる政近たちを余所《よそ》に、依礼奈は鞄《かばん》から四枚のカードを取り出す。裏面にはジャックオーランタンのイラストが印刷されていて、手作りのようだがきちんとラミネート加工もされた割と本格的なものだ。

依礼奈がそれを表に向けると、三枚のカードにはＴｒｅａｔという文字と共にお菓子のイラストが印刷されていて、残る一枚にはＴｒｉｃｋという文字と共に悪魔のイラストが印刷されていた。依礼奈は更にもう一組同じカードを取り出すと、両手に四枚ずつカードを持って説明を始める。

「キミたちには、この四枚のカードを使って一対一で勝負をしてもらう。まずじゃんけんで先攻後攻を決め、先攻になったプレイヤーは、この四枚のカードから一枚を選んで伏せた状態で場に出す」

言いながら、依礼奈は手元の四枚のカードから、一枚を裏の状態で机の上に置いた。

「それに対し、後攻になった守備側のプレイヤーが出来る行動は二択。即ち、お菓子を出すか、出さないか」

「お菓子って……もしかしてこれですか？」

政近が手元の紙皿の上に載っている、個包装されたマフィン、フィナンシェ、マドレーヌを視線で指しながら問うと、依礼奈は頷く。

「そう、その三つのお菓子の中から、ひとつを場に出すか、それとも出さずにスルーするかを選ぶ。この場合は出さなかったということにして……選択が終わったら、そこでカードをオープン」

依礼奈が伏せられていたカードを表に向けると、そこにはＴｒｅａｔの文字が。

「トリートカードの場合、場にお菓子が出ていればそれをゲットできる。今回のようにお菓子が出ていなければ、攻撃は失敗。使ったカードを横にどけて、相手の攻撃に移る」

Ｔｒｅａｔと書かれたカードを横にスライドさせ、依礼奈は今度はＴｒｉｃｋと書かれたカードを出す。

「逆にトリックカードであった場合、場にお菓子が出ていたら攻撃は失敗。お菓子は相手プレイヤーの手元に戻る。ただし、場にお菓子が出ていなかった場合は攻撃成功。トリックを成功させたプレイヤーはゲームの勝者となり、敗者である相手プレイヤーにイタズラをする」

「それ学園でやって大丈夫なやつですか？」

イタズラという少々イケない香りが漂うワードに、政近は思わずそう問い掛ける。すると、依礼奈は茅咲の方を見ながら言った。

「まあいざとなったら、風紀委員長が止めに入るから……」

「なるほどそりゃ安心だ」

依礼奈の視線を受けて「任せて！」と言わんばかりに拳を固める茅咲を見て、政近は神妙な顔で頷く。

「まとめると、攻撃側はトリックとトリート、どちらかのカードを場に伏せて出す。守備側は、そのカードがトリックのカードだと思ったらお菓子を出す。トリートのカードだと思ったらお菓子を出さずにスルーする。これを一ターンずつ攻守を入れ替えて行い、お互いに手持ちのカードを使い切るまでやって、ここまでで一セット。決着がつかなかったらお互いのカードを全部戻して、先攻後攻を入れ替えて次のセットへ。決着がつくまで何セットでもこれを繰り返す」

依礼奈の説明に、全員しばらく考えた後で、有希が「はい」と手を挙げた。

「決着の方法は、トリックカードの成功のみですか？」

「そう。仮に手持ちのお菓子がゼロになっても、トリックを成功させた時点でそのプレイヤーの勝ち」

「もうひとつ……ゲームに勝った場合、お菓子はどうなります？」

「トリックの成功でお菓子の移動は行われないから、その時点で持ってるお菓子が自分の取り分になるね。別にゲームに勝ったからって、相手のお菓子を総取り出来たりとかはないよ」

「……分かりました」

有希がふむふむと頷きながら引き下がったところで、今度は政近が依礼奈に質問する。

「トリックカードが一人のプレイヤーにつき一枚しかないってことは、双方のプレイヤーがトリックカードを使った時点で、残りのターンは消化試合になりますよね？」

「そうだね。その場合は、残りのターンをカットして次のセットだね」

「ちなみに先攻プレイヤーのトリックが成功した後、後攻にターンは回るんですか？」

「回らないよ。だから、引き分け《ドロー》はなし」

「そうですか。分かりました」

「え、え、ちょっと待ってぇ～なんで二人共そんなに理解が早いの～？」

理解が追い付いていないらしいマリヤが、情けない声を上げながら周りを見回す。そして、政近と有希だけでなく、他の面々も「ふ～ん、なるほどね」みたいな反応をしているのを見て、マリヤは「ふぇぇ～～？」と憐《あわ》れっぽい声を上げた。

もっとも、綾乃は無表情だったし、茅咲は説明中ず～っと頷いていたが。

それでもマリヤは自分だけ取り残されてると思ったらしく、あわあわしながら謎に何かを指折り数える。

「待って待って。え、えっとぉ、手持ちのカードは四枚あって、トリックカードが一枚、トリートカードが三枚。この一枚だけあるトリックカードを決めた人が勝つのよね？　で、そのトリックカードをお菓子で防ぐぅ……でも、トリートカードだったらお菓子を取られちゃうから、トリックカードだと思った時にだけお菓子を出すようにしないといけなくて、逆に攻める方は相手がお菓子を出さないと思ったタイミングでトリックカードを出さないといけなくて……それを交互にやって、お互いカードを使い切ったらもう一回カードを戻して仕切り直し……」

ひとつずつ事実を確認するように、指を一本いっぽん折り曲げ……両手の指を全部折り畳んだところで、

「？」

マリヤは、首を傾げた。

同時に、もっともらしい顔で頷いていた茅咲も小首を傾げる。

（分からんのかい！　そして分かってなかったんかい！）

政近が思わず心の中でツッコんでいると、依礼奈も軽くずっこけてから半笑いで言う。

「ま、まあまあ、まずはあたしが見本を見せるから、さ。一対一のトーナメント方式で、優勝決まるまでやるよ！　優勝者にはぁ……」

そこで、依礼奈は長机の中央に置かれていたジャックオーランタンのへたの部分を摑むと、それをバッと持ち上げた。

するとへたの周りがカパッと外れ、中には黄色いプリンが。

「この！　特大かぼちゃプリン重量二キログラムをプレゼントするよ!!」

「え、いらない」

「いらないとか言うなぁ!!」

思わず正直に口走ってしまって依礼奈に怒られるが、いらないものはいらない。そもそもこんな量、この場にいる八人で分けたところで食べ切れるか怪しい。

（いや前言撤回、なんか食べ切れそうな人いるわ）

隣のアリサと、更にその隣のマリヤ。ついでに正面の綾乃が目を輝かせているのを見て、政近は「マジかよ……」と目を細める。

（というか、昨日メッセージで『ジャックオーランタンも冷蔵庫に入れといて』って指示されたのはこういうことか……）

なんか妙に重いとは思っていたし、へたの部分が蓋になっていることには気付いていたが、まさか中にプリンがミッチリ詰まっているとは思わなかった。精々、お菓子の詰め合わせくらいだと思っていたのだ。いや、それにしては傾けても音がしないなとは思っていたが。

「それじゃあ、あみだくじで組み合せを決めるよ！」

「本当に用意がいいですね」

見ればホワイトボードにあみだくじが描かれていて、政近は苦笑する。そうして、順番に線を選んで組み合せを決めた結果──

◇

予選第一試合：〝違法少女〟依礼奈　―　〝邪教神官〟政近

「もはや違法少女が公式に……まあ、いいけどさ」

有希がホワイトボードに書いた対戦表を見て、そこに書かれた二つ名に微妙な表情をする依礼奈。しかし、軽く息を吐いて表情を改めると、政近に向かって不敵な笑みを浮かべた。

「ふふ、まさか最初の相手が久世くんとはね……あたしと最初に当たってしまった、己の不幸を恨むことだよ」

「そうですね。ただただ持って帰るのが大変な巨大かぼちゃプリンに、早くも一歩近付いてしまったわけですし？」

サラッと口でジャブを打ち合いながらソファ席に移動すると、政近と依礼奈は向かい合って座る。

「あ、イカサマ防止のために、観戦者は二人の手札が見えない位置で見てね？」

依礼奈の言葉に従い、残りのメンバー六人が、ソファ席のテーブルの両側に椅子を並べて座った。

それに満足げに頷いてから、依礼奈は政近に挑発的な視線を送る。

「さて、あたしは考案者なわけだし、先攻どうぞ？　それでようやく対等だろうしね」

「いいんですか？　負けた時の吠《ほ》え面《づら》ポイントが順調に溜まってますけど」

「アッハッハ、もしあたしが負けたら、敗北魔法少女としてスカートを持ち上げながら敗北宣言してあげるよ」

「……本当にいいんですか？　別にエレナ先輩のパンツには欠片《かけら》も興味ありませんけど、宣言した以上はやってもらいますよ？」

「サラッと失礼だなこの後輩！」

そんな風に怒られたって、興味ないものはないいんだから仕方ない。そもそも現時点で依礼奈のおっきなお胸がこれでもかってくらい見えてるのに、自分でも驚くほど何も感じないのだから。

（なんでだろ。不思議だなぁ、こんなに美人なのにな〜……やっぱり残念美女臭が強いからか？）

「なんかすっごい失礼なこと考えられてる気がする……」

鋭い読みでヒクリと頬《ほお》を引き攣《つ》らせる依礼奈へ、政近は「ハンっ」という風に口の端を吊《つ》り上げた。

すると、それを見た依礼奈はますます頬を引き攣らせ、ニコォッと怖い笑みを浮かべて言う。

「絶対、泣かす……！」

「別にボロ負けしたところで、俺は泣いたりしませんよ。エレナ先輩はどうだか知りませんけど」

とまあそんな感じでひとしきり前哨戦《ぜんしょうせん》を終えたところで、政近は「さて」と考えを切り替えた。

（このゲームで……まず、真っ先に考えなければならないことはひとつ）

それは対戦相手の目的が、ゲームの勝利にあるのか、それともお菓子をゲットすることにあるのか、だ。

もし後者なら、相手の戦略は自《おの》ずと知れる。

自分は一切お菓子を出さず《ガードせず》、トリートカードを連打して、適当なタイミングで負け抜けする。これしかない。そしてもし相手がそのつもりなら、こちらは初手トリックで簡単に勝利できる。

(ま、今回はそれはないだろうな。あれだけ大口叩《たた》いて、あれだけ俺に挑発された以上、何がなんでも勝ちに来るだろうし)

実のところ、さっきまでの前哨戦はそこを見極める目的もあった。

で、相手が純粋に勝つつもりなら、逆に初手トリックはかなりリスキーだ。もし失敗した場合、残りのターン防戦一方になってしまうのもあるが、それでなくとも初手トリックは、そのセットでお菓子を得ることを放棄する選択なのだから。

このゲームにおいて、それがなくなった時点で相手のトリックを防げなくなるお菓子は、自身の残機のようなもの。

この試合の勝利だけを考えるならともかく、勝ち抜けた後のことも考えるならひとつでも多く手に入れておくに越したことはない。

(もっとも、それだけリスキーな手だからこそ、相手の裏を掻けるって話はあるが……まあ、とりあえずは様子見だわな)

冷静にそう判断し、政近はトリートカードを裏にしてテーブルの上に置いた。

「ほう、決めたね……じゃあ、あたしも出すよ」

そう言うと、依礼奈はテーブルの真ん中に置かれている紙皿の上に、自分のフィナンシェを置いた。

「あれれ？　大口叩いてた割にはずいぶんと慎重じゃないですか。初手からガッチガチにガード固めちゃってまあ」

「初手は様子見、だよ。言わば捨て駒だね、これは」

政近の煽りに、依礼奈も不敵な笑みで答える。そして、場が出揃ったところで政近が自身の伏せカードに手を掛け、

「あ、カードをめくる時は『トリックオアトリート！』って掛け声と同時にね」

「……」

微妙に恥ずかしい要求をされ、ギシッと肩を揺らす。しかしこれも盛り上げるためと割り切り、依礼奈と同時に声を上げた。

「「トリックオアトリート！」」

その場の全員が注目する中、トリートカードがバンッと場に示される。そして、観衆が「お～」と声を上げる中、政近は依礼奈が出したフィナンシェを手に取った。

「トリート成功、ですね。お菓子はもらいますよ」

「どうぞどうぞ」

全く動揺を見せず、余裕の笑みすら浮かべる依礼奈。その様子に軽く片眉を上げ、政近は再びジャブを打つ。

「おやおやいいんですか？　エレナ先輩。早速残機がひとつ減ってしまいましたが。それ

では勝ち抜けたとしても、その先が大変では？」

「ハッハッハ、ちょうどいいハンデだよこのくらい」

あくまで余裕な態度を崩さない依礼奈に、政近は煽るような表情の裏でスッと目を細めた。

（さてはこの人……）

政近が自身の推測を確信に近付ける中、依礼奈はニヤリと笑う。

「じゃあ、次はあたしのターンだね」

そして、特に迷う素振りもなくカードを場に伏せた。その上で、挑発的に政近を見る。

「さぁて、どうする？　ガードする？　しない？」

「しません」

政近の即答に、流石に意表を衝《つ》かれたらしく、依礼奈は真顔でぱちぱちと瞬《まばた》き。

「……いいの？　初手で勝負決まっちゃうかもよ？」

「なら、お菓子四つ持って負け抜けしますよ」

肩を竦めてそう言う政近に、依礼奈は少し興が削《そ》がれた様子で自身の伏せカードに手を伸ばした。

「それじゃあ行くよ……」

そして、再度ニヤリとした笑みを浮かべて言う。

「「トリックオアトリート！」」

カードがめくられ……

「あっ」

「！」

「おっ」

「あら」

周囲で見ていた生徒会メンバーが声を上げる中、表に向けられたカードに描かれていたのは……悪魔のマークと、Ｔｒｉｃｋの文字。

「アッハッハ～残念だったね久世くん」

トリックカードを手に、勝ち誇った声を上げる依礼奈。政近はそれに構わず、依礼奈の手から素早くそのカードをひったくった。

「あ――」

不意を衝かれ、ぽかんと口を開ける依礼奈。何事かと目を瞬かせる、有希以外のメンバー。彼らが見つめる中……政近が奪ったカードの表面から、ぴらっと何かが落ちた。

テーブルの上に落ちたそれは、悪魔のマークとＴｒｉｃｋという文字の周り以外が、透明になっている薄いシート。その下から現れたトリートカードを手に、政近はニッコリと笑う。

「なんですか？　これ」

「あ、えっ、とぉ……」

「イカサマ……？」

「副会長……」

政近の問いに分かりやすく目を泳がす依礼奈に、茅咲の鋭い視線と統也の呆《あき》れた視線が突き刺さる。その二人の言葉でようやく事態を把握したアリサや綾乃も、依礼奈にスッと冷めた目を向けた。それらの視線に耐えかねたように、依礼奈は目を逸らしたままボソボソと言う。

「こ、後輩に大人の汚さを教えるのも、先輩の役目なんだよ……」

「十八歳で一応成人してるからって、大人ぶられてもねぇ……」

冷たい目でそう言ってから、政近は溜息を吐いた。

「ハァ……妙に自信満々な時点で、どうせこんなこったろうと思いましたよ。トリートカードの上に重ねることで、トリックカードに見せかけるギミック……俺がお菓子を出してたら、カードをめくる時にテーブル端までカードを引っ張って、テーブルの手前にギミックだけ落とすつもりだったんでしょう？」

「ぅ……」

「ま、素人相手なら騙《だま》せたかもしれませんが……相手が悪かったですね」

そう言って勝ち誇った笑みを浮かべると、政近はテーブルの上のギミックをピッと依礼奈の方に滑らせる。

オタクとして、いつ命を懸けたゲームに巻き込まれてもいいように常日頃から備えている政近にとっては、この程度のイカサマは想定の範囲内であった。

「では……約束を果たしてもらいましょうか？」

「うっ」

政近の酷薄な笑みを受け、依礼奈は怯《ひる》んだ様子を見せながらも、スカートを摑《つか》んで立ち上がる。

「うぅ……ホントに、やるの？」

上目遣いでこちらを窺《うかが》ってくる依礼奈へ、政近は胸に下げている怪しいシンボルを握って、神妙な表情で言った。

「己の罪を懺悔《ざんげ》し、神に許しを請うのです」

「邪教徒のくせに聖職者ぶらないでくれる？」

「邪教徒だと？　パンツひとつで全てを許したもう我が神を侮辱するか！」

「邪神じゃん」

「我が神は仰せられた……『自信に満ちた美少女の顔が恥辱にゆがむ光景からしか摂取できない栄養がある』と」

「邪神じゃん！」

依礼奈のツッコミに小芝居をやめると、政近はぞんざいな態度でジト目を向ける。

「はいはい、自分で言ったことくらいちゃんと守りましょうね～？　お菓子没収しないだけマシだと思ってください。心配しなくても、俺と会長は後ろ向いてますから」

「うううぅ〜〜〜」

政近の視線を受け、統也もくるりと後ろを向く。

だがそれでも、後輩達の前で自らスカートをまくり上げるのは強烈に恥ずかしいらしく、依礼奈は半べそを掻いていた。

「あの〜エレナ先輩？　無理にやらなくても……」

「いえいえマーシャ先輩、これは約束ですから。偉大なる先輩として、きちんと有言実行するところを見せてもらいましょう？」

「うううぅ〜〜！」

眉を下げながら助け船を出そうとしたマリヤを、有希が断固たる淑女の笑みで止める。アリサと茅咲はなんとも言えない表情をしていたが、二人共不正は嫌いな性格なので静観。一年生の頃、依礼奈に散々可愛がられた統也は無言。綾乃は空気。

そうして味方してくれる人がいなくなった依礼奈は、やがて意を決したように口の端に不敵な笑みを浮かべて言った。

「ふ、ふふ……いいよ……前副会長の、潔いところを見せてやろうじゃん……！」

そして、バッとスカートをまくり上げると、真っ赤な顔で変な笑いを浮かべながら言う。

「わ、わたしは、イカサマをした上で無様に負けた負け犬です。どうぞ、この負け犬の、な、情けない姿を見てくださいっ」

「滅茶苦茶《めちゃくちゃ》訓練されてる……」

後ろを向いたまま、依礼奈の口上に若干感心する政近。そして、ふと思いついて呟いた。

「この状況で、イタズラするのってアリ?」

「鬼かお前……」

政近の鬼畜発言に、統也のみならず、女性陣からも冷たい視線が向けられる。それを背中と頬で感じ、政近は首を縮めるのだった。

予選第一試合勝者:〝邪教神官〟政近（お菓子四個で勝ち抜け)、イタズラ内容:背筋を指でシュッ

◇

予選第二試合:〝マッドサイエンティスト〟茅咲 ― 〝聖悪魔〟マリヤ
「アハハッ、あたしは負け犬……クソ雑魚な負け犬……」

生徒会室の隅で虚《うつ》ろな笑みを浮かべる依礼奈に少しばかり憐《あわ》れみの目を向け、政近はホワイトボードの方を見て言う。

「聖悪魔ってなんぞ?」

「聖母で悪魔ですので……」

「なんか厨二病大興奮な二つ名になってんな」

有希とそんなことを話してから、政近は次なる試合に視線を移す。

先攻は茅咲。茅咲がカードを出し、マリヤの反応を窺う。が、

「ん～じゃあスルーで」

「！」

まさかの初手ノーガードという攻めの一手に、政近は少なからず意外感に襲われた。同じ感想を抱いたのは政近だけではなかったらしく、対戦相手の茅咲や、他の観戦者も驚きの色を見せる。そして、

「「トリックオアトリート！」」

表に向けられた茅咲のカードは、トリート。茅咲の攻撃は空振り、マリヤがスルーを成功させた。

「それじゃあ、次はわたしのターンね～」

初《しょ》っ端《ぱな》から大胆な手を打ったマリヤに、茅咲は少しばかり警戒心の上がった視線を向ける。そして、少し迷ってからマリヤのカードの前にマドレーヌを置いた。

「「トリックオアトリート！」」

全員が注目する中、出されたのはトリートカード。茅咲のマドレーヌが、マリヤの手に渡る。

「やった～」

ぽわぽわとした笑顔で無邪気に笑うマリヤ。結果として、この攻防はマリヤの完勝だ。その意外な展開に、政近は眉根を寄せた。

（マジか……マーシャさん、意外と勝負師なのか……？）

罪のない笑みを浮かべるマリヤの顔を見ながら、政近は強敵ではないと判断していた自身の評価を改める。が、もう一巡同じ流れが繰り返されたところで、政近は気付いた。

（いやこれマーシャさんお菓子が欲しいだけだな⁉）

五つのお菓子を前に幸せそうに笑うマリヤを見て、政近の中で一度上方修正されたマリヤの評価がギューンと急下降する。この顔を見るに、マリヤはゲームの勝利にこだわっていない。ゲームの勝利を得ることが目的ではなく、お菓子を得ることが目的のパターンだった。どうやら茅咲も同じ結論に達したらしく、スッと目を細めると、無造作に次のカードを出す。それがトリックカードであることを、政近は直感した。

（まあ、相手にお菓子を出す気がないなら、さっさとトリック打つのが正解……というか、それしかないよな）

内心で茅咲の一手に同意していると、

「じゃあ、ガード！　さっきの茅咲ちゃんのマフィンを出すわね～」

「⁉」

マリヤの思い掛けない言葉に、政近はぎょっと目を見開く。茅咲もまた、驚いた様子で目を見張っていた。

（なっ……勝負を捨ててたわけじゃなかったのか⁉　まさか、全ては相手のトリックを誘うための演技……⁉）

政近が激しく動揺する中、茅咲の伏せカードがめくられる。現れたのは、やはりと言うべきかトリックカード。これで、茅咲はこのセットでの攻め手を失った。その上……

（マズい……お菓子が一個しか残ってない以上、残り二ターン、どっちかはトリックを防げないぞ）

こうなると、確率は単純に二分の一……と思いきや、実はそうではない。もちろん純粋にゲームの勝敗だけを考えるなら、確率は二分の一だろう。だが……

（仮に負けるとしても……更科先輩には、二通りの負け方がある）

即ち、お菓子を全部失っての完全敗北か、お菓子をひとつ残した状態での敗北か。その二通りである。そして完全敗北を避けるなら、茅咲の次のターンは『ガードしない』一択だ。そうすれば、このセットでの完全敗北だけは確実に避けられる。恐らく、茅咲もそれは理解しているだろう。だが……

「……ガード！」

（理解した上で、勝負に出たか……更科先輩らしいな）

無難に完全敗北を避けるはずだという、相手の読みの裏を掻く一手。この状況でもまだ勝利を諦めないその一手に対して、マリヤのカードは――

「トリート。ごめんね〜茅咲ちゃん」

なんと、三連続のトリート成功。茅咲の最後のお菓子がマリヤの手に渡り、この瞬間マリヤの完全勝利が決まった。

予選第二試合勝者：〝聖悪魔〟マリヤ（お菓子六個で勝ち抜け）、イタズラ：脇腹こちょこちょ

◇

予選第三試合：〝名前はある怪物〟統也　―　〝魔女っ娘《こ》〟有希

「くっ、殺せ……！」

笑い過ぎで顔を真っ赤にし、荒い息を吐きながらそんなことを言う恋人を「可愛いなぁ」と思いながら、統也はホワイトボードに視線を移す。

「というか、俺の二つ名ヒドくないか？」

「そうですか？　パッと思い付いたのがあれだったのですが……」

「……まあ、いいが」

有希の鉄壁のアルカイックスマイルになんとも言えない顔をしながらも、統也は自身の手元に目を落とした。

（茅咲の試合を見て分かった……このゲーム、お菓子の重要度が思ったよりデカい）

先攻になった有希がカードを選ぶのを視界の端に収めながら、統也は考える。

（まだ三つあるからと、安易に使うのは危険だ。お菓子の数で差が付くと、精神的に追い詰められて冷静な判断が出来なくなり、じりじりと敗北に近付く）

手元の三つのお菓子を見ながらそんな風に分析していると、有希が一枚のカードを場に伏せた。

「会長、どうぞ」

「ああ……」

統也のゲームへの理解は、政近ほど早かったわけではない。だが、先の試合を見たおかげで、今では統也も政近と近いレベルまでゲームへの理解を深めていた。即ち、プレイヤーには勝利狙いとお菓子狙いの二パターンがあること。そして後者には初手トリックが有効だが、前者には初手トリックが非常にリスキーであること。だが……

(周防《すおう》が、それに気付いていないはずもなし……)

この生徒会でそれなりの時を過ごす内に、統也も気付いていた。

優秀な生徒が揃っている現生徒会においても、中等部生徒会で会長と副会長であった有希と政近の頭の回転の速さは、明らかに群を抜いている。統也の理解している内容など、有希なら遥《はる》かに先んじて理解しているはずだ。だからこそ……

(初手トリックの危険性も、重々理解しているはず。ここは、スルーだ！)

そう決断し、統也は首を左右に振った。

「ガードはしない。スルーだ」

「あら、そうですか。では……」

淑女然とした笑みを崩さないまま、有希が伏せカードに手を伸ばす。そして、

「『トリックオアトリート！』」

掛け声に合わせて、有希がカードをめくった。出たカードは……トリック。

「え」

「ふふっ、申し訳ありません。わたくしの勝ち、ですね」

第三回戦勝者：〝魔女っ娘〟有希（お菓子三個で勝ち抜け）、イタズラ：眼鏡のレンズを触る
「眼鏡キャラがブチ切れるやつじゃん……」

「うふふっ」

◇

第四回戦：〝背教聖女〟アリサ　―　〝使い魔〟綾乃
「いやアリサちゃんの二つ名かっこよっ」

「また厨二病患者が喜びそうな……」

茅咲と政近がそんなことを話しているのを横目に、アリサはソファに座る。

「よろしくお願いします、アリサさん」

「ええ」

その対面のソファに、丁寧に頭を下げてから座る綾乃。そしてしっぽを下敷きにしてし

まい、軽く腰を浮かしてしっぽをお尻の下から引っ張り出す。そんな微笑ましい光景に笑みを浮かべながら、図らずもこの時のアリサは、統也と似た結論に辿《たど》り着いていた。

（お菓子の放出はなるべく避けるべきね。お菓子が減ると、じりじりと追い詰められてしまう……それに、お菓子を失った上にゲームの勝利まで失うなんて無様な負け方は、真っ先に避けるべき）

徹底した負けず嫌いとして、冷静にそう考える。同時に、

（何より、こんなに美味《おい》しそうなお菓子、三種類全部食べないと気が済まないわ！）

頭抜けた甘党として、熱烈にそう考える。そして軽く頭を左右に振ってから、更に考えを詰めた。

（とはいえ、初手敗北もまた避けるべきよね。会長には悪いけど、見せ場なしって感じでかっこ悪かったし……）

それらのことを総合し、アリサは結論を出す。

（場に判断を左右されないよう、どこで勝負するかをあらかじめ決めておくべきね。まず一巡目はガード。そして二巡目はガードしない！）

その決断の下、アリサは綾乃が出したカードにマドレーヌを出す。

「「トリックオアトリート！」」

その結果、

「トリートです。お菓子は頂きますね」

「っ、ええ」

少し惜しい気持ちは湧くが、計算の範囲内なので動揺はない。続いて、アリサのターン。

（初手トリックはやはりリスキー……何より、ここでトリックを成功させたとしても、今使ったマドレーヌは戻ってこない……）

綾乃の手元に渡ったマドレーヌをチラリと見て、アリサはトリートカードを伏せた。

「どうぞ、綾乃さん」

「はい」

そして、緊張が表に出ないようにしながら、綾乃の動かぬ無表情をじっと見つめる。すると……綾乃は、今しがたアリサから奪ったマドレーヌを出した。

「ガードします。それでは」

「ええ、じゃあ」

少しばかり笑みを漏らしながら、アリサはカードに手を掛ける。

「「トリックオアトリート！」」

そして、表に向けたトリートカードを手に、満足げに笑う。

「トリート成功、ね。お菓子は返してもらうわ」

「はい」

この期に及んで、綾乃の表情に変化はない。それに少しやりづらさは感じるが、計画に変更はない。

（よし、お菓子を取り返せた。予定通り、ここで勝負を仕掛けるわ！）

（――と、考えているでしょう）

密《ひそ》かに意気込むアリサの前で、綾乃は淡々と考えていた。

（負けず嫌いで甘いもの好きなアリサさんならば、なるべくお菓子を失うことなく勝ちたいと考えるはず。それでも、一ターン目に何も出来ずに負けることは避けるため、初手はとりあえずガードする。そこで失ったお菓子を、次のターンで返してあげれば……）

「スルーするわ」

（アリサさんは、必ず勝負に出る）

強気な表情を浮かべるアリサを前に、綾乃は無表情のまま伏せカードに手を伸ばす。

「「トリックオアトリート！」」

そして、表になったカードを見て、

「えっ!?」

アリサは、愕然《がくぜん》とした表情になった。

「……トリック成功。わたくしの勝ちです」

予選第四試合勝者：〝使い魔〟綾乃（お菓子三個で勝ち抜け）、イタズラ：耳に息をふーっ

◇

準決勝第一試合：〝邪教神官〟政近　──　〝聖悪魔〟マリヤ

「うぅ……」

「大丈夫か？」

「悔しい……何が悪かったのかしら……」

「ん……まあ、仇《かたき》は俺が討ってやるよ」

綾乃にふーっとされた耳を押さえながら悔しそうな顔をするアリサにそう言い、政近は気を引き締める。

（さて……ここが勝負どころだぞ）

相手は、初戦で茅咲に完全勝利を決めたマリヤ。あれが果たしてどこまで計算だったのかは分からないが、その分からないという部分も含めて強敵であることは間違いない。

（何より……既にお菓子の数で、二つも差が付いてるんだよな……トリート一回で埋められる差とはいえ、お菓子六個持ちはそれだけで脅威……）

そんな風に考えながら、政近はソファ席に向かう。そして、先に座っていた正面のマリヤへ、一片の油断もない視線を向け、

（あ、ダメだ。昨日のアレを思い出しちゃう）

悪魔のコスプレをしたマリヤを見て、さっと目を逸《そ》らした。さり気なくカードの方へと視線を移動させ、ついでに互いのお菓子も確認する。

(俺が四個。で、マーシャさんが六、個…………？)

……ん？　見間違いか？

パチパチと瞬《まばた》きをし、政近はそこにお菓子が三個しかないことを再確認する。そして、マリヤへ窺うような目を向けると……

「……えへっ♪　食べちゃった」

「食べちゃったかぁ～」

マリヤ、まさかの待ち時間の間に残機《お菓子》を食べちゃうの巻。

「マーシャ……」

「いや、たしかに禁止はされてないけど……マリヤちゃん……」

「マーシャ、自由過ぎない？」

頭が痛そうに額を押さえるアリサ、呆《あき》れたように苦笑する依礼奈と、眉をひそめてツッコミを入れる茅咲。四方から向けられる生ぬるい視線に、マリヤは「だってぇ～すっごくおいしそうだったんだも～ん」と両手をフリフリしながら言う。あまりにも緊張感が削《そ》がれるその姿に、政近は引き締めていた気がフューンと緩むのを感じた。

(いや、もうホント、どこまでが本気なの……？)

果たして、本当にゲームに勝つ気があるのか。それすらも読めず、政近はとりあえずカードを手に取る。

「はい、じゃ～んけ～ん」

「「ぽん」」

もはや半ば無意識に相手の手がグーだと見切った上で、政近はパーを出す。そして、四枚のカードを手にふぅっと息を吐いた。

(さてと……もうこうなったら、初手トリックで様子を見るか。さっきの更科先輩のトリックを防いだのが偶然かどうか見極めるためにも……幸い、防戦一方になっても耐え抜けるだけの残機《お菓子》はあるし)

なんだか複雑な作戦を考える気も薄れ、政近は割と安直な発想でトリックカードを場に伏せる。

「どうぞ、マーシャさん」

表情を読まれないよう……ついでにマリヤの顔を直視しないよう、手元を見たまま促す政近。

「ん～……じゃあ、スルーで」

(ん⁉)

そして、聞こえてきた声に思わず眉を動かしそうになった。こっそり視線を上げれば、そこにはいつも通りの笑顔のマリヤ。

(え、あれ？　さっきのは偶然だったのか？　分からん……)

内心盛んに首を傾げながらも、政近は伏せカードに手を伸ばす。

「「トリックオアトリート！」」

そして、あっさりとトリックが成功した。すると、マリヤがパッと席を立って茅咲へ泣きつく。

「あ〜ん、茅咲ちゃん負けちゃった〜」

「あら……まあ仕方ないよ」

「うん……あっ、あのお菓子は返すね〜」

そう言って、残る三つのお菓子を視線で示すマリヤに……一拍置いてから、政近は目を見張った。

(まさか……最初っからそのつもりだったのか!?)

端から政近に勝つ気はなく、茅咲にお菓子を返すためにあえてガードしなかった…？

一体、どこまでが計算でどこまでが天然なのか……

(なんか、あんま勝った気がしない……)

茅咲にお菓子を押し付けるマリヤを見ながら、政近はつくづくそう思うのだった。

準決勝第一試合勝者：〝邪教神官〟政近（お菓子四個で勝ち抜け）、イタズラ：ねこだまし
「(にぃに……なんか、日和《ひよ》った？)」

「(うるせぇ)」

◇

準決勝第二試合：〝魔女っ娘《こ》〟有希　――　〝使い魔〟綾乃
「ふふっ、わたくし相手であろうと、遠慮は無用ですよ？　綾乃」

「はい。胸をお借りするつもりで挑ませていただきます」

向かい合う主従。ここで初めて実現したパートナー同士の対決に、政近は興味深い視線を送る。

（さて……これは見ものだな）

互いに、手持ちのお菓子三つ同士の対決。普通に頭脳戦の強さだけで考えるなら有希に軍配が上がるが、相手は有希の思考を読むことに長けた綾乃だ。有希が謀《たばか》るか、綾乃が読み切るか。注目する政近の前で……じゃんけんに勝った有希はおもむろに手札を伏せ、乱雑にシャッフルすると、テーブルの上に横一列に並べてしまった。そして、綾乃に向かってにこりと笑む。

「ふふふ、わたくしはあなたと読み合いをするつもりはありませんよ？　綾乃。これからわたくしは、このまま伏せた状態でランダムにカードを出します」

どうせ読まれるなら、全てを運否天賦に任せると。そう宣言する有希を見て、政近は感じた。

（嘘だな）

一見ランダムにシャッフルしたように見えて、その実有希はトリックカードの位置を正確に把握している。直感的に、政近はそう思った。

これはブラフ。読んでも無意味だとハッタリをかまし、狙ったタイミングでトリックカードを刺すつもりなのだ。

（さて……綾乃には通用してるのかどうか）

終始無表情を貫いている綾乃の思考は、政近にもイマイチ読めない。しかしなんとなく政近は……自分が気付いていることなら、綾乃も気付いているのではないかと思った。

そんな政近の予想が的中したのか、この試合、第一セットだけでは決着がつかず。互いにガード二回で見事に相手のトリックカードを防ぎ、本日初となる第二セットにもつれ込んだ。

「ふふふ、流石は綾乃……よくわたくしの手を読みますね」

「恐縮です」

白熱した戦いに観衆が盛り上がりを見せる中、第二セット開始。先攻となった綾乃の攻撃に、有希はスルー。見事、綾乃のトリートカードを躱《かわ》す。

そして有希のターン。再びカードをシャッフルしてテーブルに置くのか……と、思いきや。

「この手だけは……使いたくなかったのですけれど」

「？」

　そう呟《つぶや》くと、有希は疑問符を浮かべる綾乃へニコッと笑みを向ける。

「ねぇ綾乃。心を読んでくる相手への、最も有効な対処法って知ってるかしら？」

「……いえ」

　首を左右に振る綾乃に、有希は笑みを深めて言った。

「それはね？　相手に読まれないよう、二つの心を用意することよ？」

　有希の言葉に、観戦している面々が「なんのこっちゃ？」と、首を傾げる中。

（まさか……）

　政近が嫌な予感に頬《ほお》を引き攣《つ》らせたところで……有希の唇が、無音で言葉を紡ぐ。

　──天使モード
　と、声に出さずに唱え、

「発☆動」

　その瞬間、有希の顔からストンと表情が抜け落ち……数秒後、突如ニコッと無邪気な笑みが浮かんだ。

「よ～っし、じゃあ次はわたしのターンね！」

「「「「!?」」」」

　有希の突然のキャラ変に、政近と綾乃以外の五人に衝撃が走る。綾乃も動揺に肩を揺らす中、有希は一枚のカードを手に取った。

「じゃあわたしは、この悪魔のカードにしよっと！」

「そ、そのような、手には……」

そう言いつつも、綾乃は目に見えて視線と手を泳がせた後、迷いに迷ってマドレーヌを前に出す。そして、

「「トリックオアトリート！」」

カードがめくられ、現れたのは……トリートカード。

「えへへ、ウッソ～♪　お菓子もらうね～？」

悪戯《いたずら》っ子のようにペロッと舌を出し、綾乃のマドレーヌをかっさらう有希。ザワる生徒会室。

結局、これで完全にペースを乱された綾乃は、勝負を急いだか次のターンでトリックを打つもあえなく失敗。その後もう一度トリートカードを食らい、お菓子が残りひとつになったところで最後の二択も外し、一気に勝負をつけられた。

「やったぁ、わたしの勝ちぃ～♪」

魔女っ子姿で子供のように喜ぶ有希に、何やら茅咲がおろおろとする。

「ゆ、有希ちゃん大丈夫かな？　あれ、リセットした方がいい？」

「しないでいいですあれは自己催眠による幼児退行的なやつなので」

「それは大丈夫なのか……？」

先輩達が心配そうに見守る中、政近はつかつかと有希に近付くと、その両肩をガッと摑《つか》

んで揺さぶった。

「ほれ、正気に戻れ」

「……ああ、ありがとうございます、政近君」

「「「だからそれは大丈夫なの？」」」

準決勝第二試合勝者：〝魔女っ娘〟有希（お菓子五個で勝ち抜け）、イタズラ：無表情が崩れるまで耐久こちょこちょ
「ハァ、ハァ……」

「お前、さっきっからイタズラに性格の悪さが出てんぞ」

「あらそうですか？　うふふ」

◇

決勝戦：〝邪教神官〟政近　―　〝魔女っ娘〟有希
「結局、俺達か」

「そうですねぇ、わたくしもこうなる気がしていました」

肩を竦める政近と、意味深な笑み浮かべる有希。他の面々が見守る中、有希が悠然と政近に手を向ける。

「では、先攻どうぞ？　わたくしの方がお菓子は多いわけですし」

「へぇ、いいのか？」

「ええ、どうせじゃんけんではなかなか決着がつかないでしょうし……」

そこまで言って一旦間を置き、有希は挑発的に笑った。

「まさか、第一セットであっさりと勝負が決まるとは思っていませんし」

「ハハハ、なるほどな」

それに対し、政近が不敵な笑みを浮かべ……兄妹対決の火蓋が切られた。

そして、第六セット。

「ふふふ、なかなか勝負がつきませんねぇ」

「まあ予想の範囲内だな。疲れたなら降参してもらってもいいぞ？」

「まさか。ですがこのままでは長引く一方ですし……どうでしょうか？　ここから先、一セットにつきガードが出来るのは一回だけというルールにするのは」

有希の提案に、観戦者がザワる。しかし、政近は動じた様子もなく笑みを浮かべたまま頷いた。

「いいぜ。ちょうど俺も同じ提案をしようと思っていたところだ」

「では――」

そうして、縛りルールの下でゲームが再開され……第十セット。

「いや長い！　流石に長いよ！」

「よく一点で読めるね……」

耐え切れずに声を上げる依礼奈に、感心半分呆れ半分の茅咲。

もはや盛り上がるを通り越して飽き始めている観衆を見て、政近が言う。

「長いとよ。どうだ有希、ここからはガード縛りはなしにして、その代わりお互いに一手五秒の早指しにしないか？」

「ふふ、構いませんよ？」

「なんか将棋の達人みたいなこと言い出してる……」

依礼奈がげんなりする中、更にルールを変更した上でゲームが再開され……第十三セット。ようやく勝負がついた。

「トリック成功……わたくしの勝ちですね」

決勝戦勝者：〝魔女っ娘〟有希（お菓子三個で優勝）

◇

「おめでと～」

観戦者と一緒に拍手をする、なぜかお菓子を二個も奪っておいてガードをし損なった政近へ、有希は作ったような笑みを浮かべて問う。

「わざと負けました？」

「いんやまったく？」

何食わぬ顔で、不自然なほどに即答する政近。そしてますます笑みを深める有希からスッと顔を背けると、政近は依礼奈から勝ち取ったお菓子を依礼奈へ、有希から勝ち取ったお菓子を綾乃へ差し出した。

「はいこれ、返します」

「え」

「政近様？」

「いやほら、マーシャさんも更科先輩へ返してましたし。これで全員三個ずつですから」

それを聞き、依礼奈がハッと全員の手持ちのお菓子を確認する中、有希が笑顔のままどこか皮肉っぽく言う。

「キザですね」

「尊敬する先輩に倣っただけだよ」

政近がそう言って肩を竦めると、有希がニコーッと笑ってテーブルを回り込み、政近の隣に座った。

「そうそう、イタズラがまでしたね」

そして、スッと身を乗り出すと政近の耳に口を寄せる。

「なんだ？　耳に息を吹──」

「ワッ!!」

「おまっふざけんっ」

耳元で突然叫ばれ、政近は堪《たま》らずソファに倒れ込む。そうして、キーンとなった耳を押さえながら、引き攣った笑みで有希を見上げた。

「このヤロウ……異端審問に掛けるぞこの魔女が」

「おっほっほ、返り討ちにしてあげますわ邪神を崇《あが》める神官さん」

互いに作り笑いを浮かべながら、兄妹で火花を散らしていると、何やら依礼奈が右手で顔の右半分を覆いながら怪しく笑い出す。

「ふふふ……お菓子の奪い合いを強制する、ゲームマスターの思惑に抗《あらが》ったということか……見事、見事だよ久世くん」

「なんか言い出したぞ？」

「あの人さっき負け犬宣言してなかったっけ？」

「んぐっ」

政近と茅咲の容赦ない言葉に、依礼奈が胸を押さえてよろめく。しかしすぐ立て直すと、再度不敵な笑みを浮かべた。

「ふ、ふふ、見事ゲームマスターの予想を超えたキミには褒美を与えないとね……と、いうわけで」

そこで、ソファ席のテーブルにジャックオーランタンをドンと置き、依礼奈は声高らかに宣言する。

「この特大かぼちゃプリンは、有希ちゃんと久世くんで山分けだぁ！」

バッと手を前に突き出し、「決まったぜ」とでも言いたげなドヤ顔をする依礼奈の前で、政近と有希は同時に言う。

「「え、いらない」」

「いらないとか言うなぁ!!」

——結局、特大かぼちゃプリンは八人全員で山分けにした。そして、その約四割が、九《く》条《じょう》姉妹の胃袋へと消えた。

Иногда Аля внезапно кокетничает по-русски

第7話 音楽

体育祭お疲れ様会とは名ばかりのハロウィンパーティーをした翌日。政近《まさちか》は、依礼奈《えれな》との約束を果たすべく音楽室へ向かっていた。

伴奏者として、吹奏楽部の演奏会に参加して欲しいという依礼奈のお願い。体育祭の出馬戦で、依礼奈がアリサ政近ペアに協力する見返りとして求めたそれに応えるべく、政近は今日から吹奏楽部の練習に参加することになったのだ。無論、生徒会の業務もあるので、毎回参加というわけにはいかないが。

『全部の曲でピアノがあるわけじゃないし、久世《くぜ》くんの腕なら多少練習抜けてても問題ないでしょ～』

謎の信頼と共にそう笑っていた先輩を思い出し、政近は少し胃が縮む思いを味わう。

（いや、俺の腕なんて……何年もサボって錆《さ》びつきまくってるんですけどねぇ……そもそも今の家にはピアノがないから、家で練習も出来ないし……まあ、振りだけでも練習はしてきたけどさ）

期待が重荷となって伸し掛かり、音楽室へ向かう足が鈍る。しかし鈍ったところで、歩いていればいつか目的地には着くわけで。政近は辿《たど》り着いた第一音楽室の前で、一度深呼吸をしてから、意を決して扉を開けた。

「失礼しまー――」

「ようこそ我がハーレムへ！」

「その紹介で本当に大丈夫ですか？」

そして、出迎えてくれた依礼奈にとりあえずそうツッコんだ。それに対し、依礼奈はやたらと自信満々に胸を張る。

「ふっふ～何も問題ないよ？　だって、ただの事実だから。ねぇみんな！」

そう言ってバッと振り返る依礼奈に、同意を求められた吹奏楽部の部員一同は頷《うなず》く。

「はい部長」

「そうですねぇ」

「うふふ」

綺麗《きれい》な笑顔で、お手本のような社交辞令で。その光景に、政近は以前依礼奈が言っていたことを思い出した。

『この学園、ボケを笑顔でスルーする紳士淑女か、あたしがツッコミ役に回らざるを得ない癖つよちゃんばっかりだから。心置きなくボケ役に回れる相手って希少だなぁって』

（なるほど。これがエレナ先輩が言ってた、ボケを笑顔でスルーする紳士淑女ってやつか）

見れば、女子が八割方を占める吹奏楽部の部員は、そのほとんどが見るからに育ちのいい良家の子息子女といった雰囲気。それこそ、お嬢様モードの有希《ゆき》と同系統の生徒ばかりだった。

(たしかにこれは、なかなかの芸人殺しだなぁ……)

ここまで華麗にボケをスルーされては、依礼奈もさぞやりづらかろうと、政近は同情する。が、

「ほらね？ み～んなあたしのハーレムだよ！」

「逞《たくま》し過ぎませんか？」

イイ笑顔で振り向き、グッとサムズアップする依礼奈に、政近は呆れると同時に感心してしまう。すると、依礼奈は腰に手を当てて笑った。

「ハッハッハ、そりゃハーレムの主ともなれば、イロイロと逞しくないとね～ねぇ？」

「はい部長」

「そうですねぇ」

「うふふ」

「いや、滅茶苦茶《めちゃくちゃ》流されてるじゃないですか……いつまで続けるつもりなんですか？ その設定」

「設定とか言うなぁ！」

「じゃあそのキャラ」

「うるさ～い！ キャラ演じてないと人前に立てないんだよぉ！」

「それは……すみません」

「謝るなよぉ～冗談だって。エレナ先輩は、元から破天荒でエッチなおねぇさんだから☆」

チャハッ☆という効果音が聞こえそうな明るい笑顔&ポーズをする依礼奈に、政近は「ここまで貫いてるなら立派だな」ともはや感心する。同時に、ここに来るまでに感じていた重苦しい緊張感が解けているのに気付き、微苦笑と共に頭を下げた。

「俺が早く馴染《なじ》めるよう、場の空気をほぐしてくださってるんですよね。ありがとうございます」

「お礼とか言うなぁ！」

「どういうこと⁉」

「変に畏《かしこ》まるなってこと！うちの部は上下関係とか気にしないフランクな雰囲気でやってるんだから。ねぇ？」

「はい部長」

「そうですねぇ」

「うふふ」

「BOTかな？」

さっきから同じセリフを繰り返してる部員達の方を真顔で見るも、返ってくるのは鉄壁のアルカイックスマイル。ここまで来ると、なんだかちょっと怖かった。

(というか、これはある意味癖つよちゃんなのでは……)

よくよく見れば、さっきからしゃべっているのはずっと同じ三人で、他の部員は無言で笑っているのみ。とりあえず、政近はこの三人を心の中で〝はい先輩〟〝そう先輩〟〝うふふの人〟と呼ぶことにした。

「それじゃあ改めて。十二月の演奏会までピアノで参加してくれることになった、久世政近くんです。みんな拍手！」

依礼奈がそう言って拍手をすると、部員一同が一斉に拍手をする。そこには部外者に対する嫌悪感や忌避感は全く見られず、純粋に歓迎する気持ちだけが表れていた。

これには政近もほっとするが……同時に、やはり期待されているのだと感じてズンと胃が重くなる。

「よし！　じゃあそっちの端から順番に自己紹介……と行きたいところだけど、流石に全員やると長くなるからそれはまた休み時間にでもやってもらうとして。とりあえず、各学年のまとめ役だけ紹介するね？」

「あ、はい。お願いします」

「オッケー、カモ～ン」

政近が頷くと、依礼奈の妖しい手招きを受けて三人の女生徒が前に進み出てきた。というか、先程から同じセリフを繰り返している例の三人だった。

（はい、そう、うふふの人じゃん）

ついさっき頭の中でそんなあだ名を付けてしまった手前、少しばかり気まずい思いをする政近。そんな事情を知るはずもなく、三人の女生徒は三年生から順に自己紹介をする。

「はじめまして。副部長を務めております、三年の灰谷《はいたに》です。楽器はクラリネットを担当しています」

（はい先輩じゃん）

「はじめまして、二年の相馬《そうま》です。楽器はパーカッションです」

（そう先輩じゃん）

「はじめまして久世さん。A組の荒井《あらい》です。楽器はフルートをしております」

（惜しい、うふふじゃなくてあらあらの方だったか）

そんな馬鹿みたいな思考が浮かび、頭の中で自分自身をぶん殴る。そして、政近は努めて真面目な表情で会釈をした。

「はじめまして、久世です。一カ月ちょっとという短い間ですが、よろしくお願いし――」

「固ぁぁ～～い!!」

そこへ割り込んできた依礼奈が、政近と三人の間で大きく腕を振り上げる。そして、面食らった政近へギンッと睨《にら》むような目を向けた。

「さっきの話聞いてた⁉　うちの部は上下関係とか気にしないフランクな雰囲気でやってるんですけど！」

「いや、そうは言っても俺は今日初参加ですし……そもそも、先輩方が敬語なのに俺がそんな――」

「この子達は誰に対しても敬語だから気にしないの！　それより、久世くんはもっとあたしを相手にする時みたいに気安く！」

「はぁ……部長はそう言ってますけど、それでいいですか？」

「はい」

「そうしてもらって構いませんよ」

「うふふ」

三人に許し（？）をもらい、政近も少しだけ肩の力を抜く。それに満足そうな笑みを浮かべ、依礼奈はポンと政近の肩に手を置いた。

「じゃ、早速一曲お願いしましょうか」

「え？」

「あいさつ代わりに、さ。みんなも聴きたいよね？」

依礼奈の問い掛けに、今度ばかりは三人だけでなく部員一同が口々に賛同する。その期待に満ちた視線の数々に押されるように、政近は頷いた。

「あぁ、じゃあ……一曲だけ」

その言葉に、わっと軽い歓声が上がる。無邪気に向けられる期待に頰《ほお》が引き攣りそうになるのを必死に堪えながら、政近はピアノの前に座った。

（う～ん、まさかいきなりソロで演奏させられるとは……何を弾くかなぁ）

事前に依礼奈に共有された演奏会のセットリストには、有名なオーケストラの曲から近年流行《はや》ったJ－POP、はたまた大ヒットアニメ映画の主題歌まで、様々な曲が並んでいた。それらの曲を頭の中に思い浮かべ、政近はひとまず盛り上げ重視ということでアニメ主題歌をチョイス。軽く曲を口ずさみながらふとももの上で指を動かすと、鍵盤の上に指を置く。そして──

（あれ？　何のために弾くんだ？）

指が、固まった。

何のために、誰のために弾く？　それはもちろん、依礼奈と……吹奏楽部のために、だ。

（でも、なんで？）

なんでってなんだと、自分自身の内なる疑問に問い返し……政近は気付いた。

（あ、そうか。俺自身に動機がないんだ）

政近の中に、依礼奈や吹奏楽部の部員に自分の演奏を聴かせようという動機がない。約束だからという消極的な理由はあれど、積極的なモチベーションはない。だからなのか。指が……動かない。

（いやいや、動機がないからなんだよ。動機があろうがなかろうが、とにかく弾きゃいいだけの話で……）

そう思うのに、指は動かない。目の前の鍵盤が滲み、脳裏に母の視線がフラッシュバックする。こちらを睨む、母の憎々しげな瞳、が……

（あ、あれ、どこが〝ド〟だっけ？　どこから弾け、ば……）

耳鳴りがする。あの日の記憶に、意識が引きずり込まれ――

「あ、そ～だ」

鍵盤に指を乗せたまま固まる政近の耳に、依礼奈の声が届く。その声にハッと顔を上げると、何やら額に手を当てた依礼奈が首を左右に振りながら言った。

「やれやれあたしとしたことが……人に演奏しろと言うならまず自分から、という原則を忘れていたよ……そうだよね、普段のあたしらの演奏がどんな感じか分からないと、久世くんとしてもやりづらいよね」

「エレナ先輩……」

芝居がかった態度でそう言うと、依礼奈はくるりと部員達の方に振り返る。

「と、いうわけで……今日は久世くんに、あたし達のことを知ってもらう回にしよう！　久世くんはそっちで見学ね～」

依礼奈にほれほれと追い立てられ、政近はおずおずと壁際の椅子に座った。部員達も、部長の突然の方針転換に多少戸惑いながらも依礼奈の言葉に従って配置についていく。

「ん、じゃあまあ見学者のことは気にせず始めますか～いつも通りに。あ、先生指揮お願いします。せんせぇ～？」

「ふガッ」

依礼奈の呼び掛けに、窓際で椅子に座って寝こけていた女性がビクッと目を覚ました。

（あ、やっぱり顧問の先生だったのか……誰も触れないからスルーしてたけど……）

政近が来た時からずっと壁に頭を預けて寝ている女性がいたのだが、一応顧問らしい。ぱっと見アラサーくらいに見える女性は、首を押さえながら立ち上がると、指揮棒を探して視線を彷徨《さまよ》わせる。

「あ～はいはい……寝てません。寝てませんよっ、と……」

「いや、どう見ても寝てたでしょ」

「い～や寝てないから。ねぇ？」

「はい先生」

「そうですねぇ」

「うふふ」

「ほら」

「いや、みんな先生のこと甘やかし過ぎでしょ」

「はぁい」

「そうですか？」

「うふふ」

部員達が全てを笑顔でスルーする中、政近は、あくびを嚙《か》み殺しながら指揮棒を探す女性をじっと見た。

（いや、顧問……か？　そもそも校内で見た覚えがないんだが……あ、もしかして外部の指導員か？）

政近がそんな予想を立てていると、ようやく指揮棒を発見した女性が政近の方を見て首を傾げる。

「ん？　今日は見学者がいるの？　この時期に？」

「先生……この前話したでしょ？　伴奏のピアニストをスカウトしたって」

「そうだっけ？　ふ～ん……」

軽く会釈をする政近をじろじろと見つめ、軽く眉をひそめる女性。しかし、政近がそれに反応する前に女性は視線を外すと、部員達の方へと向き直った。そして、女性が指揮棒を上げた瞬間、それまで和やかな空気が流れていた音楽室にピリッと緊張感が走る。

「！」

自然とこちらも背筋が伸びてしまいそうな雰囲気に、政近も居住まいを正し……その直後。指揮棒が振られ、音の壁が政近の体を叩《たた》いた。

（う、お……！）

この人数の演奏を、このサイズの部屋で、この距離で聴く。今までホールなどで聴いていた演奏とは別次元の迫力に、政近は気圧《けお》される。

（す、ごいなこれは……エレナ先輩も、かっこいい……）

全てが完璧な調和をなしている合奏を、鮮やかな高音が貫く。依礼奈が演奏する、トランペットの音色だ。

（すごい……！）

眩《まぶ》しさすら覚える大迫力の演奏に、政近は目を閉じて音の波に身を浸す。そうして演奏が終わった時には、自然と拍手をしてしまっていた。それに依礼奈を始めとする何人かが嬉しそうにするが、すぐに先生からの指導が入って表情を切り替える。そこには紛れもなく、音楽に情熱を傾ける人間だけが存在していた。

(うぉぉ……かっこいい)

心からそう思う。同時に、

(俺が……交ざるのか？　ここに？)

聴く者全てを無表情にしてしまう自分が？　音楽に情熱など持ち合わせてない自分が？

未だに……あの過去を、振り切れずにいるのに？

「……」

場違いだ。

吹奏楽部の演奏を聴きながら、政近は静かにそんな思いを募らせていた。

◇

「はい、じゃあ今日はここまで。解散！」

「「「ありがとうございました！」」」

部活動の終了時間になると、指揮と指導をしていた女性は「あ〜疲れた」と言わんばかりに、さっさと荷物をまとめて出て行ってしまう。その見事な定時退社っぷりに、政近は軽く呆気《あっけ》に取られてしまった。

「……なんか、すごい人だなぁ」

「あっはっは、最初見たら驚くよね～あれでも結構有名な音楽家なんだけど。あ、ちなみにうちのＯＧね。前先生。前って書いてすすめ、ね」

「それはまた……珍しい名前《すすめ》ですね」

「だね～……で、どうだった？」

依礼奈の問い掛けに、政近は素直に手放しの称賛をする。

「すごかったです。この距離で吹奏楽の演奏を聴いたことはなかったですけど、圧倒されました」

「ふっふ～ん。そうでしょ～うちは結構レベルが高いんだから」

ドヤ顔で胸を張る依礼奈に、政近は軽く頭を下げた。

「あと……ありがとうございました。助け船を出してくれて」

「ん？　あぁ……」

一瞬考えてから、政近のピアノ演奏を中止したことだと気付いたらしく、依礼奈は頷《うなず》く。

「なんか、困ってる……というか、迷ってる感じがしたからね。とっさに割り込んだんだけど、余計なお世話じゃなかったのならよかった」

「余計なお世話だなんて……助かりました」

「ん……」

そこで、依礼奈は背後の部員達をチラリと見てから、小声で政近に問うた。

「それで、次回からは練習に参加できそう？」

詳しい事情は訊こうとせず、参加の可否のみを尋ねる依礼奈に、政近は感謝の視線を向けつつ曖昧に頷く。

「いやまあ……大丈夫だとは思う、んですけど……さっきのあれは、その」

一瞬言葉に詰まってから、政近は苦笑気味に言った。

「なんというか……何のためにピアノを弾くのか、分からなくなってしまって……」

言ってから、一体何を言っているのかと自分で恥ずかしくなる。しかし、依礼奈は少し目を見開いただけで、政近の前にしゃがみ込むとうんうんと頷いた。

「あぁ～久世くんは理由が必要なタイプか～音楽が目的じゃなく、手段なんだねぇ」

意外にも依礼奈が理解を示したことで、政近は知らず伏せていた顔を上げる。そして、その言葉に素直に納得した。

音楽が手段。それはその通りだ。政近にとって、ピアノは家族を……好きな人を喜ばせるための、手段でしかなかった。母親が、妹が、喜んでくれるからやっていただけ。考えてみれば……音楽をするために音楽をしたことなど、今まで一度もなかったかもしれない。

「……こんな奴は、吹奏楽部に相応《ふさわ》しくありませんかね？」

自《おの》ずと皮肉っぽい笑みが漏れ、自嘲気味な言葉が口からこぼれる。そしてすぐに後悔するが、依礼奈は軽く眉を上げただけであっさりと言った。

「うん？　別にそんなことはないよ？」

予想に反して軽いその否定に、政近は拍子抜けする。

「モチベなんて人それぞれだしね～あたしなんかは割と楽しんだもの勝ちってタイプだけど、中にはコンクールの受賞にひたすら情熱を向ける子もいるし」

「はぁ……」

依礼奈の言葉に曖昧な返事をしてから、ふとその内容が気になって、政近は問うた。

「じゃあ、エレナ先輩は……どうして俺を勧誘したんですか？　楽しんだもの勝ちなら……メンバーはそんなに関係ないのでは？」

「ん？　それは……久世くんと一緒なら、新しい音楽が生まれる気がしたから？　あぁいや、ごめん。今のはなんか気取った言い方だった」

自分の発言を速攻で否定して、依礼奈は少し首をひねってから言う。

「まあ、シンプルに……思ったんだよね。久世くんのピアノを聴いた時に。『ああ、このピアノの伴奏で演奏がしたいなぁ』って。それだけ」

そう言って、依礼奈は少し恥ずかしそうに笑った。そして、政近の顔を見上げて続ける。

「だからまあ……好きにやってくれていいよ？　あたしだって好きにやるし。変に気負わず肩肘張らず、久世くんが弾きたいように弾けば……って、それが難しいのかもしれないけどさ」

そこで立ち上がると、依礼奈は胸を張り、したり顔で言った。

「音楽とは、音を楽しむと書いて音楽。つまりは楽しんだもの勝ちなんだから、さ」

「あ、今すっごいこすられまくったセリフだなって思った？」

「……」

「……まあ」

「うるさーい！　そんな気の利いた名言っぽいもんがポンポン出るかぁ！」

うがーっと怒る先輩に苦笑し、政近は席を立つと依礼奈から逃げる。

実際に口から出かかった言葉。「音楽って楽しいものなんですか？」という疑問を、喉の奥に呑《の》み込んで。

◇

「それじゃあ、失礼します」

「ほ〜い、じゃあまた来週ね〜」

依礼奈を始めとする吹奏楽部員にあいさつされながら、政近は第一音楽室を出た。そして、扉を閉めて廊下の先へ視線を向けたところで……壁に背を預けて腕組みをしている男子生徒を発見。即座に見ないふりをしてその前を通り過ぎ——ようとするが、案の定話し掛けられる。

「やっぱり、吹奏楽部に加わったんだね。久世」

「お前なんでいるんだよ暇なの？」

いちいち向き直るのも面倒で、政近は視線だけ雄翔《ゆうしょう》の方に向けて問う。すると、雄翔は無駄に気取った仕草で肩を竦《すく》めた。

「誰かさんのおかげで、ピアノ部は部員数激減で半解散状態だからね。暇というほどではないが、時間はあるんだよ」

「そうだな、完全にお前がやらかしたおかげだな。残念ながらお前と違って、俺は忙しいんだ。じゃ」

そう言って政近が立ち去ろうとし、雄翔が何かを言いかけたところで、近くの扉が開いて見知った人物が顔を出す。

「あっれ、なんか珍しい組み合わせじゃん」

「乃々亜《ののあ》……」

第二音楽室から出て来た乃々亜を見て、「そういや今日は軽音部の練習日か」と思い至る政近。気付いて乃々亜の背後をちょっと窺うと、見学に来たらしい沙也加《さやか》の姿も見える。

「もう練習は終わりか？」

「ん〜まあね。この後片付けしてテキトーに駄弁《だべ》って帰ろ〜って感じ？」

「そうか」

そこで、乃々亜を危険人物と評していた雄翔の反応が気になり、振り向くと……そこには誰もいなかった。

「あれ」

「ゆーしょーならさっきどっか行ったよ～？　アタシ嫌われてっからね～」

「ああ、そう……結局何しに来たんだ？　あいつ」

サラッと自分が嫌われていると話す乃々亜に少し怯みつつ、政近がそう呟《つぶや》くと、乃々亜が投げやり気味に言う。

「さぁね～？　くぜっちのピアノ聴きに来たんじゃない？」

「はぁ？　いや、まさか……」

とっさに否定しようとして、ふと「もしかしたらそうなのかもしれない」という思いが脳裏を過《よ》ぎる。そして、なんだかぞっとした。

（え、なに？　俺、まさかあいつに執着されてる……？　だとしたらすげー嫌なんだけど……）

どちらかと言えば嫌いな部類に入る、それも男に目を付けられているという全く嬉《うれ》しくない想像に、政近は顔をしかめる。そして、その想像を振り払うように頭を振ると、乃々亜に言わなければならないことがあるのを思い出した。

「そうだ、なんかこの前、アーリャが保健室行くのに付き添ってくれたんだって？　ありがとな」

政近のお礼に乃々亜は少し首を傾げてから、思い出したように「あぁ」と言う。

「別に、大したことじゃないよ。調子悪そうなアリッサをベッドに寝かせて、アタシはすぐにその場を去ったし」

「そう、か……いや、でも助かったよ。ちなみに……」

そこでチラッと周囲に視線を巡らせ、政近は声を潜めて尋ねる。

「(アーリャが調子悪くなった具体的な理由って、何か知ってるか?)」

アリサは詳しい原因を話そうとしなかったが、政近はアリサの話から、選挙戦について誰かに嫌なことを言われたのだろうと考えていた。

実際、体育祭の出馬戦で有希がアリサに勝利したことを受けて、一部の熱狂的な有希の支持者がここぞとばかりにアリサのことをこき下ろしているという情報は、政近の耳にも入っている。元より彼らは有希とのペアを解消した政近を裏切者扱いし、今までも政近に嫌みを言ったりしてきていた。それに関しては「まあそう言いたがる奴もいるよな」と、政近も適当に流してきたのだが……

(もし、アーリャに嫌みを言って寝込ませた奴がいるなら……絶対に許さん)

冷ややかな怒りを滾《たぎ》らせつつ返答を待つ政近だったが、残念なことに乃々亜は首を左右に振る。

「ごめんけど、アタシが会った時にはアリッサ既に調子悪そうだったからさ~? その前に何があったのかは見てないんよね~」

「そう、か……いや、謝ることはない。ありがとう……こっちこそごめん」

「何が？」

「いや……」

何がと言われればそれは、こんなにも協力的な乃々亜のことを、雄翔にいろいろ言われたからって一時でも犯人だと疑ったことに対する謝罪なのだが……それを正直に説明するわけにもいかず。政近は言葉を濁すと、ふと先程依礼奈に投げそうになった疑問を、乃々亜にぶつけてみようと思った。

「あぁ～……バンドは、楽しいか？」

突然の話題転換に少し怪訝《けげん》そうにしながらも、乃々亜はあっさり頷く。

「まあね～歌うのは気持ちいぃ～し、楽しいかな～」

「そ、そうか」

乃々亜も、音楽を楽しんでいる。何気なく訊いたことであったが、その事実は政近にとって驚きであると同時に……少しショックでもあった。

(乃々亜でも楽しんでるのに……俺って……)

少しばかり落ち込んでいると、ますます怪訝そうな顔をした乃々亜がわずかに身を揺する。

「もうい？　アタシ、お手洗い行きたいんだけど」

「うぇ!? そ、そ～か。いや悪い、呼び止めて」

「別にいいけど……」

そう言いながら、一歩を踏み出して。

「……なんだったら一緒に行く？」

「行くかっ！」

サラッととんでもないお誘いをする乃々亜に、政近は即座にツッコミを入れる。そして、へらへらと笑いながら去って行く乃々亜を見て軽く溜息《ためいき》を吐くと、校舎の玄関を目指して歩き出した。

（でもそうか……乃々亜からしても、音楽って楽しいもんなのか……）

それは、政近の知らない感覚。というか、そもそも……

（俺……ソロでしか演奏したことないんだよなぁ）

合奏もバンド演奏も、一切経験がない。精々、ピアノの先生と連弾したことが何回かあるくらいか。それも、楽しかったかどうかは正直よく覚えていない。

（それに……）

先程、脳裏にフラッシュバックした記憶。自分の想像を超えて根強いトラウマと化していたあの日の記憶に、政近はキリリッと奥歯を噛み締め……頭を左右に振る。

（考えれば考えるほど、俺が戦力になれるのか怪しくなるんだが……）

冷静にそう分析し、政近は溜息を吐く。脳裏に蘇《よみがえ》るのは、依礼奈の依頼を受けた日、アリサに言われた言葉。

『あなたは、情熱を持っている人を支えるために、情熱を燃やせる人だと思う』

『だから……きっと大丈夫。あなたなら、ちゃんと名良橋《ならはし》先輩の願いを叶《かな》えられるから』

「……」

アリサに、プレッシャーをかけるような意図がなかったことは重々分かっている。しかし、アリサから向けられた信頼が、吹奏楽部の面々から向けられた期待が、今の政近にとっては重荷だった。

（たしかに、吹奏楽部の演奏はすごかったし……力になれるならなりたい。って、思ったけどさ……）

思ったところで、今回に関してはそもそも力になれるだけの技量と素質が、自分にあるのかが疑わしい。そもそも……次回の練習で、本当に自分はピアノを演奏することが出来るのか。それすらも現時点では分からない。

「これは、思ったより難題だな……」

ぽつりと呟きながら角を曲がり、玄関が見えてきたところで——靴箱の横に立つ、マリヤと目が合った。

「あら、久世くんも今帰り？」

「ああ、はい……マーシャさんは、アーリャ待ちですか？」

「うん、職員室にちょっと用事があるんですって〜」

「そうですか」

そんな風に話しながら歩み寄ると、マリヤが何気ない風に尋ねてくる。

「どうだった～？　吹奏楽部は」

「……今日は、見学だけって感じだったので。特に何もなかったです」

訊《き》かれることは予想できたので、政近は当たり障りのない回答で言葉を濁す。そして、

「じゃあまた明日」と言いながら靴箱に向かおうとし、

「えぇ～なんで？　途中まで一緒に帰ろ～よ～。アーリャちゃんもうすぐ来るから、ね？」

実に無邪気な笑顔で呼び止められ、内心苦笑いした。

「いや、今日は――」

「あ、そうそう。今日の生徒会でね？　茅咲《ちさき》ちゃんがもぉ～おかしくってぇ～～」

(は、話が始まってしまった……)

実に楽しそうに、生徒会で起こった出来事を政近と共有しようとするマリヤ。その無垢《むく》な笑顔を前にしては、政近もおいそれと「もう帰ります」なんて言えず。やむなく、マリヤの隣に並んでその話に付き合うことにした。

「で、会長が言ったの！『それは胡蝶《こちょう》の夢じゃない！』って」

「あはは」

マリヤの話に、適当に相槌《あいづち》を打つ政近だったが、

「それでぇ……実際のとこ、吹奏楽部では何があったの？」

「うん？」

気を抜いていたところへの、突然の話題転換。これには、政近も完全に意表を衝《つ》かれた。

固まる政近の横顔を見つめ、マリヤは慈しむように微笑む。

「何かあったんでしょう？　久世くん、なんだか暗い顔をしてるもの」

「……」

マリヤの全てを見透かし、包み込むような視線に、政近は前を向いたまましばし沈黙を守り……溜息をひとつ吐くと、観念した。

「吹奏楽部のすごさを実感して……少し、上手くやっていく自信をなくしただけです」

詳しい事情は話さず、事実だけを簡潔に告げる。自分の弱さを出来るだけ隠そうとするその返答に、マリヤは全てを察した様子で政近の頭に手を伸ばし……周囲の人影をチラッと気にしてから、政近の肩をポンと叩《たた》いた。

「あんまり、気負い過ぎちゃダメよ～？　吹奏楽部の人達は、ず～っと長いこと練習してるんだもの。その人達にすぐついていくなんて、出来なくて当然だわ」

「……まあ、それはそうなんですけどね」

「そうよ～そのくらい、エレナ先輩だってと～ぜん分かってる。最初っから上手く出来なくたって、誰も久世くんに失望したりしないわ」

「！」

マリヤの言葉に、政近はピクッと体を揺らす。「誰も失望したりしない」という保証が、政近の胸に福音のように響いたのだ。

アリサの信頼。吹奏楽部の期待。それらに応えねばならないと、知らない内に自らに積み上げていたプレッシャーから、急に解放されたかのような感覚が広がる。

（そっ、か……俺は、失望されるのが怖かったのか……）

考えてみれば、昔からそうだった。祖父の期待、母の期待に応えなければならない。その期待を裏切ってはならないと、無意識に自分を追い込んでいたのだ。

そんな、自分でも気付いていなかった不安を拭い去られ、政近は少しだけ笑みを浮かべる。その笑みに、マリヤも安心したように笑った。

「何もかも完璧に出来なくてもいいの。自分なりに、一生懸命やればそれでいい……それでもどうしてもつらければ、逃げたっていいのよ？　その時は、わたしがい～っぱい慰めてあげる」

「あはは……それは、頼もしいですね」

内心「そうなったらいろんな意味で終わりだなぁ」と思いつつ、政近は皮肉なしに笑う。

そして、ふっと肩の力を抜いたところで、

「ところで久世くん？　どうしてさっきからそっぽ向いてるの？」

マリヤの怪訝そうな問い掛けが、ドスッと突き刺さった。頰《ほお》に感じるマリヤの視線に、会話中ずっと前を向いたまんまの政近は、一筋の汗を垂らしながら素知らぬ顔で答える。

「いや、アーリャが来る方向を見てるだけですが……」

「……なんで頑《かたく》なにこっちを見ないの？」

「そんなことないですよ？」

そう言いながら振り向くが、やはり制服姿のマリヤを見ると……どうしたって一昨日のマリヤ酩酊《めいてい》騒動がフラッシュバックしてしまい、政近はサッと視線を逸らす。

「……なんで目を逸らすの？」

「いや、虫が飛んでて……」

「もうそろそろ冬なのに？」

「冬だって虫は飛びますよ。むしろ群れますよ。すごいうっとおしいですよねユスリカ。特に水辺とか行くと──」

「……一昨日、やっぱり何かあった？」

全力で話を逸らそうとしている最中に核心を衝かれ、政近は言葉に詰まる。その反応で正解だと察したらしく、マリヤは眉を下げた。

「やっぱり、そうなんだ……」

「えっ、と」

一昨日、マリヤが目覚めた時には「酔ってすぐに寝ちゃいましたよ」と誤魔化したし、マリヤもひとまずそれで納得していたが……なんだかんだマリヤとしても、何か引っかかる点があったらしい。それは何か。何に引っかかって、こんなことを言っているのか。推理を巡らせる政近の前で、マリヤは申し訳なさそうに、握り合わせた両手をもにょもにょしながら弁明する。

「その、ごめんね？　いつもはアルコール入りのお菓子とか避けるようにしてるし、今まで……家の外では、記憶をなくしたことなんてなかったんだけど。一昨日は久世くんとエレナ先輩がいたから油断しちゃってて……」

その内容は、政近としても概《おおむ》ね安心できるものだったが……気になる点がひとつ。

「家の中では記憶なくしたことあるんですか」

「……な、何回か？　その度にアーリャちゃんにすごい怒られて……」

「何やらかしたんですか……」

「わ、わたしは覚えてないんだけど……わたし、酔うとアーリャちゃんに絡んじゃうみたいで……」

両手で頬を押さえながら視線を泳がし、マリヤは上目遣いで政近の顔を窺う。

「だから、その……わたし、久世くんにも絡んじゃったのかな、って……」

「……」

マリヤの問いに、政近は視線を上に向けて考える。

（あれは……絡まれた、って言っていいのか？　いやまあ、物理的に絡まれた気はするけど……）

お腹《なか》やら腕やら脚やらに抱き着かれ、ソファに引き倒され、挙句馬乗りに──

「ンンッ」

けしからん光景が脳裏に浮かび、政近は反射的に咳払《せきばら》いをした。それにビクッと体を跳ねさせ、マリヤはあわあわとし始める。

「や、やっぱり？　わたし、何かやっちゃった⁉」

「お、落ち着いてください。人いますから」

チラホラといる下校しようとしている生徒を視線で示し、政近は抑えた声で警告した。そこで声量が上がっていることに気付いたらしく、マリヤはハッとした顔をするとパチンと両手で口を塞ぐ。そうして恐る恐る周囲を窺うマリヤの前で、政近はどこまで本人に告げるかを考えた。

（いやでも、これはもう、いっそのこと全部正直に話すのが誠意ってものなんじゃ……）

そんな思考が脳裏を過ぎって、しかしすぐに打ち消す。

（いや言えるか！　上半身裸で男の上に馬乗りになったとか！　言えてたまるかっ‼　マーシャさんの羞恥心がオーバーヒートして失神するわ‼）

それに……そこまで正直に話した場合、ではその状況からどうやって原状復帰したのかという疑問が生まれる。

緊張感やら罪悪感やらでいろんな意味で死にそうだった復帰作業を思い浮かべ、政近はグググッと歯を噛《か》み締《し》めた。

（いやだって……仕方なかったんだよ。いつ誰が生徒会室に来るか分からなかったし、事情を知らない人が見たら誤解しか招かない状況だったし……特に更科《さらしな》先輩なんかが来た日には強引に鍵を突破されてからの人生リセットが容易に想像できたし！）

そんな風に内心で言い訳をしたところで、どうしたって後ろめたさは残る。その後ろめ

たさが、マリヤに嘘を吐く後ろめたさを軽々と上回った結果、

「いやまぁ……腕にしがみつかれて、ソファに引き倒されたり？　たしかにちょっと絡まれたりはしましたかね？」

政近が選択したのは、全力の誤魔化し。どうせ記憶ないんだし？　真実を一部だけ話せば残りの部分は隠し通せるさハッハッハ……な～んて見通しは甘かったようで。

「本当に……それだけ？」

マリヤはなんらかの確信を得ている様子で、政近に再度問い掛けた。しかしそうされたところで、政近の返答は変わらない。

「それだけですけど、何かありました？」

「だって、その……」

すっとぼける政近に、マリヤは言葉を濁しながら周囲を窺うと、軽く爪先立ちになって政近の耳に口を寄せた。そして、口の横に手で衝立《ついたて》を作りながら、恥ずかしそうにロシア語で囁《ささや》く。

【その、下着が……ずれちゃってて】

「!?」

【普通に抱き着いたくらいじゃこうはならないって、感じで……わたしその、もしかして……】

ひとつの物証から予想だにしないところまで踏み込まれ……政近はとっさに、目を泳が

せてしまった。

「う、ううぅぅ〜〜〜」

爪先立ちをやめ、胸を両腕で庇《かば》いながらぷくぅっと頰を膨らませ、顔を赤くしていくマリヤ。それを見て、政近も「しまった」と思うが、もう遅い。

【うわぁぁん！　もう、さーくんとこ以外にお嫁に行けなぁい！】

「え、ちょっ」

ビンタでも来るかと思いきや、マリヤはくるりと踵《きびす》を返すと、廊下を駆け出す。

【絶対、お嫁さんにしてもらうんだからぁぁ――!!】

「なにその捨《す》て台詞《ぜりふ》!!」

ツッコみながら政近もとっさにその後を追い掛けるが、マリヤが駆け込んだ先は……女子トイレ。

「いや意外と冷静だな？」

おかげでなんだかこちらまで冷静になってしまい、政近は女子トイレの前でツッコミを入れる。

普通、こういうのは息が切れるまで風切り走り抜けるものではないのか。しかしたしかに、逃げるという一点においては我武者羅《がむしゃら》に走るよりもはるかに有効ではあった。

事実、政近としてもこの何より雄弁な「放っておいて」という意思表示には、特に打つ手が思い付かず。通行人の怪訝《けげん》そうな視線が痛かったのもあって、すごすごと女子トイレ

の前から退散した。

（えっと……こんままマーシャさんを放って帰っていいもんかな……いや、でも待ってるわけにも……）

そうして元いた場所に戻り、靴箱と女子トイレの扉を交互に見ながら逡巡《しゅんじゅん》する政近。

そこへ、背後から声を掛けられる。

「政近君……？　どうしたの？」

振り返れば、アリサが怪訝そうにこちらを見ていた。その青い瞳にはっきりと、「なんか、女子トイレの方見てなかった？」という猜疑《さいぎ》の色を浮かべながら。

「いや、なんか女子トイレの方で大きな音したから見てただけ」

それに対し、何食わぬ顔でサラッと嘘を吐く政近。その顔を、アリサはなおも疑わしそうな目で数秒見つめてから、スッと周囲を見回す。

「……マーシャを見なかった？　この辺りで待ってるはずなんだけど……」

「さあ？　それこそ……」

トイレじゃないか？　という意思を、言葉に出さず視線で示す政近。それに更に瞳の温度を下げながらも、アリサはくるりと玄関口に背を向けた。

「まあ、ここで待ってればいつか来るでしょ」

「んん……」

「何よ？」

「いや……」

そこにいられたら、逆にマリヤは出て来にくいのではないか。という言葉を呑《の》み込《こ》み、政近はそろそろと靴箱の方に向かう。

「じゃあ、また明日……」

「え？　途中まで一緒に帰りましょうよ。今日の生徒会についても話したいこともあるし」

「デジャブ……」

「？」

「いや、なんでもない」

肩を竦め、アリサの近くへ戻る。数分前とは打って変わって、今度はアリサの隣でマリヤを待つ形。

（どうしてこうなった？）

内心首をひねりつつ、政近はこうなった以上、どうにかしてアリサをこの場から動かさねば……と考える。と、

「吹奏楽部の方は、どうだったの？」

これまたデジャブ。姉と同じ質問に政近は少し苦笑してから、マリヤとの話し合いを経た今の、偽らざる本心を語った。

「正直、俺の力でどれだけ助けになれるのか不安になったけど……まあ、あまり気負わずにやってみるよ」

「……そう」

政近の返答に嘘がないことを察したのか、アリサは軽く目を伏せると、前を向いて問う。

「吹奏楽部の人達はどうだった？　仲良く出来そう？」

「あぁ……なんか、個性的な人が結構いたけど、まあ」

負の感情がない微苦笑と共に、そう答える政近だったが、

「そ、楽しくやれそうならよかったわ」

何気なく返されたアリサのこの言葉には、思わず肩を揺らしてしまった。

「政近君？」

そして、それを敏感に見咎《みとが》められ、視線を明後日の方向へ逸らす。

「……」

頬《ほお》に、アリサの視線が突き刺さる。それでもなおも知らん顔をしていると、アリサが小さく溜息《ためいき》を吐いて呟いた。

【ホント、仕方のない人】

呆れと許容の入り混じったその言葉に、政近の胸に感謝と共に申し訳なさが芽生える。

そうして数秒間眉根を寄せて悩んでから、政近は観念して言った。

「実は……俺音楽やってて、あんまり楽しいと思ったことがないんだよね……」

顔を上げたアリサが、こちらを見ているのを感じる。そちらを見ないまま、政近はガリッと頭を掻《か》きながら続けた。

「俺にとって、ピアノって趣味じゃなく習い事だったからさ……楽しんでやれるかは、正直分かんないんだよね。そもそも人と一緒に演奏したことないし……」

　言葉を選びながらも、自分の不安を正直に告白すると、政近はフッと肩を竦める。その右手を、アリサがパシッと摑《つか》んだ。

「？」

「行くわよ」

　アリサに疑問の視線を向けると同時に、有無を言わさず手を引っ張られる。

「え、ど、どこに？」

　手を引かれるまま、慌てて歩き出す政近の問いには答えず、アリサは廊下を足早に進む。そうして、道行く生徒の好奇の視線を浴びながら辿《たど》り着いたのは、第二音楽室。

「あっれ？　政近とアーリャさん？」

　ちょうど音楽室から出て来た毅《たけし》が、二人を見て首を傾げる。その周りにいる新生ルミナズのメンバー四人と、見学に来ていた沙也加も、二人を見て怪訝そうな顔をした。しかし、アリサはそれらの視線を意に介さずに彼らの前で立ち止まると、乃々亜、沙也加、毅、光《ひか》瑠《る》を順繰りに見つめて言う。

「ちょうどよかったわ。ちょっとだけ時間いい？」

「え、ああ、まあ……？」

　他の面々の顔を窺《うかが》いながら、毅が代表してそう答えると、アリサは頷《うなず》く。

「ありがとう。じゃあ片付けてもらったところを申し訳ないのだけど、もう一回楽器の準備をしてもらえる？」

「うん？　楽器？」

「ええ。ごめんなさい、キーボードとベースも貸してもらえる？」

「え、ああ、まあいいけど……」

真面目な顔で真っ直ぐに頼むアリサに気圧《けお》されたのか、六人は戸惑いながらも、特に文句は言わずに楽器を準備し始めた。誰も状況を理解できていないが、なんだか質問するような空気でもなく、ただ黙々と準備をする。

「えっと、準備できたけど……」

「ありがとう」

そして、こちらもまた何も理解できていない政近の顔をチラリと見て、アリサは堂々と宣言した。

「一曲限りのFortitude復活ライブよ。ただし、ボーカルは私と乃々亜さんのダブルボーカルで、政近君にはキーボードをやってもらうわ」

「うぉえ⁉」

予想だにしないアリサの宣言に、政近は素っ頓狂な声を上げる。その声が注目を呼んだのか、まだ室内に残っていた他の軽音部員が、なんだなんだと集まってきた。

「曲は〝夢幻《ファントム》〟でいいわよね？　それじゃ、早速始めましょう」

「いやいやちょっと待て！」

有無を言わさずに話を進めるアリサへ、政近は堪《たま》らず制止の声を上げる。しかし、アリサはチラリと視線だけで振り向くと、素っ気なく言った。

「何よ、弾けるでしょ？」

「いやそりゃ散々見てたから弾けると思うけどさ！　そういう問題じゃ――」

「じゃあ、さっさと準備して」

政近の抗議をピシャリと遮ると、アリサは乃々亜の方へと向かってしまう。その背に二の句を継げずにいると、ギターを持った毅が何やらワクワクした様子で笑った。

「いやぁマジか。まさかまたこのメンバーでやれるとはなぁ」

「毅？　なんか盛り上がってるとこ悪いが、ここに初参加の奴がいるんだけど？」

「まあまあ、リーダーの命令だし。覚悟決めなよ、政近」

「光瑠まで、なんでそんなにノリノリなの？」

「無粋ですよ政近さん。あとは楽器で語るのみ、そうでしょう？」

「何がそうなんだよ厨二病」

なぜかすっかり乗り気になっている他のメンバーに冷静にツッコミを入れていると、アリサとの話し合いを終えた乃々亜が、マイクを持った手をくるくる回しながら言う。

「ま〜ま〜、こうなったらもう楽しんだもの勝ちっしょ〜」

乃々亜が何気なく口にしたその言葉に、政近は目を見開く。

そうして、ハッとしてアリサの背を見つめると、肩越しに振り向いたアリサが言った。

「準備はいい？　それじゃあ──」

その視線を受け、光瑠がスティックをカッカッと打ち鳴らす。それを見て、政近も一瞬戸惑ってから、半ばやけくそ気味に覚悟を決めた。

（え、や、～～！　あぁ～もうっ！　なるようになれぇ！）

瞬時に譜面と乃々亜の弾いていた姿を記憶から呼び起こし、政近は鍵盤を叩《たた》く。

ドラムが走り、ギターとベースが勇躍し、アリサと乃々亜のダブルボーカルがその真ん中を駆け抜ける。その背を追うように、政近も脳と指をフル稼働させる。

何のために弾いてるのか、誰のために弾いてるのかなんて、気にする余裕もない。過去の記憶なんて、蘇る余地もない。必死で、無様で、不格好な演奏。

（あっ、強く弾き過ぎた。なんだこれヒッドイ演奏だな）

今まで参加したどんな演奏会の演奏よりも、圧倒的に完成度の低い演奏。あまりにもヒドくて、なんだかもう笑えてくる。何が笑えるって、これだけヒドイ演奏をしてるのに、全体として聴いたらなんだか悪くない気がしてくるのだ。

時々ハモリが怪しくなるアリサと乃々亜のダブルボーカルも、ちょくちょく音を外してる毅のギターも、シンバルがやたらと主張しがちな光瑠のドラムも、所々妙に癖が強い沙也加のベースも。観客の合いの手や歓声すらも、全てが混然一体となって唯一無二の音楽を生み出している。

「あっ、はははっ」

気付けば、政近は声に出して笑っていた。それは演奏の中で、あっさりと掻《か》き消されるような小さな笑い声。しかし、まるでそれが聞こえたかのように、アリサがチラリと政近に視線を送った。

『どう？　楽しい？』

その視線に込められた問いに、政近は感謝を込めた視線で応える。

『ああ……楽しい』

その意図が伝わったのかどうか。アリサはフッと視線を切ると、前に向き直り、最後の大サビに向けて声を張る。

「Благодаря тебе《お前のおかげだよ》, Аля《アーリャ》.」

その背中に小さく囁《ささや》き、政近はグリッサンドで大サビに繋げた。政近が見せたアドリブに、他のメンバーも感化されたように楽器を唸《うな》らせる。

真っ白な画用紙に、各々が自分の色のペンキを好き勝手にぶちまけるような。そんな自由で、いい加減で、最高に楽しい演奏。観客は、その場に居合わせた十人ちょっとの軽音部員。

秋嶺祭《しゅうれいさい》のライブとは、規模も完成度も比べ物にならない一曲限りの復活ライブ。されど、Ｆｏｒｔｉｔｕｄｅのメンバー六人が揃った最初で最後のライブは、秋嶺祭のライブにも劣らない盛り上がりの中で幕を閉じた。

……なお、その十数分後。

興奮冷めやらぬバンドメンバーと共に帰宅の途に就いたアリサと政近は、靴箱の前で一人膝を抱えるマリヤを発見し、大変気まずい思いをすることになるのだが……それはまた別のお話。

第8話　親交

「……なあ、なんか今になってすげー緊張してきたんだけど」

アリサが住むマンションを見上げ、毅《たけし》が上ずった声を上げる。

アリサの誕生日当日。毅、光瑠《ひかる》と待ち合わせてここまで来た政近《まさちか》は、落ち着かなそうに体と視線を揺らす毅へ、呆《あき》れた目を向けた。

「別に招待客は俺らだけじゃないし、そんなに緊張することないだろ」

「いやぁだって、女子の家に上がるのとか、オレ初めてだし……記憶にある限りは」

「そんなん、俺だってそうだけど……」

政近が記憶を遡りながらそう言うと、毅がギッと睨んでくる。

「ウソ吐け、お前はどうせ周防《すおう》さんの家に行ったことあんだろうが」

「あぁ……まあ、それはノーカンで」

「なるかぁ！　ノーカン扱いになるのは精々親戚の家くらいだろ！」

親戚です。親戚通り越して家族です。そんな真相を明かすわけにもいかず、政近は肩を竦める。すると、毅が「仲間なんていなかった」と言わんばかりにうがーっと頭を抱えた。

「あぁ〜どうしよなんか粗相したら！　というか、女子の家って男がトイレとか使っていいもんなのかな？」

「いいだろ別に。まあなんか気が引ける気持ちは分かるけど」

「うう〜やっぱ気になるから、ちょっとそこのコンビニでトイレ借りてくるわ。荷物持っといてくれん？」

「ええ？　まあ、いいけど」

毅の荷物を受け取り、足早にコンビニへ向かうその背を見送る。

「……あいつ、パーティー中ずっとトイレ我慢するつもりなのか？」

「ハハ、毅らしいといえば毅らしいけどね」

光瑠と微苦笑を交わしていると、そこで見慣れた背格好の二人組がこちらへ歩いてくるのが遠目に見えた。

「ん……？　あれ、会長と更科《さらしな》先輩か？」

「うん？　ああ、そうかもね」

目を細めてじっとその人影を見ていると、統也《とうや》らしき大柄な方が軽く手を振ってくる。それに会釈を返していると、だんだん人影が近付いてきて、それがはっきり統也と茅咲《ちさき》だと分かるようになった。当然のように茅咲と手を繋いでやって来た統也は、政近に軽く手を上げる。

「おう、早いな久世《くぜ》。どうしたんだ？　こんなところで」

「こんばんは。いや、ちょっと友人待ちです」

そして、光瑠を交えてあいさつをしていると、コンビニから毅が戻ってきて……統也と茅咲を見て、一瞬足を止めた。

「おお、たしか丸山《まるやま》だったか？　一応はじめまして、かな？」

「あ、ども……丸山です」

統也に声を掛けられ、毅は委縮した様子で頭を下げる。そして、そそくさと政近と光瑠の側に寄ると、遠慮がちに二人を見上げた。

「いや、家入る前にここで緊張してどうする」

「んなこと言ったって、オレにとっちゃ雲の上の存在だし……」

「そこまでか？　ま～二人共お前よりは背が高いけど」

「身長じゃねぇよ！」

小声で器用にツッコむ毅に、統也は快活に笑う。

「ハッハッハ、面白いことを言うなぁ。雲の上の存在と言うなら、久世だって元中等部生徒会副会長じゃないか」

「それはまあ、そうなんすけど……」

「俺だって、立場的には久世と大して変わらんさ。だからそんなに緊張するな。茅咲と違って、俺は取って食ったりせん」

「あたしだって取って食ったりはしないよ！　取って付けたりはするけど！」

「それどういう種類の拷問ですか？　あ、やっぱ説明しないでいいです」

思わずツッコんでしまい、即座に取り消す政近。そんな感じで会話をしながら、政近たちはマンションのエントランスへと向かった。入り口の自動ドアを通り、インターホンパネルの前で立ち止まり、なんとなく顔を見合わせる。

「……会長、呼び出しします？」

「いや、ここはお前でいいんじゃないか？　九条《くじょう》妹と一番仲がいいことだし」

他の三人も同意見のようなので、代表して政近が部屋番号を入力し、呼び出しボタンを押す。すると、呼び出し音が二回鳴ったところでブッと繋《つな》がる音がし、アリサの声が聞こえてきた。

『いらっしゃい。どうぞ』

その声に続き、ロビーに繋がるドアが開く。そこですぐに通話は切れ、政近たちはマンション内へと足を踏み入れた。

「毅、流石に緊張し過ぎじゃない？」

エレベーターを待ってる間、背後から聞こえてきた声に振り向くと、見るからに落ち着きのない毅を光瑠が苦笑気味に見つめている。そちらを見下ろし、統也も少し困ったように笑うと、毅の肩をパンと叩《たた》いた。

「そうだぞ、力を抜け丸山」

「いや、そうは言ってもですね会長……アーリャさんのお父さんってロシア人なんですよ？　考えてみれば、日本のマナーがマナー違反になる可能性だってあるわけで……」

「気にし過ぎだって毅。そこら辺はお父さんも分かってるから大丈夫だって、アーリャが言ってたぞ？」

「そりゃアーリャさんはそう言うだろうけど……一般的に、父親って娘の男友達には当たりが強くなるって言うじゃん？」

その言葉に、政近はギシッと固まる。その可能性は確かにあると、とっさに思ってしまったのだ。しかし、そこでエレベーターが下りてきたので、政近は平静を装って乗り込む。

「というか、政近はアーリャさんのお父さんについて何か知らんの？　お母さんには会ったことあるって言ってたよな？」

「三者面談の時にたまたまな。でも、流石にお父さんには会ったことないし、あんまり話を聞いたこともないな……名前しか分からん」

「むしろなんで名前は知ってるの？」

「ん、それは……」

光瑠の問いに答えようとしたところでエレベーターが目的の階に着き、政近は先に他の面々を降ろしてから自らも降りた。

「えっと、どっちだ？」

「こっちが一号室だから、向こうじゃない？」

そんなことを言って歩き始める統也と茅咲の後を追いながら、政近は光瑠に解説する。

「ロシア人のミドルネームって、父親の名前を元に付けるんだよ。ざっくり言えば、父親の名前に息子ならヴィッチ、娘ならヴナを付けてミドルネームにする。まあ厳密には、名前によってエヴィッチだったりオヴィッチだったりエヴナだったりオヴナだったりいろいろ変わるみたいだけど……」

「へぇ〜、ってことは……アーリャさんはミハイロヴナだから、ミハイロさん？」

「いや、たぶんミハイルだな」

「あ、そうなんだ」

「まあそんなわけで、名前だけは……」

そこで統也と茅咲が立ち止まり、政近を振り向いた。見れば、二人の前の表札に『九条』と書かれている。

「……あ、俺が開けるんですね」

先輩方に視線で促され、政近は扉の前に向かう。すると、茅咲が未《いま》だに緊張している様子の毅へ声を掛けた。

「丸山くん、まだ緊張してるの？　だ〜いじょうぶだって。どうしても緊張するなら、相手はトマトだと思えばいいよ」

「それを言うなら、じゃがいもな気がしますけど……まあ、頑張ってみます」

「うんうん、ホームレスだろうが大統領だろうが凶悪犯罪者だろうが、殴れば等しく赤い中身をぶちまけるんだから。そう思えば、何も怖くないでしょ？」

「うん、そう思える更科先輩が怖いです」

「丸山くん……自分の戦闘力への絶対的な自信。そして、殺《や》ろうと思えばいつでも殺れるという確信こそが、心の余裕をもたらすんだよ？」

「自分戦闘民族じゃないんで……」

（ふ～ん表札が九条だけってことは、夫婦別姓じゃないのか～そっかそっか～）

背後の物騒な会話に全力で聞こえないふりをしながら、政近はインターホンを鳴らす。するとすぐに扉が開いてアリサが顔を出した。

「いらっしゃい。来てくれてありがとう」

「おお、こちらこそお招きありがとう。誕生日おめでとう、アーリャ」

「ありがとう」

アリサが半身になって場所を空けてくれたので、その横を通って玄関に入る。すると、玄関を上がったところに見覚えのある柔和な女性。アリサの母、暁海《あけみ》……と……

（いやデッッカ!?）

その隣に立つ巨軀《きょく》の男性に、政近は瞠目《どうもく》しそうになるのをすんでのところで堪えた。

「……」

こちらをじっと見据える、アリサと同じでありながらどこか硬質な輝きを放つ青い瞳。その瞳を、首を反らして見上げる。

デカい。身長は百九十を優に超え、下手したら二メートル近くあるかもしれない。そして、体が厚い。首も太い。顎もガッチリしている。その体格もあって、容姿自体は海外の有名アクション俳優と言われたら信じてしまいそうなくらいに整っていたが……整っているだけに、ムスッと唇を引き結んでいるとかなり怖い。

（いや、なんで仏頂面？　歓迎してくれてる……ん、だよな？）

思わずそんな疑問が浮かんだ瞬間、先程の毅の言葉が脳裏に蘇った。

『一般的に、父親って娘の男友達には当たりが強くなるって言うじゃん？』

つぅっと、背中に汗が流れる。その時、政近の脳内に……なぜか神様のような白い衣をまとった、小さい知久《ともひさ》が現れた。

『ほっほっほ、大丈夫じゃよ政近。ロシア人は元々あまり笑わないんじゃ。仏頂面のように見えても、別に怒ってるわけじゃないんじゃよ？』

（マジかよじいちゃん、というかなんでのじゃ語尾？）

脳内の神様知久（？）にツッコミを入れつつ、その言葉を信じて一秒足らずの硬直から復帰すると、政近は笑みを浮かべて暁海にあいさつをする。

「お邪魔します。お久しぶりです」

「いらっしゃ～い、お久しぶりです～。あ、ジャケットはそっちに掛けてくれますか？」

「あ、はい」

内心「あれ？　ここで脱ぐならわざわざジャケット買う必要なかったんじゃ？」と思いつつ、政近はハンガーラックにジャケットを掛けた。そうして、政近が勧められたスリッパを履いたところで、扉を閉めたアリサが暁海の横に立つ。

「紹介するわね。こっちが私のお母さん。そして、こっちが私のお父さん」

「暁海です。久世君以外ははじめまして。今日はゆっくりしていってくださいね？　あ、こっちは夫のミハイルです」

暁海の紹介を受け、それまで鉄面皮で沈黙を守っていたアリサ父が口を開く。

「……イラッシャイ」

低い声でボソッと発せられたのは、少しぎこちなさの残る日本語の一言。表情は、やはりムスッとした仏頂面。

（怒って、ないのか……？　これで？　マジ？）

穏和な妻と打って変わって塩対応な夫に戸惑っているのは政近だけではないらしく、みんなミハイルのあいさつには「あ、いえ……」とか「お邪魔します……」とか、躊躇《ためら》いがちに返すのみ。誰もが、ミハイルの威圧的な立ち姿に萎縮しているのがよく分かった。

「（……大丈夫、殺《や》れる）」

一方、なんか隣でミハイルをじっと見ていた茅咲から不穏な独り言が聞こえた気もしたが、これに関してはやっぱり政近は聞かなかったことにした。きっと、（にこやかにあいさつを）やれるって意味だろう、うん。

「紹介するわね、こちらが久世君。クラスでは私の隣の席で、選挙戦のパートナーよ」

「あ、どうも」

アリサの紹介を受け、改めて暁海にあいさつをする。そして、内心密《ひそ》かに気合を入れてミハイルの前に立つと、ミハイルは無言で政近を見下ろした。

「……」

（いやマジで怖えな！）

アリサの「私のパートナーよ」という紹介を経たせいか、心なしか威圧感が増している……気がする。それでも、表面上はにこやかな笑みを保ったまま「はじめまして、アリサさんにはいつもお世話になっています」という無難なあいさつをすると、ミハイルは無言のまま右手を差し出してきた。

（あっ、握手か）

瞬間的にそう察し、政近は差し出されたミハイルの手を握――

（おっ⁉）

ギュッと、予想以上に強い力で手を握られ、政近は思わず眉を動かす。

（な、なんだ？　まさかこれ、漫画とかでよくある笑顔で手を握り潰すあれか⁉）

政近が、握られた手がギリギリと音を発する光景を幻視したところで、再び脳内に神様知久が出現する。

『ほっほっほ、考え過ぎじゃよ政近。ロシア人の握手は、元々日本人のそれより強めなんじゃ』

（本当に？　これ他意ないの？　マジで？）

どこまで本当か怪しい脳内知久の解説に疑念を抱く政近だったが、しかし知久の言葉を証明するように、ミハイルはそれ以上握力を強めることなくあっさりと手を離す。

「先にあっちへ行っててくれる？　マーシャと、沙也加《さやか》さんと乃々亜《ののあ》さんもいるから」

「あ、おう」

そしてアリサに促され、政近は軽く会釈してから、アリサに指し示された方へと向かった。廊下を通ってドアを開けると、広々としたリビングに出て、ソファでくつろいでいるマリヤ、沙也加、乃々亜の三人がこちらを向く。

「あ、久世くんいらっしゃ〜い」

「こんばんは」

「くぜっちおつ〜」

「お邪魔します……早いな、二人共」

そちらへ近付きながら、政近はザッと沙也加と乃々亜の手荷物に視線を走らせる。そして、二人がまだアリサへの誕生日プレゼントらしきものを持ってるのを確認してから、念のため小声で尋ねた。

「二人は、いつプレゼント渡す？　決まってるなら俺もそこに合わすけど……」

その問いに答えたのは、沙也加と乃々亜ではなく、マリヤだった。

「プレゼントは、食事の後にケーキを出すタイミングで渡すことになってるわ」

「あ、そうなんですね」

納得したところで他の面々が続々と玄関からやって来たので、こっそりその情報を共有しておく。

「あとは有希《ゆき》と綾乃《あやの》、か……」

チラリと壁掛け時計を確認すれば、パーティーの開始時間である十八時までは残り十分ちょっと。いつも時間に余裕を持って行動する有希にしては少し遅く、政近は内心首を傾げる。

（まあ、車だし。渋滞に捕まってたり、道に迷ってたりするのかもしれないしな……）

そう自分を納得させるも、それから五分経《た》っても二人は現れず。ようやくチャイムが鳴ったのは、十八時のわずか三分前だった。

「あの二人にしては遅かったね？」

出迎えに行くアリサ親子を見送りながら、茅咲がそう言う。それに同意していると玄関ドアが開閉する音がして、しばらくしてからリビングのドアが開いた。

「？」

しかし、その場にいたのは綾乃のみ。その後ろには、出迎えに向かったアリサとその両親。政近が疑問符を浮かべる中、綾乃がぺこりと頭を下げる。

「皆様、遅れて申し訳ございません」

「あら大丈夫よ～？　まだ……あ、ちょうど十八時だし」

「お気遣いいただきありがとうございます。それと、有希様ですが……実は、どうしても外せない急用が入ってしまいまして、大変申し訳ありませんが、本日は欠席させていただくとのことでした」

「え？」

友人の誕生日パーティーをドタキャンするという、いよいよ有希らしくない行動に政近は思わず声を漏らす。そこへ間髪容《い》れず、マリヤが頰に手を当てながら声を上げた。

「あら〜有希ちゃんがそう言うなんて、よっぽど大事な急用が入っちゃったのね〜」

その言葉にハッとし、政近も即座に有希と綾乃のフォローに回る。

「ですね。もしかして、こんなギリギリになったのもそのせいか？」

「……はい」

「そうか、大変だったな。いやぁ有希も残念だなぁ、あいつもすごく楽しみにしてたのに」

有希も望んでそうしたわけではないとさり気なく強調すると、意を汲《く》んだ乃々亜が頷《うなず》く。

「まあ、ユッキーは家の事情が特殊だしね〜アタシらには想像も出来ないような緊急の用件ってのもあるんだろ〜ね〜」

それに続き、他の面々も「残念だが仕方がない」という趣旨のことを口にする。更に、アリサ自身も気分を害した風もなくそれに同意したことで、幸いにして空気が悪くなることはなく、有希の欠席は受け入れられた。

それにほっと胸を撫《な》で下ろしつつ、政近はコソッと綾乃に尋ねる。

「（で、何があったんだ？）」

身内なら急用とやらの中身も話せるだろうと、そう判断しての問いだったが……予想に反して、綾乃は少し申し訳なさそうに頭を下げた。

「(申し訳ございません。政近様にもお話し出来ないのです)」

「(お、ん……？　そう、か)」

少し面食らいながらも、やむなく政近は引き下がる。そこへちょうど、アリサが声を上げた。

「じゃあ、そろそろ始めましょうか……」

本日の主役の発声に、全員がそちらへ注目。みんなの視線を一身に集めながら、アリサはぺこりと一礼し、集まった面々を感慨深そうに見回す。そして、ふわっと花のような笑みを浮かべて言った。

「今日は、私の誕生日のために集まってくれてありがとう。最後まで、楽しんでくれると嬉しいわ」

その言葉に、政近は大きな拍手をする。

「アーリャ誕生日おめでとう！」

「おめでとう！」

「おめでとうございます」

祝福と拍手が沸き上がり、アリサが照れくさそうに笑う中、アリサの誕生日パーティーが始まった。

◇

（ああ、そうそうこんな味だったなぁ。もはやなんか懐かしい……）

全員が席に着き、パーティーが始まって約三十分後。テーブルの上には、アリサが暁海に手伝ってもらいながら用意したという料理がいくつも並んでいる。その中で、政近はアリサお手製のボルシチを前にして、妙な感慨に耽《ふけ》っていた。

夏休み前、風邪を引いて寝込んだ政近のために、アリサが作ってくれたボルシチ。当時と違って牛肉が入っているし、少し食材は変わっているようだが、他では味わえない独特な酸味と甘みは変わっていない。

（うん、美味《おい》しい）

そうして、器の中のボルシチを飲み干したところで、隣からスッと料理をいっぱいに盛り付けたお皿が差し出された。

「ありがとうございます……」

軽く頭を下げ、チラリと隣の人を見上げる。すると、そこには相変わらずの威圧感たっぷりな鉄面皮。相変わらず全然しゃべらない。なのに、さっきからめっちゃ料理取り分けてくれる。

（ねぇこれどういうこと⁉　歓迎されてるの⁉　それとも何か試されてるの⁉　俺のよそ

った料理が食えないのか的な⁉)

助けを求めるように周囲に視線を向けるが、同じ卓のマリヤと暁海は話に夢中で、綾乃は黙々とパスタを食べている。

(どうしてこうなった……)

わいわいと盛り上がっている隣の卓を横目に見ながら、政近は表情には出さずに嘆く。

なぜこうなったかと言えば、最大の原因は席がふたつに分けられたことにある。元々人数が全部で十二人と多かったため、テーブル席だけでは到底席が足りず。それとは別に、ソファテーブルの横に折り畳み式のローテーブルを置き、その周りにクッションや座布団を並べた、お座敷席とでも言うべきものが用意されていたのだ。

で、アリサはテーブル席のお誕生日席に。その両隣に両親が座り、暁海の隣に綾乃、ミハイルの隣に政近、残りの七人がお座敷席にという状態でパーティーが始まった。この時点で、政近としては正直「お父さんの隣ってマジか」とは思っていたのだが……この中で二人ピックアップするなら自分と綾乃だというのは政近自身もなんとなくそう思っていたので、そこはまあ受け入れた。問題は……テーブル席に座っていたアリサが、数分前にマリヤと席替えしてお座敷席の方へと移ってしまったことだ。

(まあそりゃ、主役なんだから？　集まってくれた人全員と交流して祝福してもらうのが道理ってもんだろうけどさ)

理屈は分かる。友人達に囲まれ、嬉しそうに微笑んでいるアリサを見れば、政近だって嬉《うれ》しく……なるはずなんだけど隣のお父さんが地味に怖い。そして、次々料理を勧められてお腹《なか》が既に結構きつい。

（えっと、これはビーフストロガノフだっけ？　名前は知ってるけど、食べるのは初めてだな……）

白茶色っぽいクリームスープに浸っているキノコと牛肉をスプーンですくい上げ、口へ運ぶ。予想に反して柔らかなお肉を咀嚼し、政近は意外感に眉を動かした。

（んん？　ビーフストロガノフなんて厳《いか》つい名前だから、てっきりもっとガッツリした肉々しい料理なのかと思ってたけど……なんつーか、メンチカツの中身みたいな？　いや、むしろ煮込みハンバーグ……？）

いずれにせよ、結構お腹に溜《た》まる料理であることは確かだった。となると、今ある分は食べ切れるとしてもこの次は流石にきつい。この後にケーキが控えているとなれば尚《なお》のこと。

（ってわけで、流石に断らないといけないんだが……）

それはちょっと怖い。時々ドカッと大盛りで出してくる隣のミハイルさんの意図が読めなくて怖い。

政近は幼少期、将来外交官になることを見越して、コミュニケーション能力というものを実践も交えて徹底的に鍛えられた。その経験から、コミュニケーションを試みることの大切さと、世のほとんどの人間は話せば通じるということを政近は知っている。やろうと思えば威厳に満ちた大物政治家だろうとカリスマ溢《あふ》れる大企業の社長だろうとキラキラ感溢れる超絶リア充だろうと、にこやかに話せるし一定の親交を結べる自信はあった。が、やれるからってやりたいと思うかどうかは別問題だし、にこやかに話せるからって内心ビビってないかと言えばそんなことはないのだ。そもそも、学園内での人脈の広さ《知人の多さ》に反して交友関係が狭い《友人は少ない》ことからも分かる通り、政近は自分から積極的に親交を深めたがるタイプでもない。要するに、知らない人と仲良くなろうとするのは億劫《おっくう》だし、政近だって怖そうな人にはなるべく話し掛けたくないのだ。

（まあでも、こうなったらそうも言ってられん……）

隣のミハイルがまた料理を取り分けようとしているのを察し、政近は意を決して声を上げる。

「あ、もう十分いただきました。ありがとうございます」

すると、振り向いたミハイルにじっと高みから見下ろされ、政近は内心ヒェッとなった。しかしここで怯《ひる》んでなるものかと、更に話し掛ける。

「あの、ところで……フルネームを教えていただけませんか？」

政近の問いに、ミハイルは微《かす》かに首を傾げてから答えた。

「ミハイル・マカーロヴィチ・クジョー」

それは流暢《りゅうちょう》なロシア語のイントネーションで発せられたため、政近でなければ一発で聞き取ることは不可能だっただろう。しかし、政近は動揺した素振りも見せずに応じる。

「ありがとうございます。では、ミハイル・マカーロヴィチ」

その呼び方に、ミハイルが少し目を見開いたのを見て、政近は手応えを感じた。

（よし！　これは覚えてたぞ！　ロシア人への敬称は、ミスターでもさん付けでもなく、名前＋ミドルネーム！）

掴みは上々と判断し、政近は話を切り出す。

「名字が奥様とご一緒ですが、結婚の際に変えられたんですか？」

政近の問いに、ミハイルは頷く。

「そうなんですね。国際結婚では夫婦別姓が多いと思っていたんですが、何か理由があったんでしょうか？」

続く問いに……ミハイルは無言。無言で、顔を背けた。その反応に、調子よく話していた政近は頰《ほお》を引き攣《つ》らせる。

（しまったぁぁぁ──！　話題をミスったぁぁぁ──!!）

気になったところを素直に尋ねてみたのだが、もしかしたら何かデリケートな話題だったのかもしれない。そう考えて、政近が挽回《ばんかい》すべく次の話題を探していると……

「アー」

ミハイルが声を発し、政近はパッと顔を上げた。すると、ミハイルがぎこちない日本語で話す。

「アリサ、ガッコォハ、ドゥ、デスカ？」

「……アー……リサさんが、学校ではどうかって話ですか？」

政近が問い直すと、ミハイルは頷く。向こうから話題を振ってくれたことに少しほっとしつつ、政近はアリサの方を見ながら話した。

「……そうですね、すごく真面目な優等生として、有名ですよ。努力家で、何事にも一生懸命で、そういったところは周りからも一目置かれていると思います」

内心「これ本人の前で訊《き》かれなくてよかったな」と思いつつ、政近は続ける。

「そのせいで、少し完璧過ぎて近寄りがたい雰囲気になっていたこともありましたが……最近は周囲ともだいぶ打ち解けて、話し相手も増えているみたいで」

政近が語っている間、ミハイルは無言。無言で、じっと政近の方を見ていて……政近は内心頬をひくつかせた。

（なんで無言？　そっちから振っておいてなんで無言⁉）

こういうことを聞きたいわけじゃないのかと、内心汗を垂らす政近。そこへ、神様知久がまた出現する。

『ほっほっほ、気にするでない政近。ロシア人は日本人と違って、相手が話している時は相槌《あいづち》を打ったりせず、黙って話を聞くものなんじゃよ』

（本当に合ってんのかその知識‼　さっきからテキトーに都合のいいこと言ってんじゃないだろうな⁉）

ここまで来ると無理くりフォローしているようにしか聞こえず、政近は脳内でミニ知久を摑《つか》み上げてガックンガックン振りながらも、とにかく口を回した。

「えぇっと、一学期の頃は人前で話すことも苦手だったみたいですが、学園祭ではすごく堂々と話してましたし……人前で物怖《ものお》じすることもなくなったみたいで、ますます次期会長候補として頼もしくなってきましたね。それに意外と度量が大きいというか、自分と異なるタイプの人のことも尊重し、受け入れるところもあって、そういったところは僕も素直に尊敬していますし」

ミハイルが無言な分、ひたすら語る。脳をフル稼働し、言葉が途切れないよう一生懸命語る。いつの間にか自分の声が大きくなっていることにも、その話を聞いているのがミハイルだけじゃなくなっていることにも気付かずに。

「へぇ～久世君はアーリャちゃんのことをそんな風に思ってくれてるんですね～」

アリサの尊敬できるところを力説していたところで暁海のそんな声が聞こえ、政近はピタリと口を閉じてから、ギギッとぎこちない動きでそちらを見る。すると斜め前の席の暁海が頰に手を当てながら嬉しそうに微笑んでいて、マリヤと綾乃もじっとこちらを傾聴していた。そこでハッとして振り向くと、お座敷席もいつの間にやら静かになっていて、興味半分冷やかし半分の視線多数。顔を伏せて耳を赤くしているのが約一名。

（あ、死──）

真っ白になった脳内にそんな思考が過ぎる中、くすくすと笑った暁海がミハイルに目を向ける。

「ふふっ、わたしなんだか嬉しくなっちゃいます。ねぇあなた？」

妻の問い掛けに、ミハイルも頷《うなず》く。それに優しく目を細めながら、暁海は政近に言った。

「ごめんなさいねぇ久世君。この人、簡単な日本語しか話せないし、口下手だから……話しづらかったでしょう？　アーリャちゃんがこんなにお友達連れてくるのなんて初めてだから、いつになく緊張しちゃってたみたいだし」

「え、あ、はぁ……」

「一生懸命話してくれて、ありがとうね？　あなたも、嬉しかったでしょう？」

暁海にそう問われ、ミハイルは政近を見下ろして言う。無表情のまま。

「スゴク、ウレシカタ、デス」

「ああ、いえ……」

ぎこちない笑みでそう返しながら、政近は心の中で全力で叫んだ。

（てぇ！　ただの日本語話せない×コミュ障かよぉぉぉぉ――――!!）

誤魔化し笑いを浮かべながら飛んでいこうとする神様知久を、むんずと摑《つか》んで地面にペシーン。ついでにケタケタ笑っている小悪魔有希も脳の彼方《かなた》にそぉい！

そうやって羞恥を堪えている政近を横目に見ながら、アリサは俯《うつむ》いたまま呟いた。恥ずかしそうに、嬉しそうに。

【ホンット、バカ】

Иногда Аля внезапно кокетничает по-русски

第9話　祝福

「は〜い、ケーキが来ましたよ〜」

パーティーが始まってから、約一時間半。テーブルの上の料理が綺麗《きれい》に片付いたところで、暁海《あけみ》に先導されたミハイルが、キッチンからケーキを持ってきた。

ちなみに、あれ以来アリサがテーブル席に戻ってくることはなく。政近《まさちか》はマリヤも交えてひたすら暁海やミハイルと話していたため、今では普通に冗談を言い合える程度には仲良くなっていた。

「いやアメリカかビュッフェでしか見ないやつ！」

そういうわけで、ミハイルが持ってきた一辺三十センチはありそうな四角いケーキに、政近は遠慮なくツッコむ。そんな政近へ、お座敷席の男性陣が尊敬の視線を向けた。

（すごいな久世《くぜ》、あの父親に……）

（政近、パネェ〜）

（本当に誰とでも仲良くなれるよね……そういうとこ本当にすごい）

男子三人がそんな風に考えているのを余所《よそ》に、暁海がロウソクを立てながら微笑む。

「足りないくらいなら、余る方がいいでしょう？」

「まあ、そう、ですかね？」

「は〜い、じゃあアーリャちゃんこっち来《っ》て〜」

十六本のロウソクにミハイルが火を点け、マリヤが部屋の電気を消す。そうしてスマホを構えた暁海の音頭で、テーブルの周りに集まったアリサ以外の全員が、手拍子をしながら歌う。

「ハッピバースデーアーリャ〜、ハッピバースデーアーリャ〜、ハッピバースデーディアアーリャ〜♪　ハッピバースデーアーリャ〜〜」

歌い終えると同時に、拍手と一緒に祝福の声が降り注ぐ。それらを一身に浴びながら、アリサがふーっとロウソクを吹き消し……ケーキがデカ過ぎて一回では消し切れず、ふー、ふーっと追加二回で全てのロウソクを消した。更に拍手が大きくなる中、電気が再度点灯し、突然の明転に政近は数度瞬《まばた》きをしてからアリサの方を見て……アリサの涙ぐんでいる姿が目に飛び込んできてぎょっとする。

「あらあらアーリャちゃん、感極まっちゃった？」

暁海がとっさに差し出したティッシュで目元を押さえながら、アリサは涙に濡《ぬ》れた声で語る。

「ごめん……でも、こんなにたくさんの人が、私の誕生日をお祝いしてくれてると思ったら……嬉《うれ》しくて」

そう言って、両手で顔を覆うアリサ。その言葉を聞いて、政近は体育祭の日に、教室の外で聞いていたアリサの声を思い出し、きゅっと胸が締め付けられた。

(そうか……よかったなぁ、アーリャ)

心の底から、そう思う。政近が優しく見つめる先で、俯《うつむ》くアリサを暁海とマリヤが両側から抱擁した。

突然の感動シーンに主に男性陣がちょっと困る中……なぜか、茅咲《ちさき》がそこへ参戦する。

「おっ、じゃ～あたしらも参加しよ。ほらほら、綾乃《あやの》ちゃんや沙也加《さやか》ちゃんも」

そう言いながら茅咲がマリヤとアリサを一緒くたに抱き締め、綾乃もそこへおずおずと近付き、遠慮気味にアリサの背中を撫《な》でる。更に沙也加と乃々亜《ののあ》がそちらへ歩み寄り、毅《たけし》が「え、あれ？　これそういう流れ？」ときょろきょろしながら一歩踏み出した途端。

「野郎は来るなッッ!!」

「すみませんっ！」

瞬時に飛び交った茅咲の威嚇と毅の謝罪に、一拍置いてからリビングは笑いに包まれる。

俯いていたアリサもこれには笑みをこぼし、少し赤くなった目で顔を上げた。その頬に、笑みを浮かべた暁海とマリヤが両側からキスをし、アリサは恥ずかしそうに頬を膨らませる。その光景を微笑ましい気持ちで眺める政近だったが……

「それじゃあ、ケーキを切り分けている間にプレゼントを渡しちゃおっか～」

そこでマリヤが上げた声に、ピリッと緊張感が走った。

　それは政近だけではなかったようで、「誰から渡す？」「他の人はどんなプレゼントを？」と緊張を孕《はら》んだ視線があちこちで交錯する。その中で、一旦リビングを出たマリヤが紙とリボンでラッピングされた四角い包みを持ってきた。

「は〜い、誕生日おめでと〜アーリャちゃん」

「ありがとう……」

「ほら、開けて開けて」

　マリヤに促されるままアリサが包みを開けると、中から出て来たのはピンク色のマフラー。

「どう？　カワイイ〜でしょ？」

「ええ、ありがとう」

「は〜い、じゃあ巻いてあげるね〜」

「いや、これからケーキ食べるのに――」

　アリサの冷静なツッコミを無視し、マリヤはアリサの首にマフラーを巻く。そして、マリヤと暁海が同時に黄色い歓声を上げ、アリサは微妙な顔をしながらも、諦めたように肩を竦《すく》めた。

「それじゃあ、これはお父さんとお母さんから。はい」

　そう言って、暁海が渡したプレゼントをアリサが開けている間に、ゲスト陣は素早くアイコンタクトを交わす。そうしてなんとなく、政近、綾乃、会長副会長、バンドメンバーという感じの流れに決まった。

（マジか俺トップバッターか）

うっすら予想はしていたが、やはりここでも一番手らしい。残りのメンバーに注目されながら、政近は手提げ袋を手にアリサの下へ向かう。

「アーリャ、誕生日おめでとう」

「ありがとう、政近君」

アリサが両親にもらった財布を置き、こちらを見上げてくる。

その視線に緊張感を煽《あお》られながら、政近は手提げ袋をアリサに渡した。

「これ、プレゼント……手作りのお菓子なんだけど」

「え、手作り？」

アリサが目を見開くのに合わせ、周りの面々からも「おぉ」やら「え、すご」やらの驚きの声が上がる。しかし、政近としては少し気まずくて、思わず予防線を張ってしまう。

「いやごめん、普段お菓子作りとかしないから、味は問題ないと思うんだけど形はちょっと不格好かも……」

「そんなのは全然いいけど……」

そう言いながら、アリサが紙袋を開けて、中からビニール袋を引っ張り出す。そこへ、政近は照れくさそうに頰《ほお》を搔《か》きながら言った。

「手作りの……バームクーヘン」

「「「どうやって⁉」」」

「頑張った」

「「「頑張って作れるものなの⁉」」」

誰も予想できない手作りお菓子の品目に、見ていた全員の頭が疑問符で埋め尽くされる。ちなみにマジレスすると、玉子焼き用の四角いフライパンで作った。意外とそこまで難しくなかった。

「あぁ、ありがとう……後でいただくわ」

喜びとか以前に「分からない」が先に来ている様子で、アリサは目をぱちぱちさせながらバームクーヘンを紙袋へしまう。それを見届け、政近はやり切った感満載で引き揚げた。周囲から「お前初手になんつー癖の強いもん渡してんだ」という視線を感じる気もするが、とりあえず一仕事終えた政近は気にしない。

(まあ、実はもう一仕事あるんだけど……)

自分のバッグをチラリと見ながらそんなことを思う政近を余所に、続いて綾乃がアリサの下へ向かう。

「では……次はわたくしと、こちらは有希《ゆき》様からお預かりしたプレゼントです。誕生日おめでとうございます、アリサさん」

「ありがとう」

有希のプレゼントは、政近に予告していた通りスマホの保護フィルム。そして、綾乃のプレゼントは……

「本？」

「はい、わたくしのお気に入りの本です」

「ありがとう……短編集なのね、読んでみるわ」

（なるほど本！　その手があったか！）

綾乃のプレゼントに、政近が内心膝を打っていると、統也《とうや》が声を上げる。

「おっ、奇遇だな。俺も本だ」

そう言って、統也がアリサにプレゼントしたのは……『人の心を動かす二十の方法』という本だった。

（選挙で使ったのか、更科《さらしな》先輩を口説き落とすのに使ったのか……なんか、背景が想像できちゃうな）

そして次に、茅咲がアリサに渡したのは、

「……お守り？」

金色の紐《ひも》で口を閉じられた、白い布袋。形状自体はよくあるお守りそのものだったが、アリサが首を傾げたのは……袋の表面に、何も書いていなかったからだ。

「そう、うちの霊験あらたかなお守り」

「ありがとう……ございます。これ、なんのお守りなんですか？」

「え、いろいろ？」

「いろいろ……ですか」

「うん、たぶん一回くらいは身代わりになってくれるかも」

「なんの⁇」

「あ、口開けちゃダメだよ？　出てきちゃうから」

「何が⁇」

心なしか、ゴゴゴゴゴッという効果音を背負っているお守りを前に、アリサは反応に困った顔をする。が、茅咲はやり切った感満載で下がってしまい、それ以上のことは訊《き》けなかった。そして、こうなると困るのはその後に続く四人である。

『次どうする⁉』

『え、オレやだよこの後』

『そうですか。ではトリでも構わない、と？』

一瞬で、アイコンタクトによる牽制《けんせい》が行われ……それらをガン無視して、乃々亜が前に出た。

「誕生日おめでと～はいこれプレゼント」

「ありがとう」

「コンパクト。アリッサ普段メイクしてないけど、あって困るものじゃないっしょ？」

「そうね。髪を整えたりはするから、使わせてもらうわ。ありがとう」

「では、次はわたしから」

毅と光瑠《ひかる》が「あっ」という顔をする中、続いて沙也加がアリサの下へ向かう。

「いろいろと迷ったのですが……帽子です」

包装の中から出て来たのは、黒いベレー帽。乃々亜にもらったミラーを見ながら、早速アリサがそれをかぶる。

「あ、可愛い」

「よく似合っていますよ」

「ありがとう、沙也加さん」

アリサが笑い、沙也加も口元に笑みを浮かべる。実に美しい光景の中……取り残された、野郎二人。

(あ～あ、かわいそ)

女子二人からの普通にセンスがいいプレゼントの後、トリを務めることになった親友二人に政近は心の中で合掌。そして、毅、光瑠の順にプレゼントを渡したのだが……毅のプレゼントは、ちょっとお高いお茶漬けのセット。光瑠のプレゼントはオシャレなボールペンで……それを完全に他人事のつもりで見ていた政近は、思わずジュースを吹きそうになった。なぜなら、光瑠が渡したボールペンのボディの上部分が……まさかのハーバリウムだったから。

(あっぶね！　有希ありがと！)

危うく変なところでネタ被《かぶ》りしかけ、政近はこの場にいない妹に感謝を捧《ささ》げるのだった。

◇

無事にプレゼントタイムを終え、全員肩の荷が下りた気持ちで切り分けられたケーキを食べる。と、そこへ不意に、外から小さな炸裂音《さくれつおん》が聞こえた。

誰からともなくそちらを見ると、なんと遠くに花火が上がっている。

「あらぁ花火ね〜。アーリャちゃんのお誕生日をお祝いしてくれてるのかしら〜」

「そんなわけないでしょ」

暁海の本気か冗談か分からない言葉に即座にツッコミを入れ、アリサがその場のゲストに説明を加えた。

「あの辺りに結婚式場があるらしくて、時々花火が見えるのよ」

至極現実的なアリサの説明に、一同はなるほどと納得する。だが、そんな夢のない真相など全く気にした様子もなく、暁海は全員のグラスに飲み物を注ぐと、アリサに向かってグラスを掲げた。

「はいじゃあ花火も上がったところで、改めてアーリャちゃん！　お誕生日おめでと〜〜！」

「なんでよ」

恥ずかしそうにアリサは唇を尖《とが》らせるが、マリヤを筆頭に他の面々も暁海の音頭に続く。そうしてたくさんのグラスが掲げられるのを見て、アリサも少し肩を縮めながらグラスを持ち上げた。

「おめでと～！」

「おめでとう！」

「……ありがと」

再度降り注ぐ家族友人からの祝福に、アリサはこそばゆそうにお礼を言う。そこへ、マリヤがスマホのカメラを向けた。

「はい、アーリャちゃんチーズ」

「もう、そういうのいいって……」

「なんで～？　記念日の写真なんていくらあってもいいじゃな～い」

「さっきもう撮ったでしょ」

手で顔を隠しながら、アリサは恥ずかしそうに拒否する。だが、そこへ暁海も参戦して、アリサはしつこくカメラを向けてくる母と姉から逃げるようにベランダへと向かった。

「アーリャちゃんどこ行くの～？」

「花火」

短くそれだけを告げると、アリサは窓を開け、サンダルをつっかけてベランダへと出て行く。その耳が赤く染まっているのを目敏《めざと》く見つけ、マリヤがほんわりとした笑みを浮かべた。

「アーリャちゃん、かわいい」

「ふふっ、こ〜んなにたくさんのお友達にお祝いされたことがないから、照れちゃったのね〜」

心から嬉《うれ》しそうにそう言うと、暁海はその場の全員に穏やかな笑みを向ける。

「改めまして、皆さん今日は本当にありがとう。ああいう素直じゃないところもありますけど、これからもアリサのことをよろしくお願いしますね？」

「……アリガト、ゴザイマス」

暁海がゆっくりと頭を下げたのに合わせ、ミハイルも軽く頭を下げた。

友人両親からの思わぬ感謝に、一同は恐縮したり笑顔で応えたりする。そんな中、政近は窓の外で花火を眺めているアリサの後ろ姿を見て、ふと思った。

（あれ、これチャンスじゃないか？）

そう考え、政近は他のゲスト陣が暁海とミハイルに気を取られているのを確認すると、手荷物を持ってそっと席を立つ。そして誰にも見咎《みとが》められないよう、何気ない感じで壁際を移動する。そう、決して行き先を悟られてはいけない。空気に、空気になるんだ。それこそ……

（綾乃の、ように！）

なんだか、最終決戦で仲間の技を使う戦士みたいな気迫をまといながら、政近は全力で気配を消す。が、

（あっ）

いよいよ窓の前まで辿《たど》り着いたところで、思いっ切り乃々亜と目が合った。そして、片眉を上げた乃々亜が、何かを言いかけ――綾乃に声を掛けられ、そちらを向く。

(よかったぁ、サンキュー綾乃!)

別に狙ったわけでもないだろうが、ちょうどいいタイミングで乃々亜の注意を逸《そ》らしてくれた幼馴染《おさななじ》みへ、心の中でお礼を言う。

(ん? あれ、あの二人って何か接点あったっけ……?)

頭の片隅でうっすらとそんな疑問を覚えつつも、政近は深く考えず。音を立てないよう静かに窓を開けると、素早くベランダへ出た。

「……?」

もっとも、いくら物音と気配を消したところで、窓が開いた瞬間に室内の音が大きく聞こえるのだから、どうしたってアリサにはバレるわけだが。

「お、おう」

肩越しに振り向いたアリサに何を言うべきか分からず、そう言って左手を上げる政近。

すると、アリサは政近の右手のバッグを一瞥《いちべつ》してから、再びベランダの外へと視線を戻した。遠慮がちにその隣に並ぶと、アリサは前を向いたまま尋ねる。

「……どうしたの?」

「ああいや……えっと、ちょうど花火終わったのかな?」

いざとなるとどう切り出したらいいか分からず、とっさに言葉を濁してしまう政近。そんな政近の誤魔化しに気付いたのかどうか、アリサは淡々と答えた。

「そうね、最後に大きなのが上がったし、今ので終わりなんじゃないかしら」

「そっか」

　そして、沈黙。遠くから虫の鳴き声と車の音が聞こえる中、政近は自身の煮え切らなさに顔をしかめて頭を掻いた。つい緊張から関係のない話題を振ってしまったが、あまりここで時間を浪費するわけにはいかない。

「……」

　チラリと背後を見れば、何か盛り上がっている様子の室内。とりあえず今のところ気付かれてはいないようだが、油断は出来ない。時間が経《た》てば経つほど、政近とアリサが二人でいることに気付かれる確率は上がる。それでなくとも、乃々亜には既に気付かれてるっぽいのだから。

（ああもう！　ここまで来たら覚悟決めろ俺！）

　フッと鋭く息を吐いて自身を鼓舞すると、政近は室内の方を気にしながら軽く両手で押すようなジェスチャーをする。

「ごめん、ちょっとそっちに……」

「？　何よ」

　怪訝《けげん》そうに眉をひそめるアリサへ両手を向け、政近はカーテンに遮られて室内からは見えない位置へと移動した。そうして、再度誰にも見られていないことを確認してから、改めてアリサに向き直る。アリサもまた、何かを感じたのか政近の方へと体を向けた。

「えっと……実は、プレゼントがもうひとつあってだね……」

「?」

政近が意を決して口を開くと、アリサはパチパチと瞬《まばた》きをしてから、政近の右手のバッグを見る。

「ああ、そう。これなんだけど……」

なんだか格好がつかないなぁと思いながら、政近はバッグの中からラッピングされたプレゼントを取り出す。と同時に、脳裏に有希に言われた言葉がフラッシュバックした。

『言葉と行動でも気持ちを伝えろって言ってるんだよ』

『毎年あたしらがやってることをやってやればぁ……アーリャさんだって好感度爆増からの即イベント解放ってなもんよ』

脳裏に蘇《よみがえ》った言葉にカッと全身が熱くなり、胸の奥から全身へと猛烈なくすぐったさが駆け抜ける。有希相手でもかなり恥ずかしいというのに、それをアリサ相手にやると思うと、それだけで転げ回りたくなるような羞恥心が沸き上がってきた。

(ぬぅうおおおぉぉぉ恥ずい！　だが覚悟決めろ俺ぇ！　有希も言ってるだろ！　一年に一度、誕生日くらいは真正面からデレろってなぁ!!)

唇をゆがませ、ギリギリと奥歯を噛《か》み締《し》めながら、政近は一瞬の内に覚悟を決める。そして顔を上げると、なんだかちょっと引いてるアリサへと、プレゼントを差し出した。

「はい、これ」

「あ、りがとう……」

戸惑い気味にプレゼントを受け取るアリサだったが、政近はプレゼントから手を離さない。そして、疑問符を浮かべて顔を上げたアリサを真っ直ぐに見つめると、羞恥心を押し殺して言った。

「この世に生まれてきてくれてありがとう、アーリャ」

その言葉に、アリサの目が大きく見開かれる。その青い瞳が真っ直ぐに自分を捉えていることを自覚しながら、政近は続ける。……叫び声を上げながら転げ回りたくなる衝動を、全身に力を込めることで堪えながら。

「誕生日おめでとうアーリャ。アーリャが生まれてきてくれたこと、俺と出会ってくれたことに、心から感謝する」

なんとかそこまで言い切って口を閉じると、脳内にポンッと出現した小悪魔有希が大声を上げた。

『今だ！　そこだチューしろ！　一思いにガバッといってぶちゅーっとやるんだよぉ‼

そんでそのまま舌を――』

（やるかボケェ！）

やかましい小悪魔を追い払いながら、政近はプレゼントから手を離す。すると、アリサは呆然《ぼうぜん》とした様子でゆっくりとプレゼントを胸に抱くと、数秒してからふわりと笑った。

【こちらこそ】

そうロシア語で言って、ふと我に返ったように数度瞬き。そして、小さく笑ってから改めて日本語で。

「私も……あなたに会えて、本当によかった」

照れ隠しを捨て、真っ直ぐに告げられた言葉。

本心からのものだと否応《いやおう》なく伝わるその言葉に、政近の全身を覆っていた羞恥が一瞬で消し飛ぶ。代わりに政近の全身を包んだのは、純粋な喜びだった。お互いに、出会えた奇跡を祝福し合う。そんな相手と、出会えたこと。それこそが本当の奇跡なのだと、政近は心の底から実感した。

(あ、やばい。なんか、すごく抱き締めたい)

胸の奥から沸き上がってきた情動に、政近は危機感を覚える。いや、それこそこれが有希相手だったら、全力でハグしてなんだったらほっぺや額にチューのひとつでもすればいいのだが、流石にアリサ相手にそれはマズい。脳内で小悪魔が「いけぇぇぇぇぇ――!! いぃいけぇぇ――!!」と大声でメガホンを振っているが、マズいものはマズい。

(マズい……ん、だけ、ど……)

アリサの柔らかな笑み。優しくこちらを見つめる青い瞳。それらを見る内に、そんな理性の声は徐々にフェードアウトしていき……どちらが踏み出したのか。

二人の距離が、一歩二歩と縮んで………ドンッ

体の芯に響くような音に続き、政近の視界の端で鮮やかな光が炸裂《さくれつ》した。パッとそちらを見れば、大輪の花火が夜空を彩り、パラパラパラと弾けながら消えていく光景が。

その様子を呆然と眺めてから、政近はハッと我に返ってアリサの方を見た。アリサもまた、夢から醒《さ》めたように瞬きをしながら政近の方を振り向く。そして、互いの近さを自覚して同時に半歩後退《あとずさ》った。

「あ、まだ、花火終わってなかったんだな」

「そうね、そうみたいね。今ので終わりかしら？　あ、これ、開けていい？」

「ああ、どうぞどうぞ？」

「あれ、これテープどこ……？」

「あ、ライト点《つ》ける点ける」

何かを誤魔化すように、二人揃って嘘くさい笑顔で早口にしゃべる。そうして、政近のスマホのライトに照らされながら、アリサが慎重にテープを剝《は》がし、中身を取り出すと……出て来たのは白い手袋。

「これから寒くなるしさ。いいかなって」

照れ笑いを浮かべながらそう言う政近の前で、アリサの視線が手袋に小さく入っている青い雪の結晶の刺繡《ししゅう》に、そして手首の部分に付いている、先端に白いポンポンが付いた赤い紐《ひも》に向く。

(うん、まあ気付くよな)

分かっている。だが、仕方がない。お店でたまたまこの手袋を見付けた瞬間、「これは買わねば」と思ってしまったんだから仕方がない。じゃあなんでみんなの前で渡さなかったのかと問われれば、それはまあなんかガチっぽくて恥ずかしかったからとしか言えないのだが。そして、現在進行形でかなり恥ずかしいのだが……

（なんで、無言⁉）

なかなか反応らしい反応をしないアリサに、政近はもどかしいようなむずがゆいような感覚を必死に堪える。その前で。

アリサもまた、胸の奥で疼《うず》く感覚を必死に堪えていた。

（なんで……なんで、こんなことをしてくれるの？）

政近がくれた言葉が、アリサのためだけに用意したと分かるプレゼントが、胸の奥に沈めたはずの恋心をざわつかせる。

（なんで？　政近君は、有希さんが好きで、誰より大切で……なのにこんなの、勘違いしちゃうじゃない……！）

嬉《うれ》しさと、恨めしさが、胸の中で暴れ狂う。なんでこんな勘違いさせるようなことをするのか。酷《ひど》い人。そんな、八つ当たりじみた思考が脳裏を飛び交い、アリサは思わず睨《にら》むような目で政近を見上げ——目が合った瞬間、胸の奥で何かが弾けた。

（あ、ダメ……溢《あふ》れちゃ——）

刹那の危機感を、圧倒的な感情の奔流が押し流す。そして、アリサが無意識に一歩を踏

み出した。直後、

「アリッサ〜」

窓が開く音と共にそんな声が聞こえ、アリサはピタッと立ち止まる。そうして声がした方を見れば、窓からひょっこり顔だけ出した乃々亜が、アリサの方を見てちょいちょいと手招きをしていた。

「ちょっと、早く戻った方がいいと思うよ〜」

「？　え、なんで……」

「なんでって、あぁ〜」

そこで部屋の方を振り向き、乃々亜は曖昧な声を上げてから、再びアリサを見て言う。

「うん、もう手遅れかも」

「だから何が？」

「いや、うん、まあ」

結局明確な答えは返さず、乃々亜は顔を引っ込める。それに首を傾げ、アリサはふと、自分が知らない内に一歩を踏み出していることに気付き、慌てて足を引き戻した。

（あ、危ない……なんか今、すごく危なかった……）

深呼吸をし、アリサはなんとか精神の安定を取り戻す。そして、怪訝そうな顔で乃々亜がいた辺りを見る政近を、そっと見上げる。その瞬間、胸の中がまた疼くが、それをなんとか表には出さないようにしてアリサは笑った。

「手袋ありがとう。とても気に入ったわ」

「あ、おお、それならよかった」

「じゃあ戻りましょうか」

振り向く政近と目を合わせないよう顔を逸《そ》らし、アリサはもらった手袋を袋の中にしまいながら、足早に室内へと向かう。これ以上ここに二人でいたら、政近に思わぬ感情をぶつけてしまいそうで。

（胸が、苦しい）

政近からのプレゼントを胸に抱いて、アリサは唇を引き結ぶ。いろんな感情で胸がいっぱいになってて、幸せなはずなのに、苦しい。

（もうっ、なんなのよ！）

そうして、まるで癇癪《かんしゃく》を起こした子供のように、少し荒っぽい足取りで室内に戻って、

「それで、これが四歳の時のアーリャちゃん！」

「「かわいい～～！」」

「おお、金髪だ」

「リアル天使がいる……」

「ちょっ、どこから出してきたのよそのアルバム！」

乃々亜の忠告の意味と、母親と友人が一緒にいる時に、迂闊《うかつ》に席を外してはならないということを知るのだった。

第10話　告白

(……結局、あれはどういう反応だったのやら)

ケーキも食べ終え、時刻は二十時過ぎ。「人数もいることだし人狼《じんろう》ゲームでもしよ〜よ」という乃々亜《ののあ》の提案が受け入れられ、準備が進められる中、政近《まさちか》はトイレで用を足しながら先程のアリサの反応について考えていた。

(なんか、一瞬睨《にら》まれたような……？　外したのか？　でも、その後気に入ったって言ってたし……う〜む？)

果たしてあのプレゼントは正解だったのか不正解だったのか、首を捻《ひね》って考え……答えは出ず、溜息《ためいき》を吐きながらトイレから出る。と、出てすぐに横から声を掛けられた。

「政近様」

「ん、おお—」

見れば、薄暗い廊下に綾乃《あやの》が立っている。

(ああ、綾乃もトイレか)

そう考え、一歩横にずれて場所を空けるが、綾乃はじっと政近を見たまま続けた。

「わたくしは、そろそろお暇《いとま》させていただこうと思います」

「え、そうなのか？　お前、門限とかあったっけ……？」

たしかに十一月ということもあって外はもう完全に真っ暗だが、車送迎の綾乃にはそこまで関係ないのでは……と思う政近に、綾乃は少し視線を彷徨《さまよ》わせてから言う。

「実は……有希《ゆき》様に急用が入ったというのは、嘘なのです」

「え？」

意表を衝《つ》かれる政近に、綾乃は意を決したように告げた。

「本当は……有希様は、インフルエンザで倒れられまして」

「え……」

「皆さんに心配を掛け、パーティーの雰囲気を壊してはならないと、あの場では嘘を言うように……」

「……」

そんな綾乃の事情説明は、半ば以上が政近の脳をすり抜ける。有希が、インフルエンザに罹《かか》った。あの、中学以来一度も体調を崩さず、無遅刻無欠席を貫いていた有希が。

（なんで、そんな）

呆然とそう考え、フッと服屋で有希が浮かべていた嘘の笑みが脳裏に蘇《よみがえ》る。

（あれだ）

直感的に、そう思った。気付いていたはずだ。有希が、母親のことで心労を抱えていることは。

(気付いて、いたのに……)

見て見ぬ振りをしたその結果、有希は……

「ぴょ、病状、は?」

動揺を抑え切れぬまま問い掛ける政近に、綾乃は苦しげに眉根を寄せて答えた。

「お医者様を呼んで治療を受けておられますが……やはり、高熱に苦しまれています。それに、喉の痛みや咳《せき》の症状も……」

「咳……」

記憶の奥底から、かつての有希の姿が蘇る。ついさっきまで元気そうだったのに、突然咳き込んだと思ったら咳が止まらなくなってしまった小さな妹。ベッドに倒れ込み、喉を押さえながら白い唇で必死に空気を求めるのに、ゼーゼーヒューヒュー音がするだけで。政近はただ、大人を呼ぶことしか出来なくて。せめてもと撫《な》でた妹の背中は、びっくりするくらい皮膚が薄くて骨の感触が手に——

「——かさま、政近様!」

「!」

綾乃の呼び掛けに、政近は我に返る。そしてぎこちなく綾乃を見下ろすと、綾乃は苦しそうに眉根を寄せて言った。

「政近様が……周防《すおう》家を避けておられるのは存じております。ですが……どうか、有希様を見舞っていただけませんか？」

「え──」

「今、有希様は他の誰よりも、政近様を必要とされていると思うのです」

それは、体育祭の時にも綾乃に言われたこと。でも……反射的に政近の口を衝《つ》いて出たのは、

「行け、ない」

軋《きし》むような、拒絶の言葉だった。

「政近様……！」

いつも感情を表に出さない綾乃が、微《かす》かに声を荒らげる。

もう一人の妹とも言える、幼馴染《おさななじ》みの少女から向けられる責めるような視線。それが、政近の胸を深くえぐった。

それでも、口は動かない。「俺も行く」たったそれだけの言葉が、喉から出ない。政近の中で、もはや苦悩と後悔の象徴と化した周防の屋敷。優美《ゆみ》の暗い顔と、巌清《げんせい》の冷たい視線。それらが喉を塞ぎ、「俺が行ったところでどうなるのか」「今一緒に帰ったら、他の人にどう思われるか」そんな、卑怯《ひきょう》な言い訳ばかりが喉の奥でぐるぐる渦巻く。と、その時。

ガチャ
リビングに繋《つな》がるドアが開き、茅咲《ちさき》が顔を出した。

「あれ？　どうしたの？　そろそろ始まるけど」

廊下で立ち止まっている二人に、茅咲は怪訝《けげん》そうな視線を向ける。それにいち早く反応したのは、綾乃。

「いえ、なんでもございません」

そう言ってくるりと踵《きびす》を返すと、綾乃は背後の政近に小声で告げた。

「(十分だけ、下でお待ちしております)」

突き付けられた決断までのタイムリミットが、政近の胃にズンと伸し掛かる。急激に気分が悪くなり、体が重くなっていく。

(待たれたところで、俺は……)

寒い、苦しい、気持ち悪い。

明るく、楽しげな雰囲気に満ちたリビング。あそこへ戻りたくない。でも、茅咲の怪訝そうな視線を前にしてはそうすることも出来ず。

政近は重い足を引きずるように、綾乃の後を追ってリビングに戻った。すると、綾乃がリビングの入り口から、アリサや統也《とうや》たちに向かって頭を下げる。

「申し訳ございません。わたくしはこれでお暇させていただきます」

その姿を、政近は直視することが出来なかった。表情を取り繕う余裕もなく、綾乃にみんなの注目が集まっているのをいいことにこそこそと壁際に逃げる。

そんな自分を、綾乃が非難がましく見つめているような錯覚に襲われ……綾乃がリビングを出て行ったところで、ようやく政近は息を吐いた。そして、そんな卑怯な自分自身を激しく嫌悪する。

「どったんくぜっち」

目立たないよう壁際にいたのに、まるで狙いすましたように声を掛けられ、政近はパッと顔を上げた。すると、いつからそこにいたのか、乃々亜がいつもの半眼でこちらを覗《のぞ》き込んでおり、政近はとっさに笑顔を作る。

「いや、なんでも……」

「ホントに～？　なんか、怖い顔してたけど」

「そうか？　ちょっと考え事してたからかな」

気の利いた言い訳も思い付かず、見え見えの嘘で誤魔化す政近。そんな政近を、乃々亜はじぃっと見つめ……不意に気のない態度を引っ込めると、スッと真面目な表情をした。

「本当に？」

「え──」

「本当に、なんともないの？」

乃々亜のいつになく真剣な問い掛けに、政近は動揺する。そしてその動揺は、続く乃々亜の言葉で更に大きくなった。

「くぜっちが、アタシのこと警戒してることは知ってる。でもさ、アタシだって、人並みに借りは返したいと思うんだよ？」

相手の警戒心を真っ向指摘するという、乃々亜ならではの飾り気のない直截《ちょくせつ》な物言い。

だからだろうか。その後に続く言葉もまた、乃々亜の正直な言葉だと感じられるのは。

「話聞いてもらった分、アタシも話くらいなら聞くよ？　ユッキーのこととかゆーしょーのこととか、アタシは他の人よりくぜっちの事情に詳しいと思うし？　自分で言うのもなんだけど、客観的な意見出すよぉ～？」

「……」

正直、自分でも驚くくらい心が揺れた。今この場に他の人がいなかったら、政近はすがるように、乃々亜に悩みを打ち明けていたかもしれない。

けれど……

「……」

沙也加《さやか》とマリヤから、人狼ゲームの説明を受けているアリサ。すっかり打ち解けた様子で談笑する、統也、茅咲、毅《たけし》、光瑠《ひかる》。楽しそうな彼らを見つめ、政近もまた笑顔を作る。

「ありがとう……でも、今はいいよ」

「……頑張れる？」

端的に本質を突く乃々亜の問い掛けに、政近は目を見張り……フッと弱々しく笑った。

「ああ、頑張るよ……ありがとう」

「ん、そっか」

そう言って頷《うなず》くと、乃々亜は政近の意思を尊重するようにあっさりと引き下がる。そしてくるりと振り返ると、打って変わって気だるそうな声で、七人に向かって声を掛けた。

「そんじゃ～そろそろ始めよっか～。九人なら、人狼は二人でいいかな？」

「そうですね。他の役職は、とりあえず占い師と霊媒師、それに騎士といったところでしょうか」

「あの、ごめんなさい。私、まだルールを把握し切れてないんだけど……」

「そぉ？　じゃあ、一回アプリの仕様を確かめるのも兼ねて、お試しでやろっか？　わたしも久しぶりだし～」

楽しそうに、人狼ゲームのルールについて話し合う面々。その中に、政近もまた笑顔を貼り付けたまま交ざり込む。

（あ、これ……思ったよりきついかも）

刹那、そんな悲観的な言葉が脳裏に浮かぶ。

ついさっき、乃々亜には頑張ると言ったばかり。だが……政近は早くも、自分の内心と外面の乖離《かいり》に、ギシギシと心が軋むのを感じていた。

「ちょっ、いきなりオレ殺されたんだけど⁉」

「は～い、タケスィーあとは見学ね～」

「マ～ジかよぉ～」

溢《あふ》れる笑顔、笑い声。その中で浮かないよう、一緒になって笑う自分。そんな自分が、心底気持ち悪い。妹が苦しんでいる時に、それを放って笑っている自分を、本当に最低な人間だと思う。

「あ、俺殺された。ちょ〜い、マジで人狼誰だよぉ」

「あれ、むしろ政近人狼じゃなかったんだ……」

「ちょっ、疑ってたのかよ！」

気持ち悪い。反吐《へど》が出る。本当に嫌いだ。死ねばいいのに。

（あ、もう、ムリだ）

そう思ったところで、人狼《じんろう》ゲームのアプリがゲーム終了を告げ、茅咲とマリヤが歓声を上げる。

「いぇ〜い！　勝ったぁ！　マーシャナイスゥ！」

「あ、勝ったのね〜わぁい！」

ハイタッチをする二人を見ながら、政近は立ち上がった。そして、精一杯申し訳なさそうな笑みを作って、頭を下げる。

「すみません、俺もちょっとそろそろ……」

「え、そうなの？」

「これから本番なのに……」

「あらぁ〜残念」

「それじゃあ、見送りを――」

「ああいや、そんなのいいから」

腰を上げようとするアリサを制し、政近は素早く荷物を引っ掴《つか》む。そんな自分を、乃々亜がじっと見ているのを感じる。その視線を感じ取った上で、あえてそちらを見ないようにしながら、政近はアリサの傍まで行って微笑んだ。

「改めて、誕生日おめでとうな、アーリャ。俺は先に帰るけど、いい夜を」

「あ、うん……」

「ごめん、鍵だけ頼む」

それだけ言い置き、キッチンで片付けをしている暁海《あけみ》とミハイルにもあいさつをすると、政近は足早に玄関へと向かった。

ドアを開けると、十一月の冷気がヒヤッと吹き寄せてくる。その中を早歩きで突っ切り、エレベーターに向かいながら政近はスマホで時刻を確認した。

『十分だけ、下でお待ちしております』

綾乃が出て行ってから、もう十五分は経《た》っているか。普通に考えればもう帰ってしまっているだろうが、もし綾乃が時間を延長していたらもしかして……

綾乃が待っているのと、帰っているの。どちらを望んでいるのか自分でも定かではないまま、政近はエレベーターに乗り込む。緊張によるものか恐れによるものか、心臓がドクドクと早鐘を打つ。それを必死に抑え込みながら、政近はエレベーターを降りてエントランスを抜け——そこに車が停《と》まっていないことに、確かに安堵した。

「……クソがっ！」

露《あら》わになった自分の本心に、政近は悪態を吐き捨てる。そして、人っ子一人いない道を、ふらふらと歩き始めた。

(また、逃げたな)

頭の片隅で、そんな侮蔑に満ちた声が上がる。その声に反論する気力もなく、政近は当《あ》て所《ど》なく歩く。そして、ふとすぐ横に小さな公園を見付け、重い足取りでそちらへ向かうと、ベンチにドッカと腰を下ろした。

「……」

逃げた。確かにそうだ。だが、まだ挽回《ばんかい》は出来る。住所は分かっているのだ。タクシーを拾うなりして、今からでも追い掛ければいい。それでなくとも、家には恭太郎《きょうたろう》がいる。急いで帰って事情を説明して、一緒に周防家に行けばそれで済む話だ。

そう、分かっている。分かっているからこそ……こんなところで座り込んでいるのだ。

(今からでも遅くない。これ以上クズ野郎に成り下がるのか？　今行かないと絶対後悔するぞ！)

(行ったところで何が出来る？　そもそも、綾乃がくれたチャンスをふいにしておいて、どの面下げていく気だ？)

(何が出来るとか、そういう問題じゃないだろ！　有希が苦しんでる。有希の傍に行くのに、それ以上の理由なんて必要ない！)

(大袈裟《おおげさ》に考え過ぎだろ。医者にだって診てもらってるんだし、今の時代インフルエンザなんて薬さえ飲めばすぐ熱下がってよくなるさ)

（だから！　そういうことじゃなくて！　兄として、妹が苦しんでいるなら無条件でその傍にいてやらないとダメだろ！　それに、喘息《ぜんそく》持ちはインフルエンザが重症化することもあるって――）

相反する二つの声が、頭の中で激しくぶつかり合う。分かっている。どちらの声に従うべきなのかは。分かっているのに、体は動かない。

こうしている間にも、時間は過ぎていく。そして時間が経《た》てば経つほど、余計に行きづらくなる。全部分かった上で、時間を浪費する。ただ冷たいベンチが、吹き寄せる冷気が、動かぬ体から熱を奪っていくに任せるだけ。

（ああ、また……）

また、こうやって。後悔と自己嫌悪に沈んで、沈むだけで満足して、何もしない。自分が悪いと分かっていて、分かっているんだからいいだろうと。十分自分を責めたんだからそれでいいだろうと、自罰を免罪符に逃避を選ぶ。

いつか向き合うべき、過去の過ち。政近の人生における最大の後悔。近い内に逃げられなくなると予感していた。必ず向き合うと、マリヤに約束した。なのに、いざその時が来たらまた逃げようとして――

「う、ぐぅぅうぁぁっ」

両手で頭を抱え、力いっぱい頭を掻《か》きむしる。鋭い痛みが走り、爪を立てた場所がじんじんと熱を持つ。それでもなお爪を立て、唇を噛《か》み締《し》める。こんなこと何の意味もないと分かっていて、それでも他に出来ることがない。

ああもういっそのこと、このままずっと朝までここで迷っていようか。そうして自分も風邪を引くなり凍えて倒れるなりすれば、せめてもの罪滅ぼしになるだろうか。

そんな、破滅願望にも似た思考が脳裏を過ぎったその時。

「政近、君？」

ここにいるはずのない人の声が聞こえ、政近は固まった。聞き間違いではないかと疑うが、視界にブーツの靴先が映り込み、その考えを否定する。

のそりと顔を上げれば、そこには政近のジャケットを抱えたアリサが、驚きに目を見開いてこちらを見下ろしていた。

「その、鍵を閉めに行ったら、ジャケット忘れてたから……それに、なんだか様子がおかしかったから気になって……」

「……ああ」

「何が、あったの？」

アリサの問いに、政近は無言で項垂《うなだ》れる。

何も、話せることなどない。そもそも、アリサは政近と有希の正確な関係性すら知らないのだから。それに仮に全て話したところで、それでどうなるというのか。ただ、恥の上塗りになるだけだ。

「……見なかったことにしてくれないか？」

「え？」

政近がボソリと漏らした言葉に、疑問の声が返ってくる。それに顔を上げることなく、政近は両手で目元を覆って硬い声で続けた。

「お前の誕生日を、俺なんかのせいで台無しにしたくないんだよ……だから頼む。見なかったことにしてくれ」

「なっ……そんなこと、出来るわけないでしょ⁉」

ガッと両肩を摑《つか》まれ、無理矢理《むりやり》体を起こされる。そして、襟首を摑み上げるような勢いで、至近距離からアリサに睨《にら》まれた。

「何があったの⁉　話して‼」

「……」

烈火のように燃える青い瞳を、政近は少しばかりの意外感と共に眺める。そんな政近の鈍い反応にアリサはキリリッと歯を嚙《か》み締めると、軽く目を伏せてふーっと息を吐いた。

そして、無理矢理に語気を抑えたような声で言う。

「……覚えてる？　一学期期末試験の賭け」

「？」

「あなたが三十位以内に入れるかどうかで、賭けをしたわよね？」

そこまで言われて、政近も思い出した。一学期の期末試験、政近が目標順位を達成できるかどうかで、負けた方がひとつお願いを聞くという賭けをした。

「……あったな、そんなこと」

他人事のようにそう呟《つぶや》く政近を、アリサは伏せていた目を上げてキッと見つめる。

「その時の勝者の権利を、今使うわ。何があったのか話して」

そのアリサの言葉に、政近は思わず絶句してしまった。まさかこの場で、そんな何カ月も前の約束を持ち出されるとは思わなかったから。けれど、アリサの真っ直ぐな目を見つめている内に……気付けば、政近は口を開いていた。

「有希が……インフルエンザで、倒れたんだ」

一度話し始めたら言葉が止まらなくなり、政近は全てを吐き出すように続ける。

「みんなに気を遣わせないように……綾乃には急用だって言わせてたけど……本当は、インフルエンザで。有希は今も苦しんでるのに、俺は……俺は……っ！　傍に、いてやれなくて……っ！」

話している内に情けなさや不甲斐《ふがい》なさが込み上げてきて、政近は再び唇を嚙み締め、顔を伏せた。

俯《うつむ》く政近の肩から、アリサの両手がスッと離れる。そして、体を起こしたアリサの静かな声が、政近の耳朶《じだ》を震わす。

「……それが、理由？」

その声は、どこか頼りなげに揺れていて……政近は思わず顔を上げ、アリサが泣きそうな顔をしているのに気付いて瞠目《どうもく》した。

「なんで、かしらね……聞きたかったのに、聞きたくなかった……」

弱々しい笑みでそう言うと、アリサは震えるロシア語で微《かす》かに呟く。

【ひどいよ……】

その言葉を聞いて……政近は、アリサが泣きそうな顔をしている理由を察した。

（ああ、そういう、ことか……）

それは誤解だと。有希と比較して、お前を蔑《ないがし》ろにしているわけではないと。言うことは容易《たやす》いが……言ったところで、今のアリサを納得させることは出来ないだろう。政近が有希に向けているのは兄妹愛であり家族愛だが、その事情を説明するわけにはいかないのだから……

（いや、でも……もう、いいんじゃないか？）

そんな考えが、自然と頭の中に浮かぶ。

巌清との約束がなんだというのか。そんなものが、今目の前の少女に泣きそうな顔をさせておく理由になるのか。アリサの心と巌政との約束、どちらが大事かなんて、そんなの

──

「……アーリャ、俺の両親が、離婚したことは話したよな？」

「え？　ええ……」

どこか切ない笑みを浮かべながら突然話を変えた政近に、アリサは怪訝《けげん》そうにしながら頷《うなず》く。その目を見つめ、政近は続ける。

「俺の、母親の名前は……周防優美。俺の元々の名前は、周防政近」

「え——」

呆然《ぼうぜん》と目を見開き、言葉を失うアリサを見上げ、政近は告げた。

「有希は……俺の、実の妹だよ」

エピローグ　懺悔

元気にしてあげたかった。自由にしてあげたかった。それが出来ないならせめて、頼れる兄であり続けたかった。


もう記憶の彼方《かなた》におぼろげな、俺と有希《ゆき》がまだ本当に小さかった頃。

有希は、とても好奇心が旺盛で、やんちゃな女の子だった覚えがある。

外が大好きで、目に映る全てのものに興味を持って、何でもかんでもすぐにやりたがっていた。

あれはなに？　これはどうなってるの？　あれやってみたい。これすっごくたのしそう。

そんな風に、小さな体に元気と好奇心をいっぱいに詰め込んで、いつだって瞳をキラキラ輝かせていた。

その一方で、元々活発でもなく、周防《すおう》家の長男として厳しくしつけられていた俺は、妹とは正反対に大人しく、聞き分けのいい子供だったと思う。でも、自分と違って自由奔放に振る舞う妹を、羨んだり疎んだりすることはなかった。

適材適所。そんな言葉はまだ知らなかったが、自分の部屋で勉強をしながら、ふと庭で綾乃《あやの》を引っ張り回す有希の姿を眺め……なんとなく、自分にはここが、妹にはあそこが相応《ふさわ》しいのだと。そう、漠然と感じていた。

そんな日常が変わったのは、突然のことだった。ある日、有希は急に咳《せき》が止まらなくなって、ぜいぜいと荒い呼吸をするようになった。ただの風邪だと、一時的なものだと思っていたのに……有希のその症状は、全く良くなる気配がなくて。庭からも、屋敷の廊下からも有希の姿が消え、家の中が妙に静かになったことを、今でも覚えている。


大好きな外遊びが出来なくなって……それでも、有希の好奇心にはいささかの陰りもなかった。ベッドの上で、変わらずキラキラした瞳で本を読み、砂漠や氷山の絵を見ては異国の地に想いを馳《は》せ、かっこいい飛行機を見てはパイロットになりたがり、キレイな花を見ては花屋になりたがった。そんな妹を見て、俺はある日戯れに言った。


「それじゃあボクは、おいしゃさんになるよ。そして、ゆきのことを元気にしてあげる！」

「え、でも兄さまは、がいこーかんになるんじゃないの？」

「うん。そして、おいしゃさんにもなる！　僕はてんさいだから、どっちもなれるさ！」

「兄さま、すご〜い！」


……何も知らない子供の、ただの戯言《たわごと》。けれど、有希の純粋な称賛を受けていると、本当に出来るような気がした。この妹が安心できるように、頼れるすごい兄であり続けたい。

そしていつか、妹をあるべき場所へ帰してあげたい。

誰よりも自由でキラキラした魂を持つ妹を、その魂に相応しい、自由と可能性に満ちた外へ。自分の意思で行きたいところへ行き、なりたい自分になれるように。そうすることが……どこに行きたいわけでも、何になりたいわけでもないこの俺に、相応しい役回りなのだと思った。

……そう、思っていたのに。俺は、自分の願いを裏切った。


『ごめんね兄様、わたしは……この家に残るね』

今なら分かる。あの時俺が、真っ先に気に掛けるべきだったのは……両親のことでも、家のことでも、ましてや自分のことでもなくて。誰よりも優しい、小さな妹のことだったのだと。

でも、俺は間違えた。その間違いを修正できないまま、ずるずると惰性で彷徨《さまよ》っている間に、妹は自分の力で健康な体を手に入れた。

けれど、元気になった妹が以前のように夢を語ることは……もう、なかった。

『皆様はじめまして。わたくしこの度新入生総代を仰せつかりました、周防有希と申します』

礼儀正しく、お行儀よく、家のために役目を全うするその姿は、まるでかつての俺のようで。

ようやく気付いた。俺がこのクソみたいな自由を手に入れるために、誰を犠牲にしてしまったのか。

俺が、不甲斐《ふがい》なかったばっかりに。

誰よりも自由だった妹が、人生を捧《ささ》げることになったんだ。

послесловие

あとがき

どうも、今日も今日とて何の役にも立たないあとがきのお時間ですよ〜……と、言いたいところですが今回はそうでもないかもしれません。なぜなら、今回はいつものように書くネタがなく、思い付くままに駄文を書き散らすわけではないからです。そう！　なんと今回は、このあとがきで書くネタがちゃんとあるんです！　それも二つも！　やったぜ、あとがき九ページがなんぼのもんじゃい掛かって来いやぁ‼　……ってなわけで、今回は謎に巻末ＳＳを入れることもなく、真っ当に、真面目に、あとがきを書こうと思います。

（中略）すっかり私に毒さ……訓練されてますね！　流石！

さてと、まあ皆さん薄々察しているとは思いますが、その話題というのは他でもない。２０２４年４月に放送開始が迫った、アニメロシデレに関するものです。あ、ちなみに編集さんには「ラノベ業界の慣例では最新刊発売をアニメ放送開始に合わせるので、それに従うなら八巻は四月刊です」と言われたんですが……読者の皆さんを無駄に二カ月お待たせするのも申し訳ないので、作者の独断で八巻は普通に二月刊にしてもらいました。ふふん、どうです？　私は読者思いの小説家でしょう？　なんて言ってみましたが、結局のところ私自身が、突然二カ月空けられても困ってしまうっていうのが正直なところです。（中略）まあ、私のメンタルは形状記憶合金なので、ヘコんでも一晩寝たら直るんですけども。

ふむ、なんだか話が脱線してしまいましたが、本筋に戻してあとがきネタに関する話です。ひとつ目のネタは……シンガポールで行われたアニメ・フェスティバル・アジア、略してAFAの話です！　十一月下旬に開催されたAFAのステージイベントに、なんとわたくし燦々《サンサン》SUN《サン》、アニメロシデレの原作者として招待されてしまいました！　ハッハッハ、文豪が出版社の経費で温泉宿に泊まり込んで缶詰執筆～なんてのは都市伝説的な話として聞いてましたが、まさか私が出版社の経費で海外旅こ……出張することになるとは。実際、アニメ放送前からこんなイベントが開催されるのはKADOKAWAでもかなり珍しいことみたいですけども。アニメ放送前から会社を挙げて宣伝に力を入れてくださっているようで、大変有難いことです。その有難みを嚙《か》み締《し》めつつ、人生初海外へと飛んだわけですが……はい、人生初海外です。このためにパスポートも初めて取りました。これ言ったら同行していたKADOKAWAのスタッフさんに「えっ！　海外行かずにロシデレ書いてるんですか⁉」と悪気なしに驚かれましたが……いや、そんなこと言ったら異世界ファンタジー書いてる作家だって異世界行ったことは（恐らく）ないわけで。（中略）だから海外行ったことない私がロシデレを書いてても何もおかしなことはないのである！　な～んて、自分がただのインドア派（極）であることを棚に上げて自己弁護してみる。

そう、超インドア派なんですよ私。基本、休日に外に出たくないんです。家にいないとそれは休日じゃないんです、私にとっては。そんな性分なため海外旅行どころか国内旅行にも一切興味がなかった私ですが、今回のシンガポール行きは滅茶苦茶《めちゃくちゃ》楽しかったです。英語全然しゃべれない（基本、イエス、ノー、サンキュー、オッケー、アイスィーしか言ってなかった）私ですが、KADOKAWAのスタッフさん達が完璧にガイドしてくださったおかげですっごく快適でした。出張メンバーで事前に面識あるのは担当編集さんとアニメプロデューサーさんだけでしたが、宣伝部の皆さんもすごく気さくで優しかったですね……やはり、宣伝部に所属する人は職業的にコミュ強なんでしょうね。それに、上坂《うえさか》すみれさんと上坂すみれさんのヘアメイクさんとマネージャーさんも、とても気さくで話しやすかったです。

……あ、はい。私もビックリしたんですが、今回の出張、アニメ版のアーリャ役の声優、上坂すみれさんが羽田空港から一緒でした。マジでリアルアーリャかってくらいどえらい美人でビックリしましたね、ええ。AFAのステージイベントで一緒に登壇することは知っていましたが、てっきり「基本別行動でイベント当日に会場で合流するんだろうな～」と考えていたんですが……一緒の飛行機でしたねぇ。なんだったら隣の隣の席だったみたいですねぇ、降りる時になってトランク下ろしたところで気付きましたけど～。あとついでに言えば、私と上坂すみれさんの間に座っていた人も、AFAに出演する女性声優さんだったみたいですねぇ。後で上坂すみれさんから言われて初めて知りましたけども～。

というかね？　私、テレビに出るような芸能人とお会いすること自体初めてだったんですけどね？　初海外が超有名声優さんと一緒ってどういうことなの⁇　とまあ、「世の中何が起こるか分からないなぁ」と遠い目をしながらシンガポールに降り立ったわけですが……いや、シンプルにすごかったですね、シンガポール。何がすごいって、まず建物がすごい。どの建物も前衛的で、普通のマンションですら色や形で個性が出てて、「量産型の建物を造る気はねぇ！」という建築家の意地のようなものを感じました。そして、建物がそれだけセンスの塊みたいな感じなのに、自然はしっかり残ってるんですよ。街路樹自体日本のものよりずっと高いし、街全体が本当に自然と科学の融合って感じで圧倒されました。

そして、いざＡＦＡのステージイベントが始まったらこれまた驚きました。なんと、観客の皆さん結構日本語通じる。通訳さんが英語に訳してくださる前に、三割くらいの人が反応してくれる。しかもすっごいノリがいい。編集さんに「ステージの衣装はシャツとジャケットなら固いと思います！」と言われ「分かりました！　シャツとジャケットですね！」と胸にでかでかとアーリャがプリントされたＴシャツ（たしか台湾のグッズ）を着て行った私にも、シンガポールの皆さんちゃんと笑ってくださいました。すごい優しい。

そして、ステージイベントの後は上坂すみれさんと一緒にサイン会をやったんですが、ここでは上坂すみれさんに圧倒されましたね……英語力は私と大差ないのに、す～～ごいトークで盛り上げる。お客さんのシャツや持ち物から好きな作品を拾い上げ、その作品や声優仲間についての話をしながらちょいちょい今まで担当してきたキャラの決め台詞《ぜりふ》も挿《はさ》み、サインしながらもず～っとトークで盛り上げてました。一方私はというと、その凄《すさ》まじいサービス精神とタレント性に圧倒され、小さくなって黙々とサインを書いてましたね。というか、上坂すみれさんのサインと一緒に私のへったくそなサインを書いてしまって本当によかったのかが今でも疑問。

まあそんな感じでトップ声優さんの偉大さとシンガポールの皆さんの優しさに触れながらイベントを終え、夜にはカジノに行ったりしました。リアルカジノですよリアルカジノ！　これぞ海外！　バニーガールはいなかったけどな!!　おのれ、なんでだ……カジノにいなかったらどこにいるんだよバニーガール。実は絶滅危惧種だったのか？　それともカジノに生息してるっていうのは日本人の勝手なイメージ？　あるいは、ラスベガスに行けば会えるのか？　一体どこにいるんだよリアルバニーガール！　バニーガールのいないカジノなんて一体何をすればいいんだぁ————!!　……な〜んて考えてる間に手持ちのお金（約六千円）をルーレットでキレーにすって終わりました。

燦々SUN欲望と策謀のカジノ編、完!!

そんなこんなで、本当にいろいろと貴重な経験をさせていただきました。改めまして、関係者の皆さんありがとうございました。アニメがヒットしたら今度はラスベガスに連れてってください。リアルバニーガールを見るまで！　私の冒険は終わらない（以下自重）

さて、続いて二つ目のネタですが、それはアフレコです！　アニメロシデレ第一話のアフレコ収録現場の話です！　よく、コミック単行本のあとがきおまけ漫画で紹介されているあれですね。まあ実際、ロシデレのコミカライズでもそのうち描かれるみたいですけども。そちらでは手名町《てなまち》先生の絵付きで収録現場が紹介されているので、よければそっちも確認してみてくださいね！　はい宣伝ノルマ達成。今回は特に頼まれてないけど。というわけで、手名町先生が紹介し切れない部分とかを私から紹介させてもらおうかなぁと思……ってたら、そのレポート漫画のネームが送られてきてですね……思ったより詳細に描かれててこれ私が書く部分がないというか手名町先生の人型アバターマジでキモいなおい。えぇっと、どうしよう。ん〜〜……あっ、そうそう。この収録現場で、私初めてももこ先生とお会いしたんですよ！　これまでメッセージのやりとりすら、最初のあいさつでDM送らせていただいた一回のみだったんですが、連載三年目にしてようやくお会い出来ました。感激でした。あ、手名町先生は二回目でしたね。コミカライズ連載開始前に、顔合わせで一回お会いしてました。同い年な上に手名町先生がコミュ強なもんで、二回目ですっかり友達のノリでしたね。

そんなこんなで、いよいよアフレコが始まったんですが……いや、本当にプロの声優さんってすごいですね。まあこんな感想誰でも言えると思いますし、手名町先生のレポート漫画でも描かれているので、私はあえてメインキャラの収録については何も言いません。その代わりに、私が言いたいのはモブのガヤの演技！　教室やら食堂やらでその他大勢がガヤガヤしゃべっているあれ！　あれがすごい！　知ってます？　あれってそういう雑踏の音声を乗っけてるんじゃなく、その場で声優さん達がアドリブでやってるんですよ。それも、恐らくたまたま隣になった二、三人で会話をする形で。おまけに、男女入り乱れてるパターンと、女性陣がマイクの前に立つ女性メインパターン、逆に男性陣がマイクの前に立つ男性メインパターンの三パターン録《と》っていました。あれを「はいやって」と言われて全部即興劇でしゃべれる声優さん達が本当にすごい。私だったら、急に振られたら「い、いい天気ダナー」としか言えない自信があります。残念ながら、私は聖徳太子《しょうとくたいし》や政近《まさちか》と違って十人の会話を同時に聞き分けられないので、誰がどのセリフを言っているのかまでは分かりませんでしたが……とりあえず、食堂の会話がコントかってくらい面白かったのは確かです。ネタバレになるのでどんな内容か詳しくは話せませんが、もしよかったら聞き分けようとしてみてください。本当に傑作だったので。

そんな感じでメインキャラの収録を終えガヤの収録も終え、Aパート終了。この時点で約二時間。事前に収録予定時間は四、五時間と聞かされてたんですが、この調子なら早めに終わりそうだなぁという予想に反さず、Bパートは一時間半ほどで終了……と思ったらここからエキストラパート、ロシア語の収録があった！ ロシア人の先生に監修を受けながらセリフを一言ずつ収録するんですが、これがまあ大変。何しろそれまでアニメ監督や音響監督（あと私）から、「ここはもっと親しげに」とか「もうちょっと明るい感じで」とか「あれ？ ニッ（↑）ケルじゃなくてニッケル（⤵）じゃない？」とか演技や発音の指示が入っていたのに加えて、ロシア語の発音の指導が加わったんですから。ロシア語の発音的には正しくても、演技的にイメージとずれていたらやり直し。その上、アニメ制作側も実際ロシア語にしたらどれだけの時間が掛かるかザックリの予想で映像を用意しているので、「あれ⁉　ロシア語にしたら思ったより長い⁉　ここ映像ちょっと伸ばせるかなぁ」と頭を悩ませたり……そんな中、私は一人「申し訳ねぇ……私が軽い気持ちでロシア語いっぱい載せたばっかりに、いろんな人に苦労させてしまっておる……」と小さくなってたり。それで、「このエキストラパートは長くなりそうだぜぇ……！」と思っていたんですが、そこはやはりプロの声優さん。すごいですね。元々ロシア語話せる上坂すみれさんはもちろん、他の方も事前に何度も練習してきてくださったんでしょうね。一発オーケーが出ることも珍しくなく、このパートは三十分ほどで終わりました。

しかし、なんだかんだで四時間。一話分でこんなに掛かるとは思わず、驚きましたね。本当に大変なお仕事なんだなぁと思っていたら、帰り際に政近役の天﨑滉平《あまさきこうへい》さんが声を掛けてくださいまして。「政近、あんな感じで大丈夫でしたか〜？」と、本当に腰が低くてナイスガイでした。いや、素晴らしかったです。今このあとがきを書いている時点で二話分の収録が終わっているんですが、天﨑滉平さんに限らず、声優さんの演技はどれも素晴らしかったです。映像も作りかけの状態ながら既に作画の美しさがにじみ出ていて、今から完成が本当に楽しみです。というわけでアニメロシデレ、絶対いい作品になると思うので、皆さんも是非観てください！　よっし、頼まれてもいない宣伝第二弾終わり!!

と、語っていたらですね……いつの間にかあとがき九ページを倒してしまっていたんですね。ハンッ、口ほどにもない奴だ。あまりにも手応えがないもんだから、ついついオーバーキルしてしまったではないか。どうしよう謝辞が入らない削らないと。ん、よしっ、冒頭を三カ所ほど削ったらなんとか一ページちょっと確保できた。なんか削り方が雑だった気もするけどまあいいや。ここで削られた部分も載っている、ノーカットの完全版は特にどこにも公開されていません。では、謝辞に移ります。

今回もオーバーラン気味の鈍足進行で、年末年始にずいぶんとご迷惑をお掛けしました編集の宮川《みやかわ》様。シンガポール出張やアフレコ現場でも大変お世話になりました。いつも本当にありがとうございます。次に、今回も素晴らしいイラストの数々を描いてくださったももこ先生。お忙しいでしょうに年末にイラスト発注してしまって申し訳ない。今巻も素晴らしいイラストの数々に加え、画集の表紙でも清涼感溢《あふ》れる……あっ！　しまった！　画集の宣伝忘れてた！　ロシデレ初となる画集が２０２４年７月に原作九巻と同時発売する予定です皆さんよろしくお願いします！　ここだけの描き下ろしイラストも収録される予定ですので是非！　ヤバいもう行数がない。えっと続いて毎回丁寧でハイクオリティなコミカライズをしてくださっている手名町先生。いよいよ年始から原作二巻の内容に突入しましたね。綾乃《あやの》や沙也加《さやか》や乃々亜《ののあ》の登場が今から楽しみです！　最後に、コミカライズ関連担当編集の鈴木《すずき》様、画集担当編集の岩田《いわた》様、宣伝部の皆様、動画工房の皆様、キャストの皆様、その他ロシデレの製作に関わっている全ての方々と、ロシデレを読んでくださっている全ての読者の皆様に、ジャックオーランタンにも収まらないほどの感謝をお送りします。本当にありがとうございました！　２０２４年もよろしくお願いいたします！

また次巻と、画集のあとがきでお会いしましょう。ねっ！

「ロシデレ」
よろしくおねがい
します！

時々《ときどき》ボソッとロシア語《ご》でデレる隣《となり》のアーリャさん８

著　燦々《サンサン》SUN《サン》

角川スニーカー文庫　24016

2024年２月１日　初版発行
2024年11月20日　６版発行

発行者　山下直久
発　行　株式会社KADOKAWA
〒102-8177 東京都千代田区富士見2-13-3
電話　0570-002-301（ナビダイヤル）

印刷所　株式会社KADOKAWA
製本所　株式会社KADOKAWA

◆◇◇

Printed in Japan　ISBN 978-4-04-114592-0　C0193

★ご意見、ご感想をお送りください★
〒102-8177 東京都千代田区富士見 2-13-3
株式会社KADOKAWA　角川スニーカー文庫編集部気付
「燦々SUN」先生「ももこ」先生